「ミュリエル・ゴンザーラ、
アルフレッド・ローテンハウプト。
神の御名によって、
ふたりの婚約が成立したことを
宣言します。」

「子どもが産まれるたびに、その子の人形を作るよ。」
「たくさん家族を増やそう。ミリー、愛してる。」

「アル、ありがとう。
私もアルを愛してる。」

「石の神よ、
ヴェルニュスに
ご加護を賜らんことを」
ミュリエルは魔剣で
左腕に傷をつけると、
血を穴に注いだ。
石が光り、その光が
領地全体を包んでいく――

2
みねバイヤーン
illust 村上ゆいち
Lady throwing stones
石投げ令嬢
~婚約破棄してる王子を気絶させたら、王弟殿下が婿入りすることになった~

Characters

Lady throwing stones
Presented by
Mine Bayeru & Yuichi Murakami

ミュリエル・ゴンザーラ

大自然で生まれ育った『石の民』の
強く美しい女の子。貧乏領地から
王都へ婿を探しにきた。

アルフレッド・ローテンハウプト

ローテンハウプト王家の王弟殿下。
大の女性嫌いだったがミリーに
出会って初めての恋を知る。

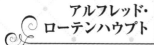

パッパ

イローナの父。
大商会の天才商人。

イローナ・サイフリッド

大商会の娘。
ミリーが王都で初めて仲良くなった。

ラウル・ラグザル

ラグザル王国第一王子。
内政を学びにヴェルニュスへ。

ルイーゼ・エンダーレ

エンダーレ公爵令嬢。
ミュリエルに社交の秘訣を教える。

CONTENTS

Presented by
Mine Bayern & Yuichi Murakami

第二章

石投げ領主と亡国の民

Lady throwing stones

1. プロローグ

Lady throwing stones

愛する女性と、形式上とはいえ結婚にまで持ち込み、幸せの絶頂にいるはずのアルフレッド。磨《みが》きがかかった輝かんばかりの美貌《びぼう》と艶《つや》で、無自覚に人心を惑わしている。さらに、憂《うれ》い顔で切ないため息を吐《つ》く。

「ミリーに会いたい」

あの輝く瞳《ひとみ》を見つめたい。柔らかい髪を指に巻きつけたい。ほっそりしてるのに、若木のようにしなやかで強い体を抱きしめたい。太陽の神の寵愛《ちょうあい》を得ているのかと、嫉妬《しっと》を覚えるほどの、お日様の匂《にお》いのする髪に顔を埋《うず》めたい。

そんなやや邪《よこしま》な、いや、若者らしい健全な思いが込められたアルフレッドの言葉。しかし、さりげなく受け流された。

「王弟が『結婚しちゃった、テヘッ』て事後報告。あり得ません」

やり手の宰相《さいしょう》ヒースクリフ・マカサータ、通称ヒーさんがため息を吐く。辻褄《つじつま》合わせの書類の山がエグい。これが片付くまでは、アルフレッドはミュリエルに会えないのだ。

「前例がないのは百も承知。僕が前例になればよかろう。新しい時代の始まりだ。それに、僕に結婚はまだですか、いつですかってせっついていたのは、ヒーさんだ」

「確かに、その通りですな。殿下、ご結婚おめでとうございます。女性嫌いの殿下が、ここまで夢中になれる伴侶《はんりょ》を得られるなど。国を挙げての慶事です」

面倒そうに、書類の山とヒーさんを眺めていたアルフレッド。全開の笑顔を見せる。未《いま》だかつてない、王弟の無防備な笑顔に、たまたま部屋に入ってきた文官はうろたえた。ヒーさんが、アルフレッドに注意を促《うなが》す。

「殿下。ただでさえ疲労困憊《こんぱい》の文官たちを、惑わさないでください。殿下の笑顔は、男女問わず危険です」

アルフレッドは少し気まずそうな表情で、文官に声をかける。

「マックス、その、悪かったね。文官たちを振り回すなと、兄上と宰相に怒られてしまった。今度、埋め合わせしよう」

「め、滅相もございません。喜んで！　いくらでも」

やつれて青い顔をしていた文官マックスは、パッと顔を赤らめ、書類の束《たば》を机に置いて出て行った。

アルフレッドは、文官からとても人気がある。文官の能力を把握し、負荷をかけて成長を促しつつも、決して潰《つぶ》しはしない。アルフレッドの仕事を担当すると、メキメキと伸びると評判だ。その上、先を読み、肝《きも》となる関係者にいつの間にかスルッと根回しをし、トントンと物事が進むよう調整できる王族でもある。

だからこそ、今回の騒動に文官は驚き、でもなんとか期待に応《こた》えようと必死に動いた。ワガママを言わない、空気を読めすぎる王弟が、初めて見せた一歩も引かない自己主張。なんとかしたいではないか。やる気にみなぎる文官と入れ替わりで、王家の影が入ってくる。

アルフレッドは途端に目を輝かせた。

「ミリーはどうしてる？　まさか、誰かに嫌がらせとかされてないよね？」

「学園の高位貴族がミリー様に接触しました」

「なに」

「石の腕輪で、いとも簡単に落ちました。サイフリッド商会の肝煎《きもい》りで、石の腕輪を領地の産業として売り出すことになったようです」

「サイフリッド商会。ミリーの親友、イローナ嬢か。彼女の身辺にも気を配ってくれ。ミリーの親友という立場に惹《ひ》かれて群がる虫がいるやも」

「御意。元の婚約者とは婚約解消し、ブラッド・アクレスと新たに婚約しました。心配はなさそうです」

「そうであったな」

もちろん、ブラッドとイローナの婚約については、とっくに報告を受けていた。

「ブラッドとイローナは、いずれミリーの領地に呼ぶつもりだ。イローナの元婚約者は大丈夫か？　逆恨《さかうら》みして、イローナにつきまとったりなどしていないか？」

「いえ、傷心しているようですが。前向きに傷と向き合っているようです」

「ならばよい。ミリーの友人が不幸になるのは困る。ミリーが悲しむからな」

堂々と、ミュリエル優先の姿勢を貫くアルフレッド。ヒーさんは、そっと頭を振った。

「殿下。そのようなご発言はお慎《つつし》みください。ミリー様に、魔性というあらぬウワサが立ちますぞ」

「立たせたヤツは一族郎党皆ご――」

「みなまで仰《おっしゃ》らないでください」

ヒーさんが慌《あわ》てて止める。物騒が過ぎる。いつも柔和《にゅうわ》で穏やかな笑みを浮かべていたアルフレッド殿下は一体どこに。

「そのようなことがないよう、改めて私から貴族たちに伝えます」

「任せる」

アルフレッドは、鷹揚《おうよう》に頷《うなず》いた。ヒーさんに任せれば大丈夫と、アルフレッドはよく知っている。

「石投げ部隊も創出したい。統率力があり、人望の厚い隊長が必要だ」

「人材の選定は進んでいます。ご安心ください」

ヒーさんの言葉にアルフレッドは、頬《ほお》を緩《ゆる》めた。やはり王都は楽だ。優秀な人材が揃《そろ》っている。

「人をもっと集めなければ」

アルフレッドはポツリとこぼす。ミュリエルの新しい領地。どこにするかはまだ決まっていないが、いずれにしても人材が必要なことは明白。

「引退した高官、これから働き始める若者。今はパッとしていないが、実は有能な者。そういう人を集めればいかがですかな。癖《くせ》は強いが、うまく使えばよい戦力になりますよ」

ヒーさんが食えない笑顔で答える。

「ミリーに忠誠を誓える者ならば。それが最優先だ。探してみるか」

後ろに控えていたジャックが、小さく頷いた。

有能な侍従ジャック。王弟の右腕と知られているので、望めば誰とでも会える。まずは陛下だ。

「アルは、すっかり浮かれているな。そなたの目から見て、彼女はどうだ？」

「素晴らしい女性です。殿下が隠し持っていた闇《やみ》と孤独を、一瞬で溶かし、隅々《すみずみ》まで日の光で照らされました。太陽の神と大地の神に愛されたお方だと思います」

「そうか。では、早急に会いたい。しっかりと話をしてみたい。謁見《えっけん》の間で、遠くから見ただけでは分からん」

「調整いたします」

ジャックは王の侍従と目を合わせる。後で調整しなければ。

次に、ジャックは引退した高官に会いに行く。いずことも知れぬ新領地に、快《こころよ》くホイホイと来てくれそうな御仁に、心当たりがある。引退したものの、家にいると妻にイヤがられるので、しょっちゅう王宮でノラクラしているあのお方。今日はバラ園の四阿《あずまや》で分厚い本を読んでいる。

「じい先生」

じじいのじいで、じい先生だ。高位貴族だが、その呼び名が気に入っているらしいので、ジャックも気にせずそう呼びかける。

「ジャック」

屈強な肉体を持つ老人は、ほんわかと笑った。暇なので、話しかけられるのは大歓迎なのだろう。

「じい先生、単刀直入に申し上げます。ミリー様の新領地にご一緒いただけませんか」

「行く」

「え、奥様に聞かれる前に即答して、よろしいのですか？」

「うっ。妻はおそらく、いいと言うはずだ。それで、私は何をすればいい？」

「いずれお生まれになる殿下とミリー様のお子様の帝王教育を。できれば、ミリー様の領主教育も」

「それは、実に私向きの仕事ではないか。やろう、やろうではないか。まず、妻に聞いてみてからだが」

じい先生は目をキラキラさせている。じい先生の夫婦仲に、いささかの疑問がよぎるが。考えないことにしてジャックはじい先生と別れた。

「護衛はなんとかなりそうだな。ミリー様の侍女が必要だが、成り手がいなさそうだ。新領地で適正のありそうな女性を見つけるのが早いか、あるいは」

ジャックは頭を悩ませる。男爵令嬢だったミュリエル。たとえ今が女辺境伯でも、元男爵令嬢だった事実は皆が知っている。貴族の最底辺である男爵令嬢に、侍女として仕えたい貴族女性はなかなかいないだろう。ましてや、どこの領地に行くか決まってもいない。

「料理人も必要だな。医者は、軍医でいいか。文官は、ブラッドがまとめていた名簿から声をかけてみよう。ミリー様の元婿《むこ》候補だが。殿下は気にされるだろうか」

ジャックは考えてみる。気にしない、ということはなさそうだが。そもそもブラッドが勝手に候補にしただけで、当の候補者本人は知らないことだ。

「気にしない方向で」

人手不足だ。些事《さじ》にとらわれている場合ではない。どうせ、どの子息も、王弟に比肩する存在ではない。近頃《ちかごろ》の殿下は、とみに嫉妬深いが。

「目をつぶっていただきましょう」

ジャックは次の問題に思考を向ける。やることは山積みだ。一国の王弟が、婿入りするのだ。前代未聞なのだ。

2. 幸せはどうやって

Lady throwing stones

アルフレッドとミュリエル、イローナとブラッド。新しい縁が結ばれ華《はな》やぐ王都。一方で、縁を失った者もいる。ギルフォード侯爵家の令嬢リリー、今まさに婚約者から別れを告げられようとしている。

「リリー、すまない。私はマーリーンを愛してしまった。婚約を解消してくれないか」

リリーは絶望した。またか、また妹にとられるのね。

「父にはもう話されたの？」

「ああ、さきほどマーリーンとふたりで話してきた。次女が三女に代わるだけだから、問題ないと」

わたくしの気持ちはどうだっていいのですね。いつものことながら、あまりの仕打ちに言葉が出ない。何度も深呼吸して、やっとのことで絞《しぼ》り出す。

「分かりました。父がそう言うならわたくしは受け入れます。さようなら、キリアン様」

扉の陰からマーリーンが覗《のぞ》き込む。キリアンがパッと笑顔になった。

そういうこと、わたくしがいないところでやってほしいですわ。胸がじくじくと痛む。左手で胸を押さえ、右手で左手首を握る。

少しだけ呼吸が楽になったような気がした。そのまま腕輪を撫《な》でながらしばらく我慢する。

あの子なら、こんなときどうするかしら？　意志の強そうな彼女の顔を思い浮かべる。アルフレッド王弟殿下の寵愛《ちょうあい》を一身に受ける、ミュリエル・ゴンザーラ男爵令嬢。いえ、今は女伯爵だったかしら？　密《ひそ》やかに叙爵されてるとウワサだったわ。

アルフレッド殿下が手段を選ばず囲い込んでいると、社交界で大騒ぎになりましたもの。高位貴族の令嬢たちに囲まれても、どこかのほほんとしていたわね。ちゃっかり腕輪まで売りつけるなんて、大した子だわ。彼女ならきっと、わたくしのように唯々諾々《いいだくだく》と受け入れたりしないのでしょうね。

リリーはもう一度腕輪を撫でた。わたくしも、ミリーのように強くなりたい。

夜会になんて行きたくないけれど、婚約者を失ったわたくしは出ないわけにはいきません。一刻も早く、それなりの子息を見つけなければ。一生あの家で、妹マーリーンと比べ続けられてしまう。そんなのはイヤ。

婚約者を妹にとられたというウワサは、既《すで》に皆が耳にしたようだわ。憐《あわ》れみの目で見られています。とりあえず仕切り直そうと、リリーはバルコニーに出る。

はあーっ　深いため息を吐《つ》くと、人の気配を感じた。バルコニーの奥の方に、男性がひとり立ってこちらの様子をうかがっている。

「失礼しました。どなたかいらっしゃるとは思いませんでしたの」

そっと部屋に戻ろうとすると、声をかけられる。

「よかったら、ここで話をしませんか？　中で社交する気にはなれなくて」

男性が近寄って来られます。整ったお顔立ち。確か、ヒューゴ・モーテンセン子爵子息ですわ。確か彼も、最近婚約を解消されたはずです。

「モーテンセン子爵家のヒューゴです」

「はい、存じております。わたくしはギルフォード侯爵家のリリーです」

「知っていますよ。最近キリアンと婚約を解消されたとか。私も婚約を解消したばかりなのです。振られた者同士、愚痴《ぐち》でも言い合いませんか？」

リリーは目を瞬いた。

「まあ、随分《ずいぶん》はっきりと仰《おつしや》いますのね。驚きましたわ」

「貴族らしく言葉を濁していては、欲しいものは手に入らないと悟《さと》ったのですよ。あなたもそうなのでは？」

「そう、かもしれません。言いたいことを呑《の》み込まず、吐き出してしまいたい。強くなりたいと、感じるようになりました」

ヒューゴはじっとリリーの腕を見る。

「その腕輪。今、王都で話題になっている物でしょう？」

「ええ、よくご存知ですわね。殿方の耳にまで届いているとは思いませんでしたわ」

「その腕輪を取り扱っている商会の娘が、私の元婚約者なのです。少し見せていただけませんか？」

リリーがオズオズと伸ばした左腕に、ヒューゴはそっと顔を近づけてマジマジと腕輪を見つめます。その真剣な眼差《まなざ》しに、少し落ち着かない気持ちになりました。

「少しだけ触っても？」

「え、ええ」

ヒューゴは指先だけで、スルリと腕輪を撫でます。

「リリーに幸せが訪れますように。私に幸せが見つかりますように。イローナが幸せになりますように」

「まあ、なんですの、それ？」

「願いを込めて撫でると、それが叶《かな》うと言われています」

「まあ、本当ですの？　初耳ですわ」

ヒューゴは黙って微笑《ほほえ》んだ。

「私は変わりたいと思う。今までは両親に言われるがままに生きてきた。平民上がりの成金と、両親がイローナを見下すのを聞き流していた。その結果、イローナを失ったように思う。失ったあとで、惜しむぐらいなら、もっと優しくしていればよかったのだ」

私はバカだ、小さなつぶやきが聞こえました。

わたくしは黙って、夜空を見上げる彼の横顔を見つめます。

「わたくしは、キリアン様のことはそれほど好きではありませんでした。家から出られるなら、誰でもよかったのです。誰かに頼らずとも、家を出て、ひとりで生きていければいいのに」

夜空を見上げていたヒューゴは、一瞬こちらを見た後うつむきます。少しの沈黙のあと、なんでもないことのように、ヒューゴが言いました。

「働けばいいのです」

「まあ、何をして？　わたくし、何もできませんわ」

リリーの丸い目を、ヒューゴがチラリと横目で見る。

「私もそう思っていた。でも、探せば仕事はあるものですよ」

「それは男性だからですわ。女性にまともな働き口など、ありませんわ」

ヒューゴがまっすぐリリーに向き合う。

「読み書き計算ができる、貴族女性。大丈夫ですよ。家庭教師でもいい、礼儀作法を教えてもいい。伝手《つて》があれば王宮で官吏《かんり》として働いてもいい。今王宮は文官を募集中だ」

「まあ。何かやってみようかしら」

ほんの少し、気持ちが動いた。少しだけ、ウズウズするような、踊りたくなるような、そんな感覚が浮かぶ。

「やってみたらいいと思う。仕事が軌道に乗ったら、小さな家に住めばいい。もしくは家庭教師として住み込みで働いてもいい」

「物知りですのね。すごいわ」

「親に目隠しされたままではいけないと思ってね。いい年なんだし。色々なことを試している。私も家を出るためにお金を貯《た》めているところだ」

ヒューゴの表情がかすかに明るくなる。

「家庭教師なら、できるかもしれないわ」

そう、それなら今まで教わったことを、自分なりに工夫すればなんとかなるかもしれない。じんわりと胸が温かくなる。

「爵位を買ったばかりの成金男爵がオススメだね。礼儀作法や貴族社会の常識を知りたがっている」

「どなたかご存知であれば、紹介していただけないかしら」

「いいですよ。男爵になりたての商人を何人か知っている。紹介しましょう」

「ありがとう。どのようにお礼をすればいいかしら?」

ヒューゴはしばらく考えて、リリーを見つめながらゆっくり言葉を紡《つむ》ぐ。

「そうですね。本音で会話してくれる相手が欲しかったのです。たまに会って、話し相手になってくれますか?」

「そんなことでよければ、ええ、もちろんですわ」

リリーとしても大歓迎だ。世間知らずの自分には、ヒューゴに聞きたいことがまだまだたくさんある。これではお礼にならないけれど、いいのかしら。

ヒューゴのぎこちない笑顔を見て、リリーはとにかくやってみようと心を決めた。

＊　＊　＊

「リリー先生。もう今日はおしまい。ナーたん、疲れちゃった」

「ナタリー様、わたくしと仰ってください」

「はーい」

「伸ばしては優雅ではありません。はい、ですわ」

「はい」

「リリー先生、今日はデートでしょう。そろそろ行かなきゃ」

「どうして知っているのかしら」

「だって、リリー先生って、嬉《うれ》しいと独り言が増えるんだもん。みんな知ってるよ。そろそろ結婚かって、かあさま言ってたよ」

リリーは咄嗟《とっさ》になんと返事してよいか分からず、口をつぐむ。

「リリー先生、顔赤いね。早くヒューゴさまに会いに行ったら?」

「なっ」

リリーは真《ま》っ赤《か》な顔を両手で隠した。リリーの左腕の腕輪がキラリと光った。

3. 建前は大事です

Lady throwing stones

「ねえ、最近ブラッド見ないけど、どうしてんの？」

学園でミュリエルはイローナに気になっていることを聞いてみる。

「ああ、ブラッドはねー、王宮で特訓受けてる」

「へえー、なんで？　学生なのに？」

「えーっと……」

いつもパキパキ物を言うイローナが、珍しくモジモジしている。

「えー、実は。アタシとブラッドは婚約しましたー。あははー」

イローナが赤い顔で笑う。

「なんだってえ！　どうしてもっと早く教えてくれないのっ」

ミュリエルは思わず立ち上がった。

「ブラッドが学園に来たら、一緒に言おうかなーと思ってたんだ……」

「えー、わー、おおおお。うん、お似合いだよね。すごいしっくりくる。前から熟年老夫婦みたいだったもんね」

「誰のせいだと」

「あ、やっぱり私のせい？　ふたりには何かとお世話になりました」

へへーっと頭を下げるミュリエル。

「お礼に、魔牛棒もうひとつあげるよ」

「あ、ありがとう……。父がツマミにちょうどいいって言ってた」

イローナは魔牛棒をハンカチで包んでカバンにしまった。

「そうなの？　また魔牛が出たら多めに作っておくね。王都でも出ないかなー」

「ちょっと、物騒なこと言わないでよ」

「あれ、イローナって別の婚約者いたよねえ。なんかシュッとした感じの人」

そういえば思い出の夜会で紹介されたような。ミュリエルは首をひねる。

「ああ、違約金払って解消した」

「じ、事務的」

「貴族の婚約なんてそんなもんよ。そもそもお金で買った婚約だし、むこうもせいせいしてんじゃなーい」

イローナはとてもサバサバしている。

「ひえー。あれ、でもそれとブラッドが王宮にいることに何の関係が？」

「ああ、そうね。あのね、アの人がね、いずれブラッドを領地に連れて行きたいって。アの人とミリー、どこかの王家直轄領地を治めるんでしょう？　手足として使える若手文官が必要らしいよ。それで、今アの人から猛特訓受けてるらしい」

ミュリエルは少し真顔になる。

「私、なにもできないけど、いいのかな。書類とか書けないけど」

「いいでしょう。そんなの周りに優秀な人を配置すればいいだけだもん。ミリーは気にせず、狩りをしてれば大丈夫。アタシも行くんだし」

「えっ」

「だからこその婚約でしょうが。嬉《うれ》しい？」

「うううううううう嬉しいっ」

「よしよし」

イローナは涙ぐむミュリエルを犬のようにワシワシ撫《な》でてあげる。

＊　＊　＊

ブラッドは緊張で喉がカラカラだ。アルフレッド王弟殿下の下で働き出してから、毎日気の休まることがない。食事もあまり喉を通らず、ズボンがゆるくなってしまった。

ブラッドがまとめたラグザル王国の資料を、アルフレッドが無表情で確認している。

この時間が一番キツイ。ダメならダメと早く言ってくれー。ブラッドは冷や汗を押し隠しながら、心の中で祈った。

フッとアルフレッドの空気がゆるんだ。

「いいのではないか。よくまとまっている。この線でいこう。よくやった」

女なら即、恋に落ちそうな笑顔で褒《ほ》められた。ブラッドは張り詰めていた息を静かに吐き出す。

「明後日《あさって》の夜は空けておくように。夜会をする」

「はい。ちなみにどのような？」

「王宮の文官たちを労《ねぎら》うための夜会だ。振り回した分、報いてやらんとな。兄上にも散々言われている。それに」

アルフレッドが柔らかく笑った。

「僕もミリーに会いたいし。仕事仕事で少しもミリーに会えない。辛《つら》い」

アルフレッドが机に突っ伏してウジウジし始める。

「君の婚約者も誘ってきたまえ。しばらく会っていないのだろう？　これが招待状だ」

「ありがとうございます！」

もっと早く言いなさいよって怒られるに違いないけど。ブラッドはイローナが言いそうなことを想像する。

久しぶりにイローナに会えると思うと、顔がニヤケそうになる。頰《ほお》の内側を嚙《か》んで、表情を引き締める。

「今日はもう帰っていい。婚約者に招待状を渡してきなさい」

「はいっ」

＊＊＊

「もっと早く言いなさいよねー。バカなの？」

「いや、私もさっき言われたばかり」

ブラッドがモゴモゴ言い訳するが、イローナは聞いちゃいない。

「まったく。何着ようかしら。やだー、ここ、父さんでもなかなか予約の取れない、超一流のレストランじゃないの。やったわ。でかした、ブラッド」

「あ、そうなんだ」

イローナの機嫌が上向いて、ブラッドはホッとする。

「ブラッドは何着るの？」

「え？　なんか適当に」

イローナがしかめ面《つら》になった。

「あんた何言ってるのよ。アタシたちの、婚約者として初めての夜会でしょう。もっと気合い入れなさいよね」

「あ、そういえば、そうだった。ごめん」

ブラッドは肩を落とす。その様子をイローナはじろじろと遠慮なく眺める。

「それに、ブラッド。あなた痩《や》せたでしょう。今までの服だと変なシワができるわよ。大至急、仕立て直さないと」

「いや、それはさすがに間に合わない」

「大丈夫、うちの専属に超特急料金で直させるから。さあ、行くわよ」

イローナに強引《ごういん》に連れて行かれ、王都の一流店で、ブラッドはいくつもの燕尾服を試着させられた。その中で最も体に合ったものを、至急直してくれるらしい。

専属の仕立て人は、慣れているようで平然としている。もうとっくに閉まっていた店をしれーっと開けさせ、仕立て直しを悪びれずに命じるイローナ。

これが金の力か。ブラッドは婚約者の力の一端を垣間見《かいまみ》て、ややおののいた。

＊　＊　＊

「ミリー、王宮から大きな荷物が届いてるわよ」

「えーなんだろう」

どでかい何かが、幾重《いくえ》にも厳重に布で巻かれている。ミュリエルは恐る恐る布をはいでいく。

「なにこのドレス。た、高そう」

淡い金色のドレスがキラキラ光っている。

「う、まぶしい。金貨の色。うわっ、靴まで入ってる。白って。外歩いたら一瞬で汚れるのに」

「ミリー、普通は馬車で行くのよ。ここに手紙も入ってるわよ」

「アルからだ。明後日、お食事会だって。イローナとブラッドも来るって。アルが迎えに来てくれるみたい」

「よかったわねえ。殿下に会うの久しぶりでしょう」

「うんっ」

マチルダがニコニコ笑顔でミュリエルを見る。

「楽しみね、うんとキレイにしてあげますからね」

「わーい、お願いしまーす」

＊　＊　＊

王宮で最も忙しいかもしれない文官マックス。やっとの思いで帰宅の途につく。妻へのお土産《みやげ》と共に。

「あなた、やっと帰って来たと思ったら、明後日に夜会ってどういうことですか？　私にも予定というものがございますのよ」

マックスがボロボロになって帰宅すると、妻のケイトがおかんむりだった。

「ご、ごめん。急に決まったんだ」

「とにかく、招待状を見せてくださいな」

招待状を読むケイトの顔から、みるみる怒りが消えていく。

「この署名、もしかして」

「あ、ああ。アルフレッド王弟殿下がぜひにってことなんだ。もし君が無理なら、私だけで行くよ」

ギラリ　ケイトの目が恐ろしくぎらついている。

「行くわ。行くに決まっているではありませんか。今もっとも注目を集めているアルフレッド殿下の夜会なんて。あらゆる予定を調整して行きますわ。まさかとは思いますけど、婚約者の方もいらっしゃったりなんて。まさかねえ？」

もう結婚してるけど、これは機密だから言えない。マックスは表情を変えないように気をつける。

「ええっと、ミュリエル様もいらっしゃるよ。そもそもこの夜会は、殿下がミュリエル様に会いたいがために、強引に決められたんだ」

「詳しく」

「えええーーっと。殿下がね、まあなんというか色々と、超法規的措置を取られて。絶対内緒にしてくれる？」

「もちろんですわ」

ケイトは聖母の微笑《ほほえ》みを浮かべた。

「殿下ね、陛下しか使ってはいけない印章をね、大量の紙に押してね。その紙を持ってミュリエル様の領地に行ってしまわれて。ははは」

「笑い事ではないのでは？」

「うん、そうだね。まあ、その紙で色んな公的文書を作ってしまわれて、おかげで私たち文官は大変だったんだ」

「それは、誰にも言えませんわね」

なんと無茶な。謀反《むほん》ととらえられて処刑でもおかしくはないではありませんか。ケイトはくらりとめまいがした。

「まあ、それで陛下がいい加減にしなさいと、殿下を呼び戻されたんだ」

「そんな、子どものイタズラを咎《とが》める温度感で……。陛下、殿下に甘すぎませんか」

ケイトは頭を振って、意識をはっきりさせようとする。さっきから、貴族の常識では考えられないことばかりを聞かされている。

「そう、確かに。あ、でも、陛下は諸々《もろもろ》の調整が終わるまで、ミュリエル様には会ってはならないって、殿下に厳しく命じられたみたいだよ」

「まあ、それではまるで思春期の男子を持つ父親みたいではありませんか」

ケイトは思わず本音が口から漏《も》れて慌《あわ》てて口を押さえた。

「殿下、信じられないほどミュリエル様を溺愛《できあい》されていらっしゃるから。ミュリエル様に会えないのが耐えられなくなった殿下のために、突然夜会を決行する運びに。ほら、文官を労うように、陛下が殿下に仰《おつしや》ってくださっていたらしいから」

「なんでしょう、ついで感がひどいですわね。ただの口実的な。いえ、たとえどんな理由であろうと、今をときめくおふたりの夜会に出られるなんて。あなたと結婚してよかった!!」

「えええええ」

久しぶりに見るケイトの愛のこもったまなざしに、マックスはたじろいだ。

4. 二度目の夜会も絶品です

Lady throwing stones

異例ずくめの夜会が始まりました。私は会場に着いてから、目を丸くしたり、口をポカーンと開けたり、驚きの声を漏《も》らしたりしております。ええ、貴婦人にあるまじき失態を重ねております。ですが、気にしませんわ。だって、皆さん驚きの表情を隠しきれておりませんもの。

まず仰天《ぎょうてん》したのが、食べる気満々の配置だったことです。普通、夜会といえば踊りと社交が中心です。別室に軽食が用意されているものの、食べる人はほとんどおりませんわ。

やはり毒物の恐れは常につきまといますし、人前でたくさん食べるのははしたないですから。衣装に影響しないほど、そして空腹でお腹《なか》が鳴らないよう、屋敷で適度に食べてから夜会に向かうのですわ。

会場に入ったところ、壁際《かべぎわ》にズラリと並ぶ食事の量に度肝《どぎも》を抜かれました。そして、踊る場所はまったくございません。丸テーブルが会場中を埋め尽くしています。

これは、もしや晩餐会《ばんさんかい》の間違いだったのかしら？　ケイトはさりげなく会場を見渡す。でもそれにしては妙です。どこに座るか席順を案内されませんでしたもの。晩餐会なら、配偶者以外の男女が並ぶよう、案内されるのです。

会話が盛り上がるよう、どの男女を並べて座らせるか。それが女主人の腕の見せどころですわ。

あら、皆さん料理の場所に引き寄せられていますわ。私はマックスを誘導して、皆の行く方向に進みます。

「ああ、殿下とミュリエル様がいらっしゃるね。ご挨拶《あいさつ》しよう」

「なっ、どうしてあんな料理の真隣の席に」

私は小声でマックスに聞きました。通常であれば、王族は部屋の最奥に座るものですわ。

「ミュリエル様は食べることが大好きだそうだ」

私が目を白黒させている間に、私たちの挨拶の順番が来てしまいました。王族の顔を直接見ることは許されません。うつむき加減で前に進み、おふたりの前で跪《ひざまず》きます。

「今日は皆に直答を許している。立ちたまえ」

なんということでしょう、このような名誉を賜《たまわ》るなど信じられません。

「僕が一番迷惑をかけた文官かもしれない。マックスいつもすまない。ケイト夫人、マックスを家に帰してやれなくてすまなかったね」

神がかり的な美貌《びぼう》のアルフレッド王弟殿下に、直接声をかけられてしまいました。尊《とうと》い。これが尊死の境地なのですね。

私がぼーっと突っ立っていると、殿下がそのままお話しになります。

「僕の愛《いと》しいミュリエルだよ」

「ミュリエルです。よろしくお願いします」

「マックスとケイト夫人は、僕たちのテーブルに座りたまえ」

気を失うかと思いました。しかし、ここで意識を失うわけにはいきません。

今日の、この夜会での全てを、家族とお友だちに漏らさず話すと約束したのです。

夢見心地で席につきます。殿下とミュリエル様、そして若い男女が同じテーブルです。若い男女はミュリエル様のご学友のようです。とても気安くお話しされていますわ。

他の参加者は、好きなところにお座りになる方式のようです。もちろん、殿下の近くの席から埋まっていきます。


チンチンチンチン　殿下がグラスをフォークで鳴らします。

皆が静かになって殿下を見つめます。

「今日は無礼講だ。直答を許す。ただし、ミュリエルに無礼なことは、決してしてはいけないよ。僕が何をしでかすか分からないからね」

ここは笑うところなのでしょうか？　皆、遠慮がちにぎこちなく笑います。

「知っての通り、二十五歳の今までずっと女性が苦手でね。一生結婚はしないものと思っていたのだが、ミリーに出会って気が変わった」

殿下がとろけそうな笑顔でミュリエル様を見つめます。そして、我慢ができなかったのでしょうか。ミュリエル様の頰《ほお》に優しくキスされます。

私はハンカチを口に押し当てて見えないように嚙《か》み締めました。そうでもしなければ、大声で叫び出していたことでしょう。

マックスが心配そうに私の背中に手を当てます。

大丈夫、大丈夫ですわ。気合いで乗り越えてみせますわ。今日、ここで起こることを、見逃すなんて絶対にできません。

他の貴族女性も私と同じ気持ちのようですわ。皆、ハンカチをギリギリと引き絞《しぼ》ったり、手のひらをつねったりして耐えています。

皆、耐えるのよ。女性たちと目が合います。小さく頷《うなず》き合って、気持ちをひとつにします。女性たちのギラギラとした目に促《うなが》されるように、殿下が話されます。

「ミュリエルと結婚するために、まあ、無茶をした。今日ここに来てもらった文官諸君のおかげで、無事にミュリエルを我が手に囲い込むことができた」

殿下はミュリエル様の頬を長い指でそうっと撫《な》でます。ミュリエル様の頬が少し赤らみました。

「苦労をかけた、ありがとう。感謝する」

夫を含め、文官の方々が感極まって涙を光らせています。

分かります。文官は滅多に褒《ほ》められることのない立場です。できて当たり前、失敗したらクビですわ。

近衛《このえ》騎士のように、チヤホヤされることもなく、陰で静かに国を支えているのです。

やっと報われたわね、マックス。私はマックスの手を強く握りました。

「食べることが好きなミュリエルに合わせて、多様な料理を用意した。各自が好きなものを好きなだけ食べてほしい。毒は入っていないと、僕が保証しよう。まあ、実は全て毒味済みだ」

今度は大きな笑い声が上がりました。

「さあ、大いに食べて飲んで、今宵《こよい》を楽しんでくれ。乾杯！」

「乾杯！」

ミュリエル様がさっと立ち上がります。まるで騎士のように機敏な身のこなしです。つられて私も立ち上がりました。

ニコニコとかわいらしく笑いながら、殿下と共に料理のテーブルに向かわれます。おふたりはじっくりと全ての料理を確認されると、肉料理のところにお立ちになります。

「色んな肉を少しずつお願いします」

ミュリエル様は朗《ほが》らかに仰《おっしゃ》いました。私はようやく、ミュリエル様の全身をこっそりと見ることができました。

まあ、とても背が高くていらっしゃるわ。殿下の鼻ぐらいにミュリエル様の頭がございます。一般的な貴族女性の、頭ひとつ分は大きいのではないかしら。

ドレスは、殿下の髪の色ですわね。殿下がお選びになったに違いありません。前身頃《まえみごろ》は首まで詰まっているのですが、後ろは腰の少し上まで大胆に開いています。このような形のドレスは初めて見ました。

ミュリエルさまのほっそりとした体型がとても際立《きわだ》ちます。袖《そで》がなく、背中が全て見えています。まあ、コルセットもしていないのに、なんと細い腰でしょう。でも、決して貧相ではないのです。思わず触りたくなるような張りのある肌。美術品のようですわ。

あら、まあ、殿下ったら。ミュリエル様の背中をそんなに撫で回してはいけませんわよ。

私は少し顔が熱くなりました。でも、ミュリエル様は平然として料理を選んでいらっしゃいます。

「あまり食べないんですね。おいしくなかったですか？」

ミュリエル様が心配そうに仰います。

「いえ、とてもおいしいです。少し緊張しておりまして」

嘘《うそ》です。ミュリエル様のあまりの食べっぷりに、すっかり食欲がなくなっていたのです。こんなに細い体の、いったいどこに入っていくのでしょう。ダンという専属の給仕が、何度もミュリエル様のご要望に合わせて料理を運んできます。

「せっかくのおいしい料理です。食べないともったいないですよ」

ミュリエル様は吸い込むように次々とお皿を空にされます。

私も少しずつ口に運びます。確かにおいしいですわ。さすが王都で一番人気のレストランですわ。

「残ったら捨ててしまうんだよね。貧しい人にあげられればいいのに。それか、みんなで持って帰るとか」

テーブルの全員がうっと詰まります。なんと答えればよいのでしょう。

「貴族が持ち帰りは難しいんじゃないかな。平民だと普通にするけどねえ」

イローナ様がお答えになります。

「お皿で持って帰って、翌日お皿を返しにくればいいかもしれませんが。正装姿でお皿を持つのは恥ずかしいです」

私は思い切って意見を述べてみました。

「食べ物が入っているとは分からないような、専用のオシャレな箱があればどうかしら？　バスケットでもいいかもしれない」

イローナ様が目を輝かせながら話されます。

「そうですね、それであれば、持ち帰る貴族もいるかもしれません。最初のひとりになるのは、勇気がいりますけれど」

「そしたら、私が最初のひとりになるよ。マチルダさんとジョニーさんにケーキを持って帰ってあげたいなあ」

殿下が給仕のダンに目配せされます。

しばらくすると、銀皿にケーキが美しく盛りつけられて来ました。

「ミリー、この銀皿ごと紙で包めば持って帰れると思うよ。馬車で揺れるから気をつけないといけないけど」

「ありがとう、アル、ダン」

ミュリエル様の笑顔に殿下も微笑《ほほえ》みで返します。なんて仲睦《なかむつ》まじいおふたりでしょう。

「私も、何か持ち帰らせていただきます」

私は決心しました。ミュリエル様が率先してなされることです。従うのが忠臣の務めではありませんか。

「ありがとう」

ミュリエル様の笑顔が私に向けられます。太陽のように温かい笑みです。ここまで心をさらけ出して笑う貴族女性に、会ったことはありません。見ているだけで、心が癒《い》やされます。

ああ、殿下が寵愛《ちょうあい》される気持ちが分かります。無垢《むく》な幼児を愛さずにはいられないように、ミュリエル様の純粋な魂《たましい》を愛《め》でていらっしゃるのですね。

その日、ほとんどの料理が持ち帰られ、料理長はミュリエルに忠誠を誓った。

5. 腕力と握力が大事

Lady throwing stones

「帰りたくない」

アルフレッドはマチルダの家の客間でグズグズしている。

「今日ここに泊まってもいいだろうか？」

アルフレッドが子犬のような目でミュリエルを見つめる。

「えーっと、私は構わないけど？」

「本当？」

アルフレッドが満面の笑みを浮かべる。

「殿下、なりません。陛下から、必ず王宮に連れ帰るように仰《おお》せつかっております」

侍従のジャックがキリッとたしなめた。ダンもうんうんと頷《うなず》いている。

「もう結婚してるからいいじゃないか」

アルフレッドが恨《うら》めしそうな表情でジャックをにらむ。

「式はまだです。殿下、自重《じちょう》をお願いいたします」

「自重か。ミュリエルの領地に置いて来てしまった」

「殿下、明日から王宮でミュリエル様と晩餐《ばんさん》を楽しまれてはいかがです？　文官を同席させれば、陛下もお許しくださるかと」

「ジャック！」

アルフレッドが輝く笑顔でジャックを見る。

「すぐに手配いたします。さあ、そろそろお帰りいただきませんと」

＊　＊　＊

翌日、家まで迎えに来てくれたジャックに連れられて、ミュリエルは王宮に行った。部屋の中ではアルフレッドが微妙な顔つきで座っている。ミュリエルはアルフレッドの隣の男性を見て、ドキンとした。

陛下がいるんですけど。いや、いずれ挨拶《あいさつ》するんだろうなーとは思っていたけれども。

「ミリー、ごめんね。兄上が、文官よりまず自分だろうって聞かないから」

アルフレッドが立ち上がって、ミュリエルの耳元でささやく。

「いえ、あの、いずれその時が来ると思っていたので、大丈夫」

いつも落ち着いているアルフレッドが、いつになく慌《あわ》てている。

ミュリエルは王の前で跪《ひざまず》こうとすると、止められた。

「よい。もう既《すで》に義妹だ。座りなさい」

真っ白のクロスがシワひとつなくかけられた長方形のテーブル。アルフレッドとミュリエルは王の向かい側の席に座る。

前菜から始まって次々とご馳走《ちそう》が運ばれてくる。初めは緊張していたミュリエルも、徐々に落ち着いてきた。なんせ料理が絶品だ。ミュリエルの舌ではもはや素材が何かも分からない、複雑で豊かな味わいのソース。

ミュリエルが夢中で食べているのを、アルフレッドは穏やかな笑みを浮かべて見ている。

「ミリーは狩りが得意だと聞いたが、領地では何歳ぐらいから狩りをするのかね？」

王が話を振ってくれる。

「そうですね、大体三歳ぐらいから森に行って狩りの真似事《まねごと》を始めます。もちろんまだ獲物は追えません。年長の子どもたちと森で遊びながら、近くにいる動物に石を投げて少しずつ技術を身につけます」

「それは、思ったより早いな」

「森で遊ぶと、狩りができる体になっていくのです。木を登ったり、ツタにぶら下がったり。そのうち自然と、ツタからツタへ移動できるようになります。猿と一緒です」

「猿と一緒」

王がポツリとつぶやいた。

「私の最初の獲物はウサギでした。五歳のときでした。今でも覚えています。柔らかく温かい体がだんだん冷たく、硬くなります」

「そうか」

「初めての獲物は家族で分け合って食べます。私は吐いてしまって。でも、父さん、父が最後まで食べ終わるまで許してくれませんでした。それが命をいただく者の責務なのです」

「それは、幼い者には酷《こく》であろうな」

王が気の毒そうな表情になる。

「仕方がないです。狩りをするというのは、そういうことですから。獲物がとれるようになったら、徐々に解体も学びます」

王が真面目《まじめ》な顔で聞いている。

「片手でリンゴが潰《つぶ》せるようになったら、一人前です。単独での狩りも許されます。領地では、単独での狩りはしませんが」

王は驚いたようで、目を瞬かせる。

「ミリーは潰せるのか？」

「はい。私は十二歳のときに潰せるようになりました」

「試してみよう」

ジャックが頷いて給仕係に指示する。しばらくすると、リンゴの入ったカゴが運ばれてきた。

「見せてくれるか？」

「はい」

ミュリエルは立ち上がると、リンゴを持った手をまっすぐ伸ばす。深く息を吸うと、

「はっ」

一気に力をこめ、リンゴを握り潰した。リンゴの汁が下のお皿にポタポタ落ちる。

ミュリエルはリンゴの破片をお皿にのせると、ジャックが渡してくれた布で手を拭《ぬぐ》う。

「見事なものだな。私も試してみよう」

王が立ち上がり、ミュリエルと同じようにやってみる。

「無理だ。手が痛い」

王が子どものような笑顔を見せる。

続いてアルフレッドも試してみる。

「無理ですね。腕がプルプルする」

アルフレッドは悔《くや》しそうな顔をしている。

「コツさえつかめばできるようになりますよ。毎日練習すれば大丈夫です」

「やってみよう」

王とアルフレッドは真剣な顔で頷く。

「父は、片手でクルミも割れます。私はまだできません」

「すごいな」

王とアルフレッドは目を丸くする。

「片手で人間の首を折れなければ、領主は務まらないそうですよ」

王は何か言おうと口を開いたが、結局何も言わずに口を閉じた。

「私は片手でウサギの首なら折れます。イヤな感触です。でも、それができなければ一人前の狩人《かりうど》とは言えません。道具を使わずに、生き物の命をこの手で奪うのです」

ミュリエルは手のひらに視線を落とす。

「命を奪う、その感触を忘れないようにしなければ、驕《おご》りが出ます。生き物と自然に対して、驕り高ぶれば、人間は滅びます。領地ではそう教えられます」

王とアルフレッドは静かにミュリエルの顔を見つめた。

＊　＊　＊

「なんとも、表現に困る少女だな」

王が複雑な表情でアゴを撫《な》でる。

「そうですか？　僕はミリーのことならいくらでも語れますけどね」

「私との初めての食事で、あそこまで食べる人物は見たことがない」

王は苦笑する。緊張のあまり何も食べられない者がほとんどだった。

「魔牛を単独で狩れる少女ですよ。兄上や私など、一瞬でヤレる自信があるのでは？　臆する必要がないのでしょう」

アルフレッドは肩をすくめた。

「まあ、お前が気にいる理由は分かった。あの生命力の強さは、王都ではまぶしすぎるぐらいだ」

「あげませんよ」

アルフレッドがギロリと王をにらむ。

「私がお前のモノを欲しがったことが一度でもあったか？　私は妻を愛している。私にはアレで十分だ。あの少女は私の手には余る。お前は、大丈夫そうだな」

「逃げられないように必死ですよ」

アルフレッドは朗《ほが》らかに笑った。

「ほどほどにな。もう印章を好き勝手使うのはやめよ」

「前からやっていたではありませんか。兄上も、書類仕事の手間が省《はぶ》けるから、見て見ぬフリをしていたのでしょうに」

「今回のことで、文官にバレたではないか。しばらくはやめておけ」

王は口を歪《ゆが》めて注意する。

「はい、分かりました」

「ラグザル王国との交渉条件を詰めなければならないな」

「それについては、間もなく準備が整います。もうしばらくお待ちください」

「うむ、任せた」

王とアルフレッドはゆっくりとウィスキーのグラスを傾けた。

6. 行き当たりバッチリ

Lady throwing stones

王と宰相《さいしょう》は、ラグザル王国への賠償《ばいしょう》請求の条項が書かれた紙を読んでいる。

「私は問題ないと思うが、ヒーさんはどう思う？」

ヒースクリフ・マカサータ宰相、通称ヒーさんはしばらく黙っていたが、ニッと笑った。

「アルフレッド殿下、ドーンとやってみなされ。骨はワシが拾ってやりましょう」

「骨になるつもりはないのだが。何か問題があるなら言ってくれ」

アルフレッドは苦い顔をする。

「先方の出方次第でしょうなあ。ここまで調べてまとめたのです。あとは交渉してみないことにはなんとも」

ヒーさんは穏やかな顔でアルフレッドを見つめる。

「孫のヤスミラがよく言う言葉なのですがな、『行き当たりバッチリ』の精神です。ある程度準備をしたら、あとは出たとこ勝負ですぞ」

ヒーさんは鋭い目で王とアルフレッドを見据える。

「うむ。では、交渉はアルフレッドとヒーさんに任せた。バッチリやってこい」

「はい」

＊＊＊

「お父様、わたくしアルフレッド王弟殿下に嫁《とつ》ぎたいですわ。わたくしの嫁入りで、レイチェルの失態をなかったことにすればよろしいわ」

ラグザル王国の第二王女アナベルは、居丈高《いたけだか》に王に意見を述べる。

「まったくよろしくないであろうよ。アルフレッド殿下は、お前にもレイチェルにも興味はない。なぜ分からんのか」

ダビド・ラグザル王はうんざりといった様子でため息を吐《つ》く。

「まあ、お父様。お父様の目はふし穴ですの？　わたくしのこの高貴なる美貌《びぼう》、好きにならない殿方などおりませんわ。交渉の場で姿絵を見せれば終了ですわ」

アナベルは両手を腰に当てて、豊かな巻き毛を揺らす。

「アナベル、そなた出戻りではないか。素行が悪く、かつ子を成せなかったため、離縁されたのだぞ。そなたの価値はもはや無に等しい。側妃にということであれば、提案してもよいかもしれぬが」

王は両手でこめかみをグリグリする。娘たちと話すと頭痛が起きるのだ。

「なんですって！　栄《は》えあるラグザル王家の次女である、わたくしを側妃にですって。お父様、冗談もたいがいになさってくださいませ」

「冗談はそなたの頭の中身だ。もうよい、交渉事に口を出すでない」

王は頭痛をこらえながら、アナベルを追い出した。

「はあー、どうして我が娘たちは揃《そろ》いも揃っておめでたいのであろうか」

美貌に目がくらみ、家臣の反対を押し切って嫁に迎えた妻だったが……。こうなると、あのとき家臣の言うことを聞いていればよかったかもしれない。

今さら悩んでも仕方がないことを、王はいつまでもグジグジと考え続けた。

＊　＊　＊

「殿下、交渉では相手により多く話させた側が勝ちです。焦《あせ》らずじっくり揺さぶってくだされ」

「分かったよ、ヒーさん。骨にならないよう、やってみる」

アルフレッドは気を引き締めた。

ラグザル王国からラモン・デルノルテ宰相と、ハビエル・ペルゴリア外務大臣が訪れた。いよいよ山場である。

「我が国の平民が、貴国で騒ぎを起こしたことについて、お話し合いをさせていただきたい」

ハビエル外務大臣が口火を切った。アルフレッドは無表情で聞き返す。

「平民と言いますと？」

「ええ、正気ではない女がふたり、ご迷惑をおかけいたしました。ふたりは既《すで》に処刑しております」

「なるほど」

アルフレッドはピクリとも表情を変えず、ハビエル外務大臣の言葉を待つ。

「何分、まともではない哀《あわ》れな女の不始末です。ぜひご温情を賜《たまわ》りたく。しかし、いくら平民とはいえ、貴国を騒がせたことは事実。いかがでしょう、それなりの賠償金と、アナベル第二王女の側妃入りで手を打っていただけませんか」

「アナベル第二王女の側妃入り？　いったい誰に？」

アルフレッドの眉《まゆ》がかすかに寄った。

「ええ、アルフレッド王弟殿下の側妃として、社交や外交を担当できればと。聞くところによりますと、アルフレッド殿下の婚約者は男爵家のご出身だとか。社交や外交は心もとないのではと、愚考いたします」

「アナベル第二王女の素行については、我が国にも伝わってきております。厄災《やくさい》にこそなれ、賠償にはなりませんな」

アルフレッドは氷のような視線をハビエル外務大臣に向ける。

「ま、まあ素行については……。しかし美しさにおいては右に出る者はおりません。しばらく時を置いたのち、家臣に下げ渡していただいても」

ハビエル外務大臣は、ささっとアナベルの姿絵を出した。

アルフレッドはチラリと姿絵を一瞥《いちべつ》すると、無反応で書類に目を落とす。

ハビエル外務大臣は、何かを察知して速やかに姿絵を片づけた。

「こちらの情報では、年上の女はムーアトリア王家の末裔《まつえい》、ロゼッタ・ムーアトリア。年下の女はレイチェル・ラグザル第三王女ですが」

「まさか、そのような！　レイチェル王女は王都から一歩も出ておりません。それに、元ムーアトリア王国の王族はとうに処分しております。あり得ませんな。王女と元王族と身分を詐称《さしょう》するなど、許せません。早々に処刑しておいてよかったです」

ハビエル外務大臣は落ち着いた表情を見せる。

「ムーアトリア王家の末裔かどうかはともかくとして。レイチェル第三王女は、この目で確認しました。まさか、王弟である私の言葉を疑うとでも？」

「いやいや、殿下。女は化けますぞ。化粧をほどこせばなんとでも。物証がない以上、いくら殿下のお言葉でも、はいそうですか、とはなりませんなあ」

ハビエル外務大臣はうっすらと笑う。

アルフレッドは大臣の前にコトリと指輪を置いた。

「つい先日、レイチェル第三王女から捧《ささ》げられた指輪だ」

ハビエル外務大臣とラモン宰相が指輪を凝視する。

「ここに、ラグザル王家の紋章が入っていますね」

アルフレッドは指輪の中の百合《ゆり》の紋章を指し示す。

「ラグザル王国の王族しか持つことの許されない指輪ですね。八年前、不埒《ふらち》な真似《まね》をしてきた相手を、一国の王弟がよもや忘れるとお思いか？　指輪と記憶。これが証拠にならないとでも？」

外務大臣と宰相は顔色を失った。

「ラグザル王国の国家予算二年分。そして、国境沿いの土地をいただきたい。そうですね、旧ムーアトリア王国の領地あたりがいいでしょう。併合後、統治がうまくいってないのでしょう?」

ラモン宰相はアルフレッドの差し出す書面を受け取り、ゆっくりと全文を確認した。渋い顔で頷《うなず》くと、ハビエル外務大臣に渡す。ハビエル外務大臣は急いで文面を確認すると、青ざめた顔で署名した。

＊＊＊

「行き当たりバッチリでしたかな?」

ヒーさんがアルフレッドに問いかける。アルフレッドはしばらく考えたのち、ゆっくりと口を開いた。

「女たちをラグザル王国に返したのは失敗だった」

「そうですね。交渉するまで、返すべきではありませんでした。ただ、それだけが殿下の犯した間違いではない」

アルフレッドはいぶかしげにヒーさんを見返す。

「殿下、なぜ事前に相談してくださらなかったのです。じいはいつだって、殿下のお力になりたいと思っておりますぞ」

ヒーさんは優しく諭《さと》す。

「殿下は優秀です。それは誰しもが認めるところでしょう。ですが、優秀な人間ひとりは、優秀な人間三人の知恵には敵《かな》いませんぞ。それをゆめゆめお忘れなきよう」

「そうだな。自分の力を過信していた」

アルフレッドは悔《くや》しそうにうつむいた。

「殿下は部下や官吏《かんり》の能力を最大に発揮《はっき》させることに長《た》けていらっしゃいます。一見するとこき使っているとも取られかねない仕事の振り方なのに、部下に慕われるという得難《えがた》い資質もお持ちです」

ヒーさんは真剣な面持ちでアルフレッドに言葉をかける。

「殿下、もっと年上の人間を頼りなされ。ワシら老人は伊達《だて》に年を取っていない。幾多の失敗を乗り越えて、この地位にいるのです。殿下は部下を使うのはお上手ですが、老人に頼り慣れていらっしゃらない」

「確かに、部下や文官に仕事を振るのは苦も無くできるが。大臣級の者たちは忙しいと思って、遠慮があったかもしれない」

アルフレッドは戸惑った表情を見せる。

「指輪をお持ちだったのは僥倖《ぎょうこう》でした。それがなければ、はした金でお茶を濁されたでしょう。ですが、もし事前にご相談いただければ、賠償金は国家予算の五倍は取れましたぞ」

「五倍」

アルフレッドは持っていたペンをカタリと机に落とした。

「ダビド王に手紙を一通送ればいいだけです。『各国の賓客《ひんきゃく》を招いた夜会にレイチェル第三王女を出す』それだけで、ダビド王はいくらでも金を積み上げたでしょう」

「ああ」

アルフレッドは顔を歪《ゆが》めて椅子《いす》に背をもたせ、天井《てんじょう》を見上げた。

「ミュリエル様に関わることを、おひとりで片づけたかったお気持ちは分かります。吐くほどに嫌いなレイチェル王女を、すぐ返したかったのも。しかし、殿下は王族です。もっと強く、冷酷《れいこく》であらねばなりません」

ヒーさんはアルフレッドの肩に手を置いた。

「ひとりで抱え込まず、周囲を頼りなされ。ひとりでは無理でも、誰かがいればより強く、より冷酷になれるでしょう。そして、殿下はもっと失敗してください。失敗から学ぶことは多いのですよ。今日は、殿下にとってよき日でした」

ヒーさんはニッといい笑顔を浮かべる。アルフレッドはぼんやりとした表情のまま、ポツリと言葉を漏《も》らす。

「取れるはずの賠償金を取り漏らしたのにか？」

「なに、二年分取れれば十分です。取り損ねた三年分は、殿下の成長料と思えば、まったく惜しくはない。殿下は失敗することがほとんどない。できすぎです。ですが、それは長い目で見るとよくないのです。無知の知ですよ、殿下。自分に知らないことがあることを、知ること。それが成長の糧《かて》です」

「無知の知。いい言葉だ。肝《きも》に銘《めい》じよう」

アルフレッドはようやく笑顔を見せた。

ヒーさんはひとり静かに考えるアルフレッドを置いて、王の元へ向かった。

「うまくいったか」

「二年分です。そして、殿下が人に頼ることの重要性を認識されました」

「女性が苦手という弱点を補うために、肩ひじ張って無理をしがちだからな、アルは。弱みを見せても大丈夫、失敗しても立ち上がれる、それを知ってほしい」

「ミュリエル様の前でも、弱みをお見せできるようになればいいですがね」

「それはまだ難しいのではないか。必要以上に、出来る男の仮面をかぶっておるぞ、あれは」

「初恋ですからなあ」

「好きな人に弱みをさらけ出せれば、互いの愛が深まる。それを早く知ってほしいものだ」

アルフレッドが生まれたときから、ずっと見守ってきた国王と宰相。愛する人を得たアルフレッドのさらなる幸せと成長を、心から願っている。

7. 家族のこと

Lady throwing stones

ジャックに連れて行かれた王宮の部屋には、少し元気がないアルフレッドと、ふたりの老いた男女がいた。ふたりはミュリエルが部屋に入ると、ガタッと立ち上がったまま固まる。

アルフレッドが笑顔になって、ミュリエルを抱きしめた。

「どうしたの、アル。何かあった？　元気ないみたいだけど」

「大丈夫。ミリーの顔を見たら元気になったよ」

アルフレッドはミュリエルの腰に手を回すと、固まったままのふたりの前に連れて行く。

「ミリー、君の母方の祖父母だよ。リチャード・セレンティア子爵と、キャンディス子爵夫人だ」

「母さんの、私の」

じいちゃん、ばあちゃんと言おうとして、ミュリエルはなんとか踏みとどまった。

「おばあさまと呼んでもらえないかしら、ミリー」

「私のことはおじいさまと。ミリー」

領地のじじばばとは比べものにならない、上品な祖父母。

「おばあさま、おじいさま。初めまして、ミリーです」

おばあさまは感極まったようで、ボロボロと泣き始める。ミュリエルはオロオロとしながら、おばあさまをそっと抱きしめる。おじいさまが、ためらいがちにミュリエルの背中に手を当てた。

「さあ、食べながら話しましょう。ミリーはお腹《なか》が空《す》いているはずだからね」

ミュリエルがアルフレッドの隣に座ると、おばあさまは涙を拭《ふ》きながらミュリエルの前に座った。

「鼻が、シャルロッテにそっくりだわ」

「目はロバートだな」

ミュリエルは、どういう顔をしていいか分からず、真面目《まじめ》な顔でふたりを見る。

「そうなんですね。マリー姉さ、マリーナ姉さんは、母さんにそっくりですよ」

「会いたいわ」

「結婚式で会えますよ。家族全員にね」

アルフレッドが優しく言う。

「待ち遠しいですわ。あの、いつ頃《ごろ》になるのでしょうか?」

「そうですね、今すぐにでもと言いたいところですが。早くて来年の春頃でしょうか。冬を越さないと、領地からの移動が大変ですからね」

確かに。雪が溶けないとどうにもできない。ミュリエルは深く頷《うなず》いた。

「できれば、ミリーの衣装のどこかに刺繍《ししゅう》をさせていただけませんか?」

「ええ、もちろんです。衣装係をご紹介しますよ」

おばあさまにたくさん聞かれて、領地での生活を話す。母が衣装を手作りしてくれることを言うと、おばあさまは涙ぐむ。

この間、魔牛を仕留めたことを自慢げに話すと、おじいさまが青くなったり赤くなったり、プルプル震えたりする。怒っているのだろうか。

姉弟の話が一番平和な話題だと、ミュリエルはようやく察知した。

「ジェイムズとハリソンが双子。次のダニエルとウィリアムも双子なんです。母さんは、効率がいいでしょうって、今でも自慢してます」

おっと、これはマズイ話題だったらしい。おばあさまが泣いてしまった。

「双子って不思議なんですよ。どっちかが病気になったり、怪我《けが》したりすると、遠くにいても分かるんですって」

ミュリエルは急いで双子の神秘について話す。

「ダニーとウィリーは、五歳ぐらいまで、自分がどっちだかよく分からなかったみたいだし。ふたりだけど、ひとりみたいな感覚なんですって」

おばあさまが興味深そうに聞いている。ミュリエルはホッとした。

「その、双子のジェイムズが次期領主となるわけだが。片割れのハリソンは大丈夫なのだろうか？ 複雑な気分なのではないか？」

おじいさまが心配そうにしている。

「んー、そうでもないみたいですよ。ジェイは狩りが好きだけど、ハリーはそうでもないし。ハリーは農業とか牧畜の方が好きなの。領主になると、魔剣を持って魔獣と戦わないといけなくなるから。ハリーは向いてないと思います」

「そうか。それならいいのだ」

おじいさまは安心したようだ。おばあさまが身を乗り出して聞いてくる。

「ミリー、今度一緒にお買い物に行きましょうね。他の子どもたちに何か贈り物をしたいのだけど、何がいいかしら」

「買い物、楽しみです。マリーナ姉さんは、靴がいいと思います。昔、王都で買った靴をずっと大事にしてるから。実用的ではない靴だと、きっと喜びます。そういうの欲しくても、絶対言えないから」

「分かりました。一流の靴職人を手配しておきますね」

おばあさまはニコニコと優しく笑う。

「ジェイはそうですね。狩りが好きなので、犬かなあ。小さいときに仲良くしていた犬が死んじゃってから、自分だけの犬はもういらないって言ってるの。でも、そろそろまた気が変わるような気がする」

「よい狩猟犬を選べるように、探しておく」

おじいさまが真剣な顔で言ってくれた。

「ハリーは動物が好きすぎて、自分で狩るのがイヤなんですよ。でもなぜか、犬はそんなに好きではないみたいで」

ミュリエルが考えこんでいると、おじいさまが何か思いついたようだ。

「鷹《たか》は？　鷹狩りなら、指示するだけでいい。いや、森ならフクロウの方がいいのだろうか」

「鳥は仕込むのが大変ですよね。教える技術もないし」

「仕込める者を、数ヶ月領地に派遣することはできる」

ほう、金があればそんなこともできるのか。ミュリエルは新しい世界を垣間見《かいまみ》た気持ちになる。

「そしたら、フクロウかなあ。ハリーは鷹よりフクロウが好きな気がする」

「分かった。探しておく」

いいな、ちょっとうらやましいかも。ミュリエルはこっそり思った。

「ダニーは本が大好きなの。でも領地にはあまり本がなくって。領地にある本は全部暗記しちゃってるんだ」

「まあ、それならうちにある本を、大至急送ってあげましょうよ、あなた」

「そうだな。ダニーだけ先に贈り物を受け取っても大丈夫だろうか？」

「大丈夫ですよ。もしかしたらケンカになるかもしれないけど。そしたら母さんにぶっ飛ばされるだけだし」

あ、これは言ってはいけなかったようだ。おじいさまとおばあさまがまた固まってしまった。慌《あわ》てて話題を変える。

「ウィリーは木彫りが好きなの。彫刻用の道具が喜ぶと思う」

「それならすぐ手配できる。では、本と一緒に送ろう」

おじいさまは満足そうに答えた。おばあさまは、オズオズと尋ねる。

「シャルロッテは？」

「母さん、なんだろう。あ、そういえば、最近目尻《めじり》のシワを気にしてたから、クリームとか？」

「それもすぐに手配できますわ」

おばあさまは嬉《うれ》しそうだ。

「ロバートは？」

おじいさまがソワソワしながら聞く。

「父さん。全然思いつかない。うーん、馬かなあ？　農耕馬じゃない、馬。でも領地にはいらないからなあ」

「税収に余裕が出てきたのだろう？　馬を持ってもいいと思う。シャルロッテも乗馬が好きだ。ふたりで遠乗りに出かければいい。森では無理だが、平原なら馬で狩猟もできる。馬をツガイで選べばいい」

おじいさまはものすごく乗り気のようだ。ミュリエルは母の知らない一面に驚く。

「ええ、母さん乗馬できるの？　知らなかった」

「シャルロッテは乗馬が得意だった。ミリーは乗らないのか？」

「農耕馬と牛なら乗れるけど。普通の馬は乗ったことがない」

「今度、乗馬に行こう。獲物がいれば狩ってもいい。殿下、王家の私有地で狩猟をさせていただけませんか？」

おじいさまは少しウキウキしている。

「もちろんだ。僕も行きますよ。皆でピクニックだ」

「楽しみだねえ。狩ったらさばいて、その場で焚《た》き火して焼いて食べよう」

「そうだね」

ミュリエルは新しい場所での狩りに心が浮き立つ。王家の私有地なんて、珍しい獲物がいそうではないか。

「あ、でも私、熊はひとりでは狩れないんだけど。熊を狩るには最低でも十人はいないと。石だけだと無理だし。弓か槍《やり》がいるよね」

「ミリー、この辺りでは熊は出ないから大丈夫」

アルフレッドが苦笑する。

「魔牛も？」

「魔牛が出たら、騎士団が討伐するよね。間違っても石では立ち向かわないから」

「そっか。王都だもんね。弓も槍も使いたい放題だもんね。なら大丈夫かな」

「念のため、騎士団の精鋭部隊を連れて行くよ」

アルフレッドは急に不安になったようだ。

「本当？　騎士団に弓と槍の使い方教えてもらえるかな？　父さんから教わったけど、滅多に使わないから」

「分かった。弓と槍を十分に持って行くよう伝えておく」

「ありがと、アル」

ミュリエルの笑顔に、アルフレッドはご満悦だ。

セレンティア子爵夫妻は、ふたりの会話を聞いて少し疑念が湧いた。ひょっとして自分たちの孫娘は、一般的な令嬢の範囲内には収まっていないのでは。まさかね。

そのまさかである。

8. いったい何を狩るというのか

ピクニックってこんな物々しい行事なんだっけ？　ミュリエルはおののいた。護衛が十人、騎士団の精鋭が十人である。

二十人の屈強な戦士たち。鍛え抜かれた筋肉、鋭い眼光、機敏な身のこなし。まさに歴戦の猛者《もさ》ばかりに違いない。

武器もすごい。全員弓と剣と槍《やり》を持っている。剣はともかくとして、弓矢は使い捨てだ。金を投げ捨てているのと同じである。

領地では、父が大型魔獣を仕留めるときにだけ使う。使ったあと、父はいじましく再利用ができないか、矢尻《やじり》を調べたりする。まあ、ほぼできないが。

槍はもっと高い。滅多に出ない魔熊と戦うとき用に大事に保管されている。魔熊は石だけでは倒せないので、石で弱らせたあと、槍を一斉に投げるのだ。槍は再利用できることが多い。でも、高いので使うことはマレである。

ピクニックって聞いてたけど、ドラゴン狩りなんだろうか。ミュリエルは少し、いやとても不安になった。ミュリエルは、ドラゴンは狩ったことがない。ドラゴンは人が相手にできる魔物ではないから、諦《あきら》めて逃げろと言われている。まさに厄災《やくさい》級なのだ。

アルフレッドと祖父母のどちらかしか選べない場合、誰を助けるべきなのか。ミュリエルは答えの出ない難問に、涙目になる。

いや、アルフレッドは王弟だ。護衛と騎士、二十人が命を懸けて守るだろう。ならば自分は祖父母を守ろう。ミュリエルは結論が出て明るい気持ちになった。

ドラゴンが出ませんように。ミュリエルは祈った。でもやっぱり不安なので聞いてみる。

「アル、これから行く場所って、ドラゴンが出るの？」

「いや、出ないよね。出たら王都が滅びるよね。どうして？」

アルフレッドが目を丸くする。その反応にミュリエルはホッと胸を撫《な》で下ろした。

「えーっと、すごい人数だし、武器が贅沢《ぜいたく》だから」

「まあ、王弟が動くとなると、これぐらいは普通だけど」

「そっか。そうだよね。安心した」

ミュリエルの憂《うれ》いは取り除かれた。今日をめいっぱい楽しもう。ミュリエルの気持ちが高揚《こうよう》する。

さて、馬である。ずんぐりモッサリがかわいい農耕馬と違って、王都の馬は美人だ。とても洗練されている。どこのご令嬢ですか、と言いたくなるような優美さだ。女としての魅力で完全に負けているのではないか。ミュリエルは気落ちした。上がったり下がったり。初めての大掛かりなピクニックに、ミュリエルの感情が落ち着かない。

そして、初めての本格的な乗馬。祖父に何くれとなく世話を焼かれ、おっかなびっくり乗ってみる。目線が高い。王都の馬は足が長いのである。

「太ももの内側で馬を締め付けるのだ。馬の動きに合わせて腰を浮かせる。なんだ、できるじゃないか」

「わー、鞍《くら》と鐙《あぶみ》があると、馬ってこんなに簡単に乗れるんだ！　すごいすごい。ちょっと走らせてきまーす」

ミュリエルと馬は疾走《しっそう》した。速い。信じられないくらい速い。ミュリエルは風になった。馬と心がひとつになる。そうか、せまい王城で退屈していたんだね。存分に走るといい。

おや、遠くに鹿の群れがいる。ミュリエルは、腰につけた袋から石を取り出すと、手綱《たづな》を口でくわえる。スリングに石を入れ、投擲《とうてき》する。

パッと鹿の群れが割れ、四方に走り去って行く。ミュリエルは二回石を投げて、逃げ遅れた鹿を倒す。

何も指示しなくても、馬は倒れた鹿のところまで進んでくれた。いい子だ。

ミュリエルは飛び降りると、三頭の鹿にとどめを刺した。

「あ、しまった。どうやって持って帰ろうか」

つい夢中で三頭を倒してしまったけど、馬とミュリエルで運べるのは一頭ずつだ。もう一頭を置き去りにすることになる。いや、この子なら二頭運べるかな？　ミュリエルは鹿と馬の大きさを見比べる。

ブルルルッ　馬が頭を上に向け、耳をピクピクさせる。

「誰か来るのね？」

馬が見る方向を眺めると、土ぼこりが立っている。馬が落ち着いているので、魔物の群れではなさそうだ。

「あ、アルとおじいさまと、騎士の皆さんだね」

ミュリエルがニコニコしながら待っていると、顔色の悪い男たちが到着した。アルフレッドは馬から降りると、ミュリエルを抱き締める。

「心配した」

「え、どうして？　ドラゴンは出ないんでしょう？　まさか魔熊が出るの？」

ミュリエルはさあっと血の気がひく。さすがに魔熊はひとりでは狩れない。

「いや、せいぜいが猪《いのしし》だけど。そういう問題では」

「あ、そっか。連携を乱しちゃったね。ごめんなさい」

ミュリエルは反省した。これが領地での狩りなら、父の鉄拳《てっけん》制裁であった。のどかな草原に気が緩《ゆる》んでしまった。

「その鹿は、まさかミュリエルが？」

青ざめてかすかに震えるおじいさまが、弱々しい声で聞く。

「血抜きもされてるようだが」

「はい、馬上から仕留めました。馬ってすごいですね。あっという間に鹿に追いつくんです。領地だったら木の上で待ち伏せか、湖近辺でたまたまいたら狩れるんだけど」

やっぱり、馬を領地にたくさん買ってもらうべきだろうか。おじいさまはどれぐらいお金持ちなのだろうか。ミュリエルは下世話なことを考える。

「弓は持っていないだろう？」

「石です、おじいさま。古来もっとも伝統的な狩猟は石投げです。ほらっ」

ミュリエルは上空を飛んでいるマガモを、打ち落とした。

「あ」

「これだけあれば、ピクニックには十分ですよね。それとも、もっと狩ります？　あっ」

ミュリエルは続けざまに石を四つ投げる。

「ウサギがとれました。ウサギは動きが変速的だし、的が小さいから、石をたくさん投げないと。父さんならひとつで仕留めるんです。私はまだまだです」

「そうか。私の常識では計り知れない孫娘なのだな、ミリーは」

おじいさまは晴れやかな笑顔になった。褒《ほ》められた！　ミュリエルは嬉《うれ》しくなる。

「さあ、早速焼いて食べましょう。熟成させない鹿肉もおいしいですよ」

「そうだな、楽しみだ」

馬は頑丈なので、鹿と人間が一緒に乗っても大丈夫らしい。なるべく馬の負担にならないよう、細身の騎士が鹿を乗せて帰ることになった。

ウサギとマガモはミュリエルの馬に乗せている。

馬をのんびり走らせると、川の近くに大きな天幕が張られ、椅子《いす》やテーブルが設置されている。

ミュリエルの知るピクニックとはまったく規模が異なる。

荷馬車があり、ジャックやダンがせっせと食器を運び出している。

えええ、ピクニックって布敷いて、そこに寝転がって肉食べるんじゃないんだ。ミュリエルは初めて見る、お金と手間暇のかかったピクニックに目を見開く。

お貴族様ってつまらないだろうな、ミュリエルはアルフレッドが気の毒になった。こんな仰々《ぎょうぎょう》しいなら、気軽に出かけられないじゃないか。

外でのごはんは、地べたや木の上で食べるのが醍醐味《だいごみ》なのに。外で椅子に座って食べるなんて。王宮庭園でのお茶会でもあるまいし。

天幕の下で椅子に座っていたおばあさまが、慌《あわ》てて出てきた。

「心配したのですよ。ひとりでいなくなるなんて、何かあったらどうするのです」

「ごめんなさい。でも、おばあさま、ここはドラゴンも魔熊も出ません。せいぜい猪ぐらいだそうです。だったら何も危なくないですよ」

おばあさまはまったく納得してくれない。くどくどと小言を言われた。

わあー、母さんと一緒。同じことを色んな言い方で言ってるー。ミュリエルは、ひえっと首をすくめた。

これは長くなるぞ、ミュリエルは助けを求めてアルフレッドを見る。アルフレッドはニッコリ微笑《ほほえ》んだが、近づいて来ない。助けてくれる気はないようだ。

おじいさま、すがるように見る。おじいさまにはそっと視線をそらされた。ひどい。

「鹿をさばきます！」

ミュリエルは気合いを入れて、大声を出した。大声を出せば、たいがいの小言は途切れる。父の教えだ。

ミュリエルは、口を開けたまま止まったおばあさまからそっと離れる。川の近くに置かれた鹿を、サクサクさばいていく。

腹を裂き、内臓を取り出す。鍋に入れた水をかけ、腹の中の血もきれいに洗い流す。皮をはぎ、足を切り、骨に沿って部位ごとに分割する。

「手際《てぎわ》がいいですね」

隣でさばいている騎士の人に褒められた。今日はよく褒められる日だ。ミュリエルはご機嫌になった。

やる気がみなぎり、マガモもさばく。せっせと羽毛をむしりとり、ジャックにもらった布袋に羽毛を詰める。もう少し狩れば、いい枕《まくら》ができそうだ。

川で丁寧《ていねい》に手を洗う。

領地なら、そこらの木の枝にぶっ刺して肉を焼くのだが、お貴族様は違うらしい。専用の長い鉄串が用意されている。

塩も香辛料もふんだんに用意されてある。領地なら、厳密にひとりひとつまみずつ配られるというのに。ここではかけ放題である。

「いただきまーす」

いい具合に焼けた串を、ヤケドしないように布で持って、ふうふうしながら食べる。さすが王都の塩と香辛料、風味が違う！　いや、単純にかける量の違いかもしれない。

ミュリエルは焚《た》き火に当たりながら、焼けた串から次々食べていく。

ふと視線を感じた。皆がミュリエルを凝視している。

しまった。領地だと、早い者勝ちで奪い合いだけど。きっとここでは分け合って食べるんだ。

ミュリエルは急いで口の中の肉をゴクンと飲み込んだ。

小さな子どもがいれば分け合って食べるが、大人だけならそれは戦いである。狩り場での食事は弱肉強食、早食いが常だ。厳しい世界で生きてきたミュリエルは、王都の真髄《しんずい》に触れた。ここは優しい世界なのだ、皆で分け合わないと。

ミュリエルは恥ずかしくなった。焼けている串をいくつか素早く抜くと、おばあさまの皿にひとつ置く。この中で最弱はおばあさまだもの。

次はおじいさまだ。老人は敬わないと。領地の百戦錬磨のじじばばたちとは違うのだ。

次はアルだろう。王宮で真綿に包まれて育った生粋《きっすい》のおぼっちゃま。

あとはよく分からないので、適当だ。全員に串を渡していく。ミュリエルはやり切った達成感を胸に、焚き火のそばに戻る。

皆に肉が行き渡ったので、気兼ねなく存分に食べる。焼いては塩をふり、ガンガン食べる。

「あーおいしかった」

ミュリエルはごろんと寝そべり、お腹《なか》をさする。何かを感じた。おばあさまと目が合った。

お小言の気配を感じ、ミュリエルは姿勢を正す。

私は石。私は石。私は石。
ひたすら唱えて気配を消すと、イヤな雰囲気はなくなった。
ピクニックって、こんなに緊張するものだったっけ？　ミュリエルは首をひねった。

9. 責任の所在

Lady throwing stones

狩りの後、馬車の中でおばあさまがさめざめと泣いている。おじいさまはなぜか、王城に行ってしまった。ミュリエルはどうしていいのか分からない。

「あの、おばあさま。泣かないでください」

「ミリーあなたはアルフレッド王弟殿下と結婚するのです。その重みを分かっていますか?」

「えっと、その、はい。それなりに」

ミュリエルはうつむいてしょぼんとする。

「貴族というのは基本的に減点評価です。欠点をあら探しして、お互いをあげつらういやらしい世界です。そこに立ち向かう最大の武器が礼儀作法なのですよ。あなたの今日の立ち居振る舞いでは、さあ、減点してください、嘲笑《あざわら》ってくださいと言っているようなものです」

「そ、そうですね。ごめんなさい」

おばあさまはハンカチで目を押さえながら続ける。

「あなたの結婚相手が、男爵家子息であればたいした問題ではありません。身分が低い者はそれほど目くじらをたてて見られません。ですが、あのアルフレッド王弟殿下です。あらゆる貴族女性の憧《あこが》れの的です。その殿下の相手とは一体どんな令嬢だ、皆が厳しい目であなたを見るのです」

「はい」

ミュリエルは今更ながら、アルフレッドの妻という立場の重さを思い知る。

「殿下はあなたのその天真爛漫《てんしんらんまん》さを愛していらっしゃるのでしょう。それはわたくしも理解しております。そのままのあなたでいさせてあげたい。でもね、ミリー。王弟殿下の妻となるということは、否応《いやおう》なく外交をする立場になります。今のあなたでは外交の場には出せないでしょう」

「そうですね」

確かに、今外交させられたらドキドキして挙動不審になるに違いない。アワアワしたあげく、勢い余って石を投げてしまうかもしれない。たいていのことを、力技で解決してきたミュリエルである。育ちと常識の違いを思い知って、ミュリエルはうなだれた。

「一度殿下にしっかりとご相談いたしましょう。あなたの淑女《しゅくじょ》教育をどうするのか。わたくしでよければいつでも教えましょう」

「はい」

「今日はもう休みなさい。明日以降、殿下と相談して決めましょうね」

「はい」

ミュリエルはがっくり落ち込んで家に入った。マチルダがギョッとした顔でミュリエルを迎える。

「まあっ、ミリー。一体どうしたの？」

「ううう、行儀が悪いことしちゃったー」

ミュリエルはマチルダに抱きついてポロポロと涙をこぼした。

「あらまあ……。えーっと、どのような？」

「うーん、串ごと肉をガブッと食べたのがダメだったと思うの。あと、地面にごろんで寝転んじゃった」

マチルダが優しくミュリエルの背中を撫《な》でる。

「あらあらまああ。それで、どなたかに怒られたの？」

「おばあさまに怒られちゃった。これだとアルの妻には失格だって」

「まあ。殿下はなんと仰《おっしゃ》って？」

「アルは。気にしてないと思うんだけど。分からない」

「そう」

ミュリエルはマチルダから離れると、手の甲で涙をグイグイ拭《ふ》いた。

「私、領地に帰ろうかな。領地に帰って母さんに淑女教育してもらおうかな」

「ミリー、その前に殿下と話をするべきだと思うわ」

「うーん、でもアルはきっと止めるでしょう。でも、それはアルのためにはならないでしょう。アルにはもっとちゃんとした女性の方がいいんじゃないかな」

ミュリエルはこれ以上アルフレッドに迷惑をかけたくなかった。

「ミリー、とにかくね、きちんと殿下とお話しなさい。それから決めても遅くないでしょう？　黙って領地に帰るのは絶対ダメよ」

「そっか。近いうちにアルに相談してみるね」

ミュリエルは力なくうなずくと、部屋に向かった。

＊＊＊

王宮の一室には重苦しい空気が立ち込めている。

波瀾万丈《はらんばんじょう》のピクニックの後、男性全員で反省会をしているのだ。

「責任を取って辞職します」

護衛と騎士がうなだれた。

「ならん。全ての責任は僕にある」

アルフレッドは突っぱねる。

「孫娘の不始末です。私が責任を取りましょう。淑女教育が至りませんでした。誠に申し訳ございません」

セレンティア子爵がまっすぐにアルフレッドを見る。

「ならん、ならぬぞ。誰ひとりとして辞職は許さない。いいな」

「しかし、殿下。護衛と騎士の気持ちも分かりますぞ。護衛が護衛対象に置いていかれるなど、言語道断。そして騎士たちは、ミュリエル様の狩った獲物をのうのうと食べたそうではないか」

宰相《さいしょう》のヒーさんが苦言を呈《てい》する。もっと頼って、を正しく理解したアルフレッドは、ヒーさんに助けを求めたのだ。

「皆、あのときはどうかしていたのだ。ミリーがあまりに予想を超えてくるから」

アルフレッドは力無く部下をかばう。しかしヒーさんは追及の手をゆるめない。

「しかも、ミュリエル様が手ずから焼かれた上に、自ら肉を配られたそうではないか」

ジャックとダンがうなだれて詫《わ》びる。

「弁解の余地もございません。領地で毒されてしまいました」

ヒーさんは厳しい目で皆を見回す。

「殿下、領地での振る舞いと、王都での振る舞いは分けなければなりません。領地では好きになさればよいでしょう。ですが、ここは王都。ミュリエル様に自由に振る舞っていただく訳にはいきません」

「しかし、僕は今のままのミリーを愛している。くだらない淑女教育でミリーの良さを失いたくない」

アルフレッドは突っぱねる。ヒーさんは真摯《しんし》に語りかけた。

「殿下、その気持ちは分かります。ミュリエル様の天衣無縫《てんいむほう》なありようは、殿下にとって得難《えがた》いものでしょう。ですが、王都は魑魅魍魎《ちみもうりょう》の住まう地です。ミュリエル様にいらぬ瑕疵《かし》をつけてどうするのです。殿下はミュリエル様を守らなければなりません」

「そうだな。貴族たちからミュリエルが批判されるのは許しがたい。いっそ領地に戻すか」

アルフレッドは苦悩に満ちた表情でこめかみに手をあてる。

「殿下、それでは根本的な解決にはなりません。最低限の礼法は身につけていただかねば、今後ミュリエル様がお困りになります。他国からの賓客《ひんきゃく》に見咎《みとが》められては、ミュリエル様の御身《おんみ》が危ない」

「その通りだ。どうすればいいのか」

パタン　静かに扉が開いた。ミュリエルにつけていた影が青ざめて立っている。

アルフレッドが弾《はじ》かれたように影を見る。

「なんだ、ミリーに何か？」

「ミュリエル様が、領地に戻ると仰いました。今マチルダ夫人が止めております」

「すぐに向かう」

ヒーさんがアルフレッドを止める。

「殿下、なりません。殿下は例の方に助力を願わねばなりません。ミュリエル様の淑女教育には、あの女性の力が必要です」

アルフレッドはしばしためらったのち、首肯する。

「分かった。ジャック、ダン。ミリーを王宮に連れてきてくれ」

「はっ」

ジャックとダンは大急ぎで馬車に向かった。

10. 女は女同士

「ミリー、僕の話を聞いてほしい」

アルフレッドがミュリエルの手を取って跪《ひざまず》く。

「ミリーが望むなら、僕は全てを投げ捨てて、ミリーと共に領地に向かう」

「いや、そんな。そこまで重く考えなくても……。ちょーっと領地に里帰りしようかなーって思っただけだから」

ミュリエルは予想外のアルフレッドのうろたえぶりに、どうしていいか分からない。

「僕に何も言わずに行こうとしたのに？」

「う、だって。言ったら止めるでしょう？」

アルフレッドが少し焦《あせ》った様子でミュリエルにすがる。

「ミリー、僕が望むのはミリーだけだ。それは信じてほしい」

「でも、私ではアルに釣り合わないよ。肉を串から食べちゃったし、地面に寝転んじゃったし」

ミュリエルはうつむいた。

「僕はそのままのミリーが好きだ」

「うん」

アルフレッドの気持ちがまったく伝わっていなさそうな、ミュリエルの小さな、うん。アルフレッドは胸が苦しくなり、ミュリエルの手をかき抱いた。

「やはり今すぐ身分を捨てて」

「失礼いたします。アルフレッド王弟殿下、ミュリエル様」

静かな声がして、女性がひとり部屋に入ってくる。

「ルイーゼ様」

なぜここにルイーゼ様が？　ミュリエルはボーッと妖精《ようせい》のような少女を見る。

「ここは女性同士でお話しさせてください、殿下」

「分かった」

アルフレッドは絶望の表情を隠しもせずミュリエルを見つめ、部屋を出ていった。

「さあ、こちらに座ってお話ししましょう。ふたりきりですから、何も気にせずお話しくださいな」

「は、はい」

ルイーゼに手を取られて、ミュリエルはソファーに座る。ルイーゼがお茶をいれてくれた。

「まずはお礼を申し上げます。ヨアヒム殿下を止めていただき、本当にありがとうございました。あれ以来、殿下とわたくしの仲は良好です。ミュリエル様のおかげです」

ルイーゼが真剣な目でミュリエルを見つめて、ミュリエルの手を握った。

「ミュリエル様、わたくしがミュリエル様をお守りします。正直に仰《おっしゃ》ってください。アルフレッド王弟殿下との婚約と結婚、全てなかったことにされますか？」

「あ、え、でも。そんなこと、今さら無理ですよね？」

ミユリエルは驚いて目を丸くする。

「いいえ、書面上のことですから、まだ今なら白紙に戻せます」

「そうなんですか」

ミユリエルは小さくつぶやいた。結婚をなかったことにできる。ミユリエルの頭の中で、ルイーゼの言葉がグルグルする。

「ミユリエル様、アルフレッド殿下は真にミユリエル様を愛していらっしゃいます。ですが、だからといってミユリエル様が我慢する必要はありません」

そうなのかな、ミユリエルにはもうよく分からない。

「王弟殿下と結婚するというのは、あまりに重いです。わたくしは、王妃《おうひ》教育を長年受け、徐々に王妃になるという重みを受け入れました。ですが、ミユリエル様にとってはあまりに急な変化です。戸惑うのも無理はありません」

確かに。王族との結婚なんて、ミユリエルは考えたこともなかった。

「アルフレッド王弟殿下ではなく、もう少し相応の身分の貴族子息がお相手であれば、それほど混乱されることもなかったのでは？」

「はい、それはその通りです」

ミユリエルは素直に頷《うなず》く。元々はそのつもりだったのだもの。

「もし、領地にお金が必要でしたら、エンダーレ公爵家で支援いたします」

ルイーゼが破格の申し出をしてくれる。ミュリエルはもう一度ルイーゼの言葉を噛《か》み締めた。

「何もかも、なかったことに」

ミュリエルは考える。自分なりに秘技を駆使して男子を籠絡《ろうらく》しようとしたことを。ことごとく失敗したことを。

「婿《むこ》が必要なら、時期を見てそれなりの身分の子息をご紹介します」

それは、大変ありがたい、けど、ええっと。ミュリエルは握っている、真っ白で柔らかなルイーゼの手を見た。

「厳しい辺境の地でも暮らせる強い殿方を選びます」

うん、それもいいかもしれない。ミュリエルは、ひとつ頷いた。

「領地で今まで通り、ありのままのミュリエル様で生きていけます。領地で生きていくなら、淑女《しゅくじょ》教育は最低限でいいのです。無理する必要はありません」

そっか、それはすごく魅力的だ。ルイーゼの手が、ミュリエルの手をギュウッと握りしめる。

ほっそりとした公爵令嬢の手。でも、温かくて意外と力が強い。

「殿下は今のままの、生き生きとしたミュリエル様が好きなのです。イローナ様やブラッド様も同じでしょう。ミュリエル様のよさを無理に矯正《きょうせい》して、つまらない貴族女性になる必要はありません」

そんなことをルイーゼ様のような淑女に言われると照れる。ミュリエルは赤くなった。

「慣れ親しんだ領地で好きなだけ狩りをして、領民と今まで通り暮らしていけます。新しい領地で、よく知りもしない領民の上に立つ必要もありません。責任もなく、自由です。ロバート男爵と、その後はジェイムズ様の補佐に徹すればいいのですわ」

ルイーゼがミュリエルを握る手に力をこめ、ゆっくりと上下に振った。

「ミュリエル様のお望みを、エンダーレ公爵家の力で叶《かな》えましょう」

ミュリエルは考える。あのとき確かに嬉《うれ》しかったのでは？　昔から父に定められていた、領地を守るために生きるという道。アルは、ミリーの好きな未来を選べばいいと言ってくれた。人生に選択肢があると初めて知ったのだ。自分で人生を決めていいと、そう言われたのだ。

領地で、今まで通り領民を守る。それも捨てがたいけど。私は、私は、私の気持ちは。

ミュリエルはルイーゼをまっすぐ見て、心に浮かんだ気持ちをそのまま伝える。

「私はアルと共に生きることを望みます」

ミュリエルは、やっと自分の望みを理解した。流されるのではなく、囲い込まれてそれしか選べなくなるのではなく。自分でアルを選ぼうと思った。

「アルとふたりで、領地を治めてみたい。ふたりで、民を守り、導き、明るい領地にしたい。魔物を恐れず、食べるものに困らない、領民が自分の未来を自分で選べるような。そんな領地にしたい」

ミュリエルは自分の志を、生まれて初めて自覚した。そう、父のように強く、領民と共に、愛する伴侶《はんりょ》と共に、生きたい。ミュリエルは、喜びと恐れを同時に感じ、すがるように答えを求めた。

分からないことだらけだと、分かった。

「何をすればいいでしょう？」

ルイーゼはミュリエルを見て優しく微笑《ほほえ》む。

「ほほほほ。でしたらわたくしが全力でお守りしお手伝いいたしましょう。男たちは的外れなのですわ。女の気持ちなど、何ひとつ分からないのです。大丈夫、女には女の戦い方がございます。お任せくださいな」

「淑女教育はどうすれば」

ミュリエルはオズオズと尋ねる。自分の振る舞いに問題があることは自覚している。

「大丈夫、押さえるべき点だけに絞《しぼ》りましょう。難しく考える必要はありません。だって、ミュリエル様はあの高位貴族のお姉さま方を、手懐《てなず》けられたではありませんか」

ルイーゼは元気づけるように、朗《ほが》らかに言う。

「えーっと、魔牛お姉さんたちのことですか？」

「そうですわ、魔牛お姉さんたちのことです。ピッタリの呼び名ですわ。魔牛お姉さんにしたことを他の貴族女性たちにすればいいだけです。男は放置で結構ですわ」

「えっ？」

ルイーゼは自信たっぷりに続ける。

「社交界は女の世界です。ミュリエル様の社交が、これからの新しい時代の社交であるとしてしまえばいいのです。いつまでも古くさい伝統にしがみつく必要はありません」

「でも、おばあさまが」

すっごい怒られたんだけど。ミュリエルは思い出して、背筋が涼しくなった。

「最低限と申しましたでしょう？　手づかみで物を食べたり、地面に座ったりは、信頼できる者の

前でだけにするのです。アルフレッド殿下も、そういう自然なミュリエル様がお好きなのです。アルフレッド殿下の前でだけ、本当の姿を見せるといえば、殿下も否《いな》やはないでしょう」

「はあ」

「セレンティア子爵夫人や、伝統的な礼儀を重んじる人々の前では、少しだけ擬態なさいませ」

「擬態」

ルイーゼ様は随分《ずいぶん》難しい言葉を使うな。頭がいいんだろうな、ミュリエルは感心した。

「ミュリエル様は森で狩りをされるでしょう？　そのとき、森に馴染《なじ》むような格好をなさいますわよね？　まさかドレスで狩りはしませんね？」

「はい、もちろん」

「それは、狩りという目的のために、ミュリエル様が森と動物に合わせたのです。でもミュリエル様の本質を変えた訳ではありませんわ。それと同じです。うるさい貴婦人たちの目をかいくぐるために、少し淑女の擬態をするだけです。それならできませんか？」

「それなら、できると思います。ずっとではなくて、夜会のときだけとかであれば」

「大丈夫、わたくしが付き添います。魔牛お姉さんたちも協力してくれます。少しずつ練習しましょう、ね。それに、文官たちの前では、取り繕《つくろ》う必要もありませんし」

そうなのか？　ルイーゼ様と魔牛お姉さんたちが助けてくれるなら、できそうな気がする。

「ミュリエル様のよさは、すぐに皆に伝わります。心配はいりません。どこの領地に行っても必要な、最低限を身につけましょう」

ルイーゼがミュリエルの手を何度も叩《たた》く。

ミュリエルは気持ちが明るくなった。なんだ、難しく考えなくても、今までやってきたことの延長じゃないか。

「そうですね、初めてウサギを狩ったときも色々ありました。でも、少しずつ慣れて今ならひとりで狩れます。社交も同じことですよね。少しずつやれば、できるようになる」

ルイーゼが何度も頷く。

「そうですわ。ミュリエル様と、わたくしと魔牛お姉さんと、もちろんイローナ様とで、新しい社交界を作りましょう。そして、領地を治めるにあたって必要な知識などは、殿下にご相談して、勉強の計画を一緒に立てましょう」

ミュリエルはやっと心から笑えた。何が分からないかも分からず。何をどうすればいいのかも見えず。霧の中にいたようだったけど。すっきりとした青空のように晴れ渡った気分だ。

「はい。あの、ミリーって呼んでほしいです」

「ありがとう。わたくしのことも、ルイーゼって呼んでくださいませね」

ミュリエルは、イローナに続き、信頼できる友を得た。ミュリエルの未来は明るい、きっと。

11. 根回しとはこのように

Lady throwing stones

「ええ、そうなんです。頭の固い方っていらっしゃいますでしょう？　ミリー様のよさは、古くさい方には分からないみたいですわ。ええ、もちろんわたくしたちは、新しい柔軟な貴族ですもの。古きは尊《とうと》びつつ、変革を受け入れる度量がございますでしょう？」

ケイトは、文官を夫に持つ夫人の会で、こっそりと情報を共有する。

「そうですわよ。それになんといっても、腕輪ですわ。わたくし、ようやく腕輪を購入できましたのよ。それでね、早速叶《かな》いましたの、願いが」

ひとりの女性が興奮を隠しきれない様子で声を高める。

「まあ、やはりウワサは本当でしたのね。私の腕輪はまだですのよ。少し予約を申し込むのが遅かったのですわ」

「あの、どんな願いが叶ったか、聞いてもよろしくて？」

「実はふたり目を授《さず》かりましたの」

夫人たちが目を輝かせ、一斉に手を口にあてる。

「わたくし、ひとり目は割と早く授かったのですが、ふたり目がまったくで。でもそんな愚痴《ぐち》、外ではこぼせませんでしょう」

「分かりますわ。ひとりいるならいいじゃないって、言われてしまいますものね。分かります」

「ずっと祈ったのです。ふたり目をお願いしますって、それに、ミリー様への感謝の気持ちも。それがよかったのかしら」

「それは、早速広めなければなりませんわね。腕輪で幸せになる人が増えれば、ミリー様もお喜びになりますわ」

ケイトは力強く皆を見渡した。

＊　＊　＊

「ルイーゼ様、文官の統制は完了いたしました」

王宮内にあるルイーゼの私室で、ケイトは現状を報告する。

「まあ、さすがはケイト様ですわ。仕事が早くていらっしゃる」

「ルイーゼ様とミュリエル様、二柱の女神にお仕えできること、光栄でございます」

ケイトはうやうやしく礼を執った。

「ほほほ。次は、そうですね。女性だけでピクニックをいたしましょう。ミリー様のピクニックへの悪い記憶を塗り替えねばなりませんわ」

「それは素晴らしいですわ。でも、護衛はどういたしましょう」

「女性騎士を集めます。遠巻きに前回の護衛と騎士を待機させましょう」

「それなら安心ですわね。どなたをお呼びいたしましょう」

「そうね。イローナ様と、魔牛お姉さんたちと、ケイト様とわたくし。これなら安心ですわ」

「手配いたします」

「よろしくお願いしますわ」

ケイトは静かに部屋を出た。

＊＊＊

「今日は新しい趣向を凝らしたピクニックですのよ」

ルイーゼはおっとりと微笑《ほほえ》む。

「まあ、新しい趣向とはどのようなものかしら?」

魔牛お姉さんのひとりが首をかしげる。

「大地の女神の愛を感じることが主題ですの。わたくしたち、食事のたびに祈りますわよね」

「『父なる太陽、母なる大地。我ら大地の子。今日の恵みを感謝いたします』ですわよね。もちろん毎日祈っておりますわ」

「わたくし思いましたの。毎日祈ってはいるものの、大地の女神に本気で感謝を捧《ささ》げたことがあったかしらって」

ルイーゼはかすかに眉《まゆ》をひそめた。

「まあ」

「今日は、ミリー様に狩りを少し教わって、大地を感じながら、大地の恵みをいただくのですわ」

「素晴らしい試みですわ」

「新しいですわ」

「斬新ですわ」

「流行になりますわ」

魔牛お姉さんたちは新しいことが大好きだ。

「ミリー様、わたくしたち、乗馬はたしなむ程度ですの。大地の女神の恩寵《おんちよう》を一身に受けたミリー様には、到底ついていけませんのよ」

ルイーゼの言葉に、ミュリエルは真面目《まじめ》な顔で答える。

「分かりました。ゆっくり走らせますね」

「そうしていただけると助かりますわ」

「まあ、ミリー様の乗馬姿のなんて見事なこと」

「狩りの女神、アルテミッソスのようですわ」

「人馬一体とはこのことですのね」

「背筋が矢のようにまっすぐですわ」

「感服いたしましたわ」

魔牛お姉さんたちはもとより、女性騎士たちもミリーの美しい乗馬姿に見とれる。

「まあ、石だけで狩れるなんて」

「興味深いですわ」

「わたくしもやってみたいですわ」

「あら、全然飛びませんわ」

「まあ、布で練習するのですね」

「家で試してみますわ」

魔牛お姉さんたちは、初めての石投げに大騒ぎだ。

「これをすれば、ミリー様のような美背中になれるのですね」

「まあ、わたくし、母と一緒にやりますわ。だって、うちの父、いつも母をぶつんですもの」

「石で頭をかち割ってやればいいのですわ」

「応援しますわ」

魔牛お姉さんたちが、暴力男に呪詛《じゅそ》を吐く。

「疲れましたわ」

「肩が痛いですわ」

「座りたいですわ」

魔牛お姉さんたちは、口はよく動くが、体力はない。生粋《きっすい》のお嬢様だもの。

「さあ、大地を感じるために、本日は敷物の上に座りましょう」

ルイーゼが敷物の上に座ると、魔牛お姉さんたちもイソイソと続く。

「あら、なんだか楽しいですわ」

「地面に座るなんて、子どものとき以来ですわ」

「大地の女神の力を感じますわ」

「ホントですわ」

「そういえば、お聞きになりまして？　リリー様のこと」

「ミリー様？」

「いいえ、リリー・ギルフォード侯爵令嬢ですわ」

「ああ、リリー様ね。わたくしたちと一緒に遊んでくれなくなりましたわ」

「仕方がないのですわ。妹のマーリーン様に、婚約者のキリアン様を奪われたのですもの」

「そのふたり、石を投げてやりたいですわ」

「賛成ですわ」

「マーリーン様は、いつもリリー様のものを欲しがるのですわ」

「今は、キリアン様より、ヒューゴ様を追いかけ回していますわ」

イローナが目を丸くする。

「ヒューゴ様？」

「あら、失礼しましたわ。イローナ様の元婚約者でしたわね。ホホホホ」

「ヒューゴ様はね、イローナ様に振られて傷心だったのですわ」

「まさか、そんな」

「あら、本当ですわ。殿方ってね、自分の手の中にあるときは、興味を示さないのよ」

「逃げ出した途端、追いかけてくるのですわ」

「まあ」

イローナは目をパチパチする。

「とにかく、キリアン様に捨てられたリリー様と、イローナ様に振られたヒューゴ様が、今ちょっといい感じなのですわ」

「ミリー様の腕輪のおかげだってもっぱらのウワサですわ」

「まあ、そういえばわたくしも、試験の点数がよかったですわ」

「わたくしは婚約者の浮気が元で婚約を解消できましたわ。おかげで好きな幼馴染《おさななじ》みと婚約できましたの」

「まあ、素敵ですわ。わたくしも祈ってみますわ」

「話を戻しますけれど、マーリーン様はヒューゴ様に、あっさり断られたらしいですわ」

「いい気味ですわ」

「ついでにキリアン様にも振られたらしいですわ」

「まあ、胸が熱くなりますわ」

「キリアン様は、貴族女性からソッポを向かれてますわ」

「当然ですわ」

ミュリエルは交わされる高速の会話についていけず、女性騎士たちと肉を焼いている。

「まあ、お肉が焼けましたのね。いつの間に」

「えっ、このまま串から食べるのですか？」

ルイーゼは大真面目に頷《うなず》く。

「ええ、大地の女神はそのように召し上がっていたと、言い伝えがございますのよ」

「まあ、ではやらない訳にはいきませんわね」

「はふはふ、むぐっ。まあ、熱々なお肉ってとってもおいしいわ」

「いつもは毒味の間に冷めてしまいますもの」

「塩だけでこんなにおいしいだなんて」

「これが大地の恵みなのですね」

魔牛お姉さんたちは、初めて食べる焼きたての肉に夢中になった。手も口もベタベタになっている。

「さすがですわ。ミリー様は大地の女神の化身なのかもしれませんわ」

「きっとそうですわ」

「間違いありませんわ」

「大地の女神が、わたくしたちにミリー様を遣わされたのですわ」

『ミュリエル様は、大地の女神の御使《みつか》い様であらせられる』そんなウワサがまことしやかに、ささやかれるようになった。

12. アルフレッドの本気

アルフレッドの元にはルイーゼや影から、頻繁《ひんぱん》に報告が入る。

「ミリー、かわいい」

アルフレッドの語彙力《ごいりょく》は、ミュリエルのことになると低下するか、饒舌《じょうぜつ》すぎて情報量が多すぎるか。どちらかになりがちだ。ミュリエルが関わると、

「会いたい。はあ」

アルフレッドの切なげな吐息は、破壊力が抜群だ。ジャックはさっさと部屋にいた文官たちを追い出した。

「会えるようにお時間を調整いたしましょうか？」

恋煩《こいわずら》いでやつれたアルフレッドを、ジャックが労《いたわ》る。アルフレッドは力無く頭を振る。

「今会ったら、またかっこ悪い姿を見せるだけではないか。もっと鍛えてからだ」

「無理をなさらないでください」

「今、無理をしないで、いつするというのだ。ミリーの心を真の意味で得るには、僕が変わらなければ」

アルフレッドは決意した。ミュリエルにふさわしい男に。ミュリエルが背中を任せられる男に。

そんな男になる。アルフレッド二十五歳、強き男への歩みを爆進中だ。ミュリエルに見つからないよう、こっそりと。

努力しているところは見せずに、突然強く、頼れる男になってミュリエルの前に現れたい。アルフレッドの健気《けなげ》な男心である。

アルフレッドは王弟だから、とても忙しい。外交と社交がしょっちゅう入る。まさか本当に結婚したのか、自分の娘の入り込む余地はないのか。探りが入りまくる。ウンザリするだけの、何の生産性もない時間だが、断るわけにもいかない。会わないと、ないがしろにされたと思われる。それは国と王家への不信につながる。

社交に疲れたアルフレッド。あるときから、積極的に試し始めた。どこまでノロケが受け入れられるのか。

「殿下、お時間をいただけて光栄でございます。本日は、妃殿下はご同席ではないのですね？」

「我が最愛の姫は、まだ学生の身であるから。学園で同世代の友人と過ごすことを優先してもらっているのだ」

「聞くところによりますと、なかなかお転婆《てんば》なお嬢様ですとか。実は、年頃《としごろ》の娘がおりまして。嫋《たお》やかに美しく育っているのです」

「それはそれは。愛する者の自慢なら、負けるわけにはいかないな。妻の素晴らしい点は数多《あまた》あるが、命の煌《きら》めきを間近で感じられるというのがありましてね。活力、生命力がほとばしっている」

「さようでご――」

「雨が降り続いたあと、雲間から見える爽《さわ》やかな青空。凍《い》てつく冬に、ひと筋差し込む眩《まばゆ》い日差し。うだるような夏の日に、淀《よど》んだ空気を一掃する通り雨。不毛の砂漠に咲く、奇跡の花。そんな人なのです、我が妻は」

そこまで言われては、「おめでとうございます」「お幸せをお祈り申し上げます」としか言えない貴族たち。変な汗をかきながら、退出する。

「いいな、これ。お茶会が楽しみになってきた」

「ほどほどにせよ」

同席していた国王エルンストは、ヒゲをピクピクさせながらも、注意をする。

もちろん書類仕事もたくさんんだ。王都や領地での犯罪や紛争の内容と、どう裁いたか。各地の税収と前年比、主要な特産の内容と収支、支出に占める軍備費、出生数と人口増加率などなど。数字と文字の羅列《られつ》。まったく色気もおもしろみもない書類の山。アルフレッドはだが、ウットリと読み込む。

「ここをミリーと治めるなら、どうするか」

アルフレッドにとっては、ミュリエルとの楽しい領地運営の下準備だ。その気になれば、難癖《なんくせ》をつけて土地を取り上げ、ミュリエルにあげてもいいのだし。

「ならぬ」

エルンストがこめかみを押さえる。

「声に出ておりましたか。冗談ですよ、冗談」

エルンストは疑いの眼差《まなざ》しでアルフレッドを一瞥《いちべつ》し、ため息を吐《つ》いた。今の浮かれたアルフレッドなら、やりかねない。土地を召し上げるなど、貴族の反感を買う行いは、絶対に止めなければ。エルンストはジャックに視線を向ける。ジャックは控えめに頷《うなず》いた。


つまらない仕事の中にも、少しの楽しみを見つけて、ミュリエルと会えない寂《さび》しさを紛《まぎ》らわしているアルフレッド。最も時間と熱意を捧《ささ》げているのは、石投げの鍛錬だ。社交も書類仕事も、アルフレッドにとってはさほど難しいことではない。不慣れなミュリエルを支えつつ、そつなくこなすことができるだろう。

だが、石投げは、まだまだだ。今のままでは、ミュリエルの足手まとい。おんぶに抱っこだ。ひとりで練習しても、上達の速度は遅い。さっさと石投げ部隊を立ち上げよう。自分のためだけでなく、国のためになるように、きちんと。

アルフレッドは、ふと気になって鏡に自分の姿を映す。母に似て、どちらかというと女性っぽい顔立ち。手入れの行き届いた、長い髪。

「ゴンザーラ領には、髪の長い男はいなかったな。女性も、グルグルと編み込んで、邪魔にならないようにしていた。やはり狩りをするからだろうか」

騎士団長に聞いてみよう。思い立って、アルフレッドは騎士団を訪れる。屈強な騎士たちの中でも、ひときわ体格のいい副隊長が案内してくれる。

「殿下がお越しくださるとは。騎士たちの士気が上がります」

筋肉だらけで強面《こわもて》な副隊長、笑うと途端に少年のようになる。裏表がなく、カラッとして話しやすい副隊長。騎士だけでなく、王都の民からも慕われているのだ。


隊長の部屋に入ると、恐縮しきった顔で挨拶《あいさつ》された。

「殿下、お迎えにあがりませんで、失礼いたしました」

「急に思い立ってね。忙しいのに、邪魔してすまない」

隊長は、体格は副隊長に劣るが、見るからに切れ者という目をしている。理知的で、でも獰猛《どうもう》。

獅子《しし》が知識を蓄えたら、こうなるかもしれないな。隊長に会うたび、アルフレッドはそんなことを思う。

「忙しいだろうから、簡単に。要点は二点。ひとつは、石投げ部隊の創設。もうひとつは、僕を鍛え抜いてほしい。騎士団や石の民並みにとは言わないが、せめて守られてばかりの状況は脱したい」

隊長は表情を変えないまま、静かに口を開く。

「石投げ部隊の創設については、陛下の指示により既《すで》に動いております。殿下が音頭を取ってくださるなら、さらに立ち上げを早めることができます」

「それはよかった。僕も石投げ部隊の訓練に混じりたい。石で獣を狩れるようになりたいのだ」

隊長は、少しおもしろそうな表情を浮かべる。

「いやはや、まさか殿下の口からそのようなお言葉を聞くことになろうとは。血生臭いものは苦手でいらしたかと」

「そんなことを言っていられる場合ではないのだ。狩猟の女神を妻にできたのだから。自分で狩って、自らさばく。そこまでいきたい」

「御意。訓練方法を検討いたします」

「ああ、あともう一点。髪を切ろうかと思っているのだ」

副隊長があんぐりと口を開けた。

「王族が、短髪に」

高貴な者であると、簡単に示すことができる長髪は、王侯貴族の誇りだ。身分の高い者ほど、長く艶《つや》やかな髪を持つのがローテンハウプト王国流。

「妻の領地の男は、髪が短い者ばかりなのだ。狩りをするときに、長髪が邪魔になるのではないか。まずは形からでも真似《まね》したい」

隊長は破顔し、副隊長は目を見開いている。

「いいではないですか。近衛《このえ》は髪が長いですが。本来、騎士たる者、髪は短い方がいいのです。敵と相対した際、髪を掴《つか》まれたら厄介《やっかい》ですから。掴めないぐらい短くする方が、本当はいいのですよ」

私も切ろうかな、隊長はそう言いながら、自分の髪を見ている。

「そうだな、確かに髪を掴まれると、身動きができなくなりそうだ。では、切るか。ハサミはあるか?」

アルフレッドの言葉を、隊長がやんわりと押しとどめた。

「殿下、念のため、陛下にお気持ちをお伝えしてからにしてください。それに、ここで切ると、後ろで控えている男が泣きますよ」

アルフレッドはチラリと振り返り、固まっているジャックを見て、フッと笑った。

「分かった。では、王宮で切ることとしよう」


後ほど、アルフレッドの決意表明を聞いた、兄王エルンスト。笑って弟の気持ちを受け止めた。

「分かった。だが、切った髪は、ジャックが預かるように。下手に流出すると、騒ぎになる」

「大切に、きちんと守ります。何人たりとも、指一本触れられないように厳重に」

「大袈裟《おおげさ》だな」

悲壮《ひそう》な顔をしているジャックに、アルフレッドは肩をすくめる。


侍従として、アルフレッドの髪の手入れを一手に任されていたジャック。自身の腕を切り落とすぐらいの痛みを押し隠し、輝く黄金色の髪にハサミを入れる。

特にやりたいこともなく、淡々と公務をこなしていた主人が、どんどん変わっていく。愛する人のために、貪欲に。それは、なんと喜ばしいことであろうか。ジャックは、丁寧《ていねい》にアルフレッドの髪を布で包むと、きっちりと金庫にしまった。

「殿下のお心と御身《おんみ》、そして御髪《みぐし》。必ずお守りいたします」

ジャックは金庫の扉に向かって、小さくつぶやいた。

13. 石投げ部隊の始まり

Lady throwing stones

ごきげんよう、アリシアですわ。マルベーリャ侯爵家の長女ですの。わたくしは泣く子も黙る、「学園の愛と平和を守る七人衆」のひとりですわ。

最近はリリー・ギルフォード様が学園にいらっしゃらないので、六人衆になってますわ。わたくしたち、最近マギューお姉さんって呼ばれてますのよ。ホホホホホ。

ミリー様が名づけてくださったの。マギューとは、ミリー様の領地で、最高という意味なのですって。光栄ですわ。

それを聞いて以来、マギューをもっと流行《はや》らそうと思って使っているのですが、イマイチ流行らないのですわ。おかしいですわねぇ。

「このケーキ、マギューおいしいですわ」『わたくしの婚約者、マギューかっこいいですわ」などと使っているのですけれど。

わたくしたちマギューお姉さんは、高位貴族の集まりですの。ひとり一人では弱いですけれど、七人集まれば怖くありませんわ。上位にある者として、学園の秩序を守ることが使命ですわ。なかなか難しいですけれど。

でもでも、ミリー様の公式な親衛隊という肩書きを得ましたから、わたくしたちの権威は右肩上がりですわ。ホホホホ。

ミリー様、不思議なお方ですのよねぇ。

「アルフレッド王弟殿下が溺愛《できあい》する男爵令嬢がいるらしい」

なーんてウワサがひそかに出回ったとき、だーれも信じませんでしたわ。

だって、あのアルフレッド殿下ですわよ。美神のふたつ名を持ち、文武両道、若い頃《ころ》から執務をこなす切れ者殿下ですもの。

ええ、国中の、いえ諸外国も含む、あらゆる女性の欲望の捌《は》け口になっていましたわ。あら、わたくしったらついはしたないことを。だって、素敵なんですもの、ねぇ。

皆、密《ひそ》かに思っていましたわ。

「アルフレッド王弟殿下のお目に留まりたい」

そしたら、婚約者なんてとっととポイして、アルフレッド殿下の元に駆けつける所存ですわよ。

ええ、当たり前ですわよ。

でもねえ、アルフレッド殿下は、ちーっとも、かけらも、みじんも女性に興味がないのですわ。きっと、寵愛《ちょうあい》する男性がいらっしゃるのだわ、そう婦女子は妄想をたぎらせたものです。

そんなアルフレッド殿下が寵愛するという、ウワサのミュリエル・ゴンザーラ男爵令嬢が、久しぶりに学園にやってきたものですから、あのときは大騒ぎでしたわ。

身分の低い女子生徒たちから懇願《こんがん》されたのです。ウワサの真偽を確かめてくださいって。

「お姉さま、私どうしても信じられなくて。あれほど麗《うるわ》しいアルフレッド殿下の相手が、あのように平凡な女だなんて。きっと魔女ですわ」

そんなことを言う生徒もおりましたわ。聞き捨てなりませんでしょう。

ええ、もちろん快諾《かいだく》いたしましたわ。学園の愛と平和を守る七人衆、ここで動かずしていつ動くというのです。勢い込んで、ミリー様の教室に乗り込みましたわ。

まあ、それがねえ、ホホホホ。あっさり籠絡《ろうらく》されてしまいましたのよ。凄《すさ》まじい手腕ですわ。

「恐ろしい子、ミリー」皆、白目になりましたわ。

不思議なのよねぇ。まあ、それなりにかわいらしいのよ、でも突出するほどではないの。アルフレッド王弟殿下の眩《まばゆ》い輝きとは、比べ物になりませんわあ。

でも、よく分からないけど、好きになっちゃうのよねぇ。意味が分からないですわあ。それがミリー様のミリー様たるゆえんなのでしょうね。

さて、腕輪ですわよ。わたくし、実はまだ祈っておりませんの。だってねぇ、自慢ですけど、わたくし人生にこれといって不満がございませんのよ。

父はボヘーッとした侯爵なのです。切れ者とはとうてい言えませんわ。でも、父のそういう抜けたところがなんだかイイって仰《おつしや》ってくださる人が多いのですわ。父は抜け作ですけれど、周りに優秀な方がいるものですから、安泰なのですわ。

王都の主要な土地をいくつも持っておりますから、寝ていても収入が入ってきますし。

婚約者はね、キャッ、マギューかっこいいの。ホホホホ。ホイヤー伯爵家の嫡男《ちやくなん》、赤の獅子《しし》ネルソン様ですのよ。ミリー様に自慢したら、「ああ、にんじんの」って仰ってたわ。にんじんって何かしら。野菜のにんじん？　まさかねぇ。

ネルソン様は、ヨアヒム殿下の側近として近衛《このえ》騎士団長になるのが夢なのですわ。強くなるために、常に鍛えていらっしゃいますの。筋肉美ですわ～。でも、最近の様子だと、騎士団に心が動いているようですわ。

騎士団に石投げ部隊が新設されるのですって。そこの幹部候補にどうかと誘われているのです。とても名誉なことですわ。

それに、石投げ部隊はミリー様がゆかりらしいですわ。素晴らしいですわあ。

そうそう、先日ルイーゼ様主催の、ミリー様を愛《め》でるピクニックがございましたのよ。そこで、ミリー様自ら、石投げを教えてくださったの。文字通り、手取り足取りですわ。家に帰って自慢しましたわ。

もちろんネルソン様にもお伝えしましたの。とても興味を持ってくださって。ホホホホ。今では朝の鍛錬で布振りを一緒にやっておりますのよ。

わたくしが、石投げで獣を狩るのも、時間の問題ですわね。ホホホホ。

「森の獣たち、怯《おび》えて待つがよろしくてよ」

ふと、思いつきましたわ。

「そうね、願いごと、それにしようかしら……」

いいかもしれませんわ。ネルソン様のホイヤー伯爵家に嫁《とつ》いで、家の切り盛りをするつもりでしたけれど。家令がいるのですもの、わたくしの出る幕はそれほど多くはないでしょう。

「お茶会や夜会で社交するのもいいけれど。まあ、そんなの片手間でできますし。家で暇を持て余すぐらいなら、ねえ」

なんだかワクワクいたしますわ。

「今からやって、間に合うかしら。わたくしあまり筋肉はございませんけれど。ネルソン様に相談してみましょう、そうしましょう」

ネルソン様に相談したら、とーっても喜んでくださったのよ。

「家でも外でも背中を預けられる女房なんて、最高だ。アリシア、一緒にがんばろう」ですって。

「キャーーー、あんなかわいらしい笑顔のネルソン様は初めて見ましたわ。絵師を連れていなかったのが悔《く》やまれますわあああああ」

はっ、落ち着くのよアリシア。さっきから独り言が漏《も》れていてよ。

コホン　では、いざっ。

「ネルソン様と共に、国とミリー様を守れる石投げ部隊を作り上げられますように。強い女になれますように」

さっ、これでいいわ。早速石投げの特訓ですわあ。

＊　＊　＊

「皆、今日は集まってくれてありがとう」

石投げ部隊のドウェイン・ブラフマブル隊長が皆の前に立って、お話しされます。ドウェイン隊長は元々は騎士団の副隊長でいらっしゃいました。副隊長を新設の石投げ部隊の隊長にするなんて、王家の本気が伺えますわ。

ドウェイン隊長は筋骨隆々、見上げるような巨体です。そばにいるだけで、体温が上がりそうな圧を感じます。

ドウェイン隊長は男の中の男として、平民と貴族から絶大な人気を誇ります。公明正大、公平無私な方と評判です。伯爵家のご出身なのに、身分の分け隔《へだ》てなく気さくに接してくださるので、下級貴族から憧《あこが》れられています。

猛牛のような猛々《たけだけ》しいお姿ですが、愛妻家で子煩悩《ぼんのう》なのですって。

そんな巨男の隣に、我らが麗しのアルフレッド王弟殿下が立っていらっしゃいます。

あら、殿下、髪をお切りになったのですね。以前は腰まである柔らかな黄金色の髪を、ゆるく結んでいらっしゃいましたのに。今は潔《いさぎよ》く刈り上げていらっしゃいます。

まあ、以前のいかにも王族といった殿下も素敵でしたけれど。アリシアはほうっと息を漏らした。

少し精悍《せいかん》になられたようですわ。以前の人間ばなれした、儚《はかな》さが垣間《かいま》見える容姿から、キリリとした戦士に進化なさっています。

どちらの殿下も、イイ。尊《とうと》い。

アリシアはそっと心の中で祈りを捧《ささ》げた。

「アルフレッド王弟殿下たってのご希望で、この度新しく石投げ部隊が設立された。殿下からお言葉を賜《たまわ》る。皆、心して聞くように」

ドウェイン隊長が皆を見渡します。アルフレッド殿下が少し前に出られます。

「この石投げ部隊の設立の目的は他でもない。平民、貴族、男女の区別なく、誰もが己《おのれ》で己の身を守り、ひいては家族をも守れるようになるためだ。将来的には、全ての民が石投げで身を守り、狩りができるところまでもっていきたい」

アルフレッド殿下の声は、さほど大きくないのですが、心に深くしみわたります。

「魔物から、他国の軍から、国民全てが己の身を守れるようになってほしい。そう願っている。ひとり一人が強ければ、国はさらに強固となり、無用な戦争を回避できるようになるであろう」

アルフレッド殿下は言葉を紡《つむ》ぎながら、隊員の顔を順番に見据えます。

「強い民を守るため、騎士団はさらなる研鑽《けんさん》が必要だ。誇り高きローテンハウプトの国民を導くため、石投げ部隊には折れない心と強靭《きょうじん》な肉体を持ってほしい。皆が横並びの新人だ。私も共に訓練を受ける。たゆまぬ努力で最強の石投げ部隊を作り上げようではないか」

アルフレッド殿下が三指の敬礼をなさいます。わたくしも、親指、人差し指、中指を伸ばした右手を頭の横に挙げます。国へ、殿下へ、民へ誓います。

14. 小さな命

Lady throwing stones

石投げ部隊の訓練場で、ドウェイン隊長がこっそりとアルフレッドに尋ねる。

「殿下、本当に殿下も訓練に参加されるおつもりですか?」

「ああ、執務が立て込んでいるときは無理かもしれんが、極力毎日出るつもりだ」

「それは、隊員の士気が上がります。ありがとうございます」

「まずは百人。これをキッチリ鍛え上げてくれ。ゆくゆくは各領地に派遣して、全ての領地に石投げ部隊を作りたい」

「壮大な計画ですな」

「初期投資も、費用もほとんどかからん。やる気と技術さえあれば、子どもでもできるようになるのだ。弓矢を与えるより、よほど現実的だ」

「確かにそうですね。平民、貴族、男女が満遍《まんべん》なくバラけておりますので、鍛えがいがあります」

「頼むぞ」

ミュリエルを失うかもしれない、そう思ったとき、アルフレッドの体は震えた。子どもの頃《ころ》から望めばなんでも手に入った。欲しいものなどさしてなかったが。たったひとり、初めてその心を得たいと思った。

策を弄《ろう》して囲い込んだところで、ミュリエルは大人しくカゴの中になどいてくれない。誇り高い少女はいつだって自由を求めて飛び立ってしまう。

あのとき、ただミュリエルの愛を乞《こ》うてすがるだけだった。なんと情けないことであろうか。

ミュリエルが共に歩もうと選んでくれる男になるのが先であろうに。

ひとりで狩れるようになるまで、ミリーには会わないと誓った。

アルフレッドは毎朝、日の出と共に走る。体力をつけるには走り込みが一番とミリーが言っていた。

そのあと布を振って肩をほぐし、石を投げる。どれほど忙しくても、必ず両手で百回ずつ石を投げる。

リンゴは少しずつ潰《つぶ》せるようになった。

たまに王宮でルイーゼとすれ違う。ルイーゼは謎の微笑《ほほえ》みを浮かべる。少し寒気がするのはなぜだろうか。

ドウェインに言われた。

「殿下、もう大丈夫でしょう。行ってください」

アルフレッドは黙って頷《うなず》いた。ダンに聞けばすぐミリーの居場所は分かる。今日は高位貴族の令嬢たちと庭園でお茶会をしているようだ。

遠くから隠れてミリーを眺める。久しぶりに見るミリーは、ひときわ輝いて見えた。ミリーは楽しげに笑っている。令嬢たちも爆笑している。

いい友人を得られたのだな、ミリー。嬉《うれ》しいような、少し寂《さび》しいような、複雑な気持ちになる。

お茶会が終わったようだ。皆と立ち去ろうとするミリーを呼び止める。

「ミリー」

「アル、久しぶりだね。忙しいって聞いてたけど、大丈夫？　あれ、髪切ったのね。アルは顔がキレイだから、なんでも似合っていいね」

「ふふ、そう言ってくれると嬉しいな。ミリー、この後空いてる？」

「空いてるよ」

「一緒に森に行ってくれないか？　僕の狩りを見てほしい」

ミリーは目を丸くする。

「いいよ」

ミリーは嬉しそうに笑った。

＊　＊　＊

王家の馬車で森のギリギリまで行き、そこから徒歩だ。護衛や影は少し離れてついてくる。平民のような服装、短い髪、香水などもちろんつけていないアルフレッドは、ミュリエルと共に森に溶け込む。手はつながない。ふたりでゆっくりと森を歩く。

アルフレッドは、隣を歩くミュリエルをチラリと見る。森の中のミュリエルが一番自然で魅力的。アルフレッドはそのことを再認識する。ミュリエルに、王都は似合わない。ミュリエルは、王都では息苦しそうだ、とも。早く、愛《いと》しい人を、森に帰してあげなければ。アルフレッドは密《ひそ》かに決意した。

アルフレッドは、動く的に石を当てられるようにはなっている。石投げ部隊の涙ぐましい協力があったのだ。

「殿下、気になさらず、思いっきり石を投げてください」

甲冑《かっちゅう》を着た男たちが、訓練所を走り回る。ガシャガシャと駆ける男たち。動きがそれほど敏捷《びんしょう》ではないし、的が大きいので、初心者のアルフレッドでも難なく当てられる。

「グワーッ」

「イッテー」

大げさに転げ回る。

「そなたたち、気を使わなくともよいのだぞ」

アルフレッドが苦笑すると、見学していた隊員から忍び笑いがこぼれた。

「もっと不規則で早い的でも練習しましょう」

ドウェイン隊長が、少しずつ難易度を上げていく。訓練所に長い綱をわたし、ウサギを描いた厚紙が左右に動くようにした。変則的な動きをする厚紙に、アルフレッドが石を投げる。

「では、いよいよ最終段階です、殿下」

ドウェイン隊長は丸い厚紙をいくつも用意した。パン皿ぐらいの、ある程度重みのある厚紙を、隊長はサッと空に向かって投げ上げる。アルフレッドは石を投げるが、かすりもしない。

「これは、難しいな」

「殿下、考え方は弓と同じです。的の飛ぶ方向を見極め、少し先に石を投げればいいのです」

「なるほど」

剣、槍《やり》、弓はアルフレッドも長年鍛錬している。少しずつコツが掴《つか》めてきた。


こうして、石投げ部隊の全面的な協力を受け、満を持して本番を迎えたアルフレッド。とても緊張している。まだ本物の動物を狩ったことはないのだ。ぶっつけ本番だ。訓練の成果を見せられるだろうか。


森の中の大きな木の陰で、アルフレッドとミュリエルは静かに待っている。アルフレッドは心が乱れないよう、ひたすら呼吸に集中する。

吸って、吐いて、吸って、吐いて……。

カサッ　アルフレッドは石を六つ、連続で投げる。

隣でミュリエルが息を吐《つ》いた。アルフレッドは、はあっと大きく息を吐くと立ち上がる。

ゆっくりと近づくと、茶色のウサギがうつろな目をして横たわっている。

「父なる太陽、母なる大地。我ら大地の子。今日の恵みを感謝いたします」

アルフレッドは目をつぶって小さく祈る。

目を開けて、消えようとする小さな命を見る。手を伸ばし、ウサギの首をつかんだ。ひと思いに握り、しめる。アルフレッドの目から涙がこぼれた。

「ローテンハウプト王国ヴィルヘルムの息子、アルフレッド。石での初めての獲物を、ミュリエルに捧《ささ》げます」

アルフレッドは流れる涙をそのままに、跪《ひざまず》いてウサギを捧げる。

ミュリエルは黙って受け取ると、アルフレッドの額《ひたい》に口づけた。

15. ミリーの望むもの

Lady throwing stones

最近、アルフレッドとミュリエルは毎日森に狩りに行っている。

アルフレッドの狩りの腕は順調に上がり、せっせとミュリエルに獲物を捧《ささ》げている。十四匹目を捧げたあと、アルフレッドはなかなか聞けなかったことを切り出した。

「領地では、プロポーズするまでに獲物をいくつ捧げるの？」

ミュリエルはうーんと考えた。

「ひとつだと思うけど。人によるんじゃないかなあ。父さんは捧げてないし。母さんがいらないって言ったから。ははは」

「そう。百匹とかじゃないんだね」

「百匹もらっても困るよね」

アルフレッドはほっと息を吐《つ》いた。

「領地では、プロポーズはどんな感じ？」

「えーっとね、一番人気はね、隣の領地に結婚式のドレスを買いに行かないかってヤツ。でもそんなことできる人、滅多にいない。現金収入がないからね」

「なるほど。他には？」

「お前のために家を建てる、とか。どっちかの家族と同居がほとんどだからさ」

「うん、興味深いな。ミリーは理想のプロポーズとかある？」

アルフレッドはチラリとミュリエルの顔を見る。

「ん？　この前、アルがやってくれたのが最高だったよね。持参金は領地の年間予算の十倍ってやつ。みんなにうらやましがられたよ」

アルフレッドは地面にうずくまった。

「どうしたの？　お腹《なか》でも痛い？」

「いや、胸がちょっと」

あのときは焦《あせ》っていたから。とても即物的なプロポーズをしてしまったアルフレッド。改めて、ミュリエルの口から聞いてみると、とてもひどい。愛する人に、求婚する態度ではないではないか。

一体、過去の自分は何をやっていたのだ。小一時間、問い詰めたい気分である。アルフレッドは、もっときちんとプロポーズをやり直そうと誓った。

ミュリエルは心配そうに、うずくまったまま何やらうなっているアルフレッドの背中を撫《な》でる。

ミュリエルは気になっていたことを聞いてみる。

「アルってさあ、子どもは何人ぐらい欲しいの？」

ゴフッ、アルフレッドがむせた。ミュリエルは慌《あわ》てて背中を叩《たた》いてあげる。

「な、何人。ふ、二人とか？　三人とか？　ミリーは？」

「そうだなー、三人は欲しいよね。でもよかった。十人とか言われたら、ちょっと大変だなーと思ってたんだー」

「そうか」

「男の子と女の子、両方欲しいよね」

「そうだね」

「あ、でも、最初の子は女の子の方が楽だって、ばあさんたちが言ってたよ」

「そうなの？」

「女の子の方が小さいから、スルッと産めるんだって」

アルフレッドは赤くなった顔を腕で隠す。

「男の子の方が病気しやすいし、大変らしいよ。最初に女の子産んでると、お母さんも子育て慣れてるからね」

「なるほど」

「それに、女の子は少し大きくなったら、下の子の面倒見てくれるからさ」

「そうか。貴族や王族は、育児は乳母に任せるんだけど、ミリーはどうしたい？」

「自分で育てたいなあ。領地では、みんなで子育てするんだよ。お母さんが大変なときは、手の空いてる人が面倒見るの。特に出産後はお母さん体が大変だからね。お母さんは授乳だけ、他は全部周りがやってあげるんだよ」

アルフレッドは眉間《みけん》にシワを寄せる。

「それは、まったく想像がつかない」

「子育てはね、ひとりじゃ絶対にできないから。周りに助けてもらわないとね。アルも、オムツぐらいは替えられるようになってもらわないと」

「分かった。最近子どもが生まれた誰かに聞いてみる」

アルフレッドは真剣な目でミュリエルを見つめる。

「いや、生まれてから覚えれば十分だよ。一日やれば慣れるから」

「そうか」

「楽しみだねえ」

ミュリエルは朗《ほが》らかに笑った。

＊　＊　＊

アルフレッドは思い詰めた顔をしている。色々考えた結果、ヒーさんに言われた通り、周りに頼ることにした。

「ジャック、ミリーへのプロポーズで悩んでいる」

「はい」

「どう思う？」

ジャックは大真面目《おおまじめ》な顔で、書きつけを取り出す。

「こういうこともあろうかと、巷《ちまた》で流行《はや》りの恋愛小説を数十冊ほど読んでみました」

「ジャック、さすがだな」

「一番人気は、ふたりの思い出の場所です」

「森かな」

「二番目は、舞踏会で皆に見られる中で跪《ひざまず》いて求婚です」

「それなら簡単だな」

「三番目は旅行先です」

「なるほど」

「四番目は高級レストランです」

「ふむ」

どれも問題ないな、アルフレッドの表情が明るくなった。

「ですが、ミリー様は一般的なご令嬢ではございません」

「そうだった」

アルフレッドが顔を引き締める。

「やはり、女性の意見を聞くべきかと」

「ルイーゼか」

「イローナ様も」

「それでは、ミリーの仲の良い女性を全員集めてくれ」

「はい」

「ということで、ミリーへのプロポーズについて、助言をもらえないだろうか」

アルフレッドは真剣な表情でお願いする。ルイーゼ、イローナ、魔牛お姉さん六人は顔を見合わせる。

「森じゃないでしょうか」

「狩りの道具を積み上げては？」

「金貨」

「夢がなさすぎますわ」

「馬は？」

「だったら石」

「それはない」

「一流の服屋で、ここからここまで全部って」

「税金を無駄にしてって怒られますわよ」

「舞踏会で跪いてプロポーズというのは？」

アルフレッドが質問する。

「それは、小説で読む分にはおもしろいですけどねえ……」

「貴族は婚約が決まってますでしょう？　婚約者に今さらそんなことされてもねえ」

「婚約してない相手ですと、なおのこと困りますわ」

「断りたくても断りにくいですし」

「受け入れて、あとで親に怒られたら困りますわ」

アルフレッドは何度も頷《うなず》いたあとで、神妙な顔で言う。

「となると、やはり森で狩りの道具や武器を積み上げるのがよいか……」

「殿下、ミリーのお母様に手紙で聞いてみては？」

イローナがはっと思いついて言った。皆が一斉に同意する。

「そうだな、それがいい。ありがとう」

アルフレッドは心から感謝の気持ちを述べた。

「あまりお役に立てませんでしたわ」

「でも、ああやって殿下が色々考えていらっしゃることが素晴らしいのですわ」

「そうですわ。独りよがりの押しつけはいけませんもの」

魔牛お姉さんたちは、アルフレッドに頼られて嬉《うれ》しかった。プロポーズがうまく行くことを、腕輪に祈った。


待望の手紙が届いた。アルフレッドは義母からの直接的な助言を真摯《しんし》に受け止め、計画を練る。

愛するミュリエルにふさわしい、生涯の思い出になるような求婚を。アルフレッドによる、一世一代のプロポーズ大作戦だ。

ジャックの手配により、職人が秘密裏に呼ばれた。浮世離れした高貴なアルフレッドが、目を輝かせながら、職人に助力を願う。

「愛する人の心を正しく得たい。それには、君の力が必要なのだ。助けてくれるかい？」

「もちろんです」

それ以外に、答えようがないではないか。王族にこれほど丁寧《ていねい》に頼まれて、イヤな気がする職人など、いるわけもない。

なんでもそつなく、器用にできるアルフレッド。これほど真剣に取り組んだことはない。全身全霊を懸けて、師匠である職人の教えを吸収する。

「売り物ではないのですから。多少でこぼこしているぐらいが、ちょうどいいんじゃないでしょうか。味と言いますか」

「ぬくもり、かわいげ、親しみ。そんな感じか。そうだな、画一的ではない、味わいを目指そう」

打てば響くアルフレッド。すぐに職人が舌を巻くぐらい腕前になる。

「素材は、なるべく僕が揃《そろ》えたい。金と権力にものを言わせて集めた最高級品ではなく。素朴な感じを好むと思う」

アルフレッドの意図を正しく汲み取った職人は、真剣に助言をする。

「木はミズナラがいいと思います。ローテンハウプト王国の家屋はミズナラを使っていることが多いですから」

平民の家とはわざわざ言わなかったが、そういうことだろうなと職人は思う。大理石などは高級すぎるだろう。

「王家の私有地にもたくさん生えていると思います。わざわざ一本切り倒さなくても、木こりが不要な枝を伐採《ばっさい》していると思いますので」

「なるほど、それを使えば無駄がないな」

殿下の愛するお方は、そういうことを好ましく思われるだろう。職人はよく理解できた。

「糸や布は、王都の庶民向けの店からお取り寄せされればいいのではないでしょうか」

絹糸より綿糸、絹より木綿がいいのでは、職人はそう考える。アルフレッドはとても嬉しそうに、職人が挙げる店の名前を紙に書きつけている。

王宮から人が派遣され、アルフレッドの望むものが少しずつ買い集められた。アルフレッドは、執務の合間を縫《ぬ》ってミュリエルへの贈り物の制作に時間をかける。これほど楽しく、やりがいのあることは、他にはない。ミュリエルの喜ぶ顔を思い浮かべれば、どんな難しい作業も苦にはならない。

「ミリーが喜んでくれるといいのだが」

アルフレッドの一抹《いちまつ》の不安は、たちどころにジャックが払拭《ふっしょく》する。

「もちろん、大感激されるに違いありません」

アルフレッドは、自分を納得させようと、ジャックの言葉に何度も頷く。

「では、いよいよだな」

アルフレッドは気合いを入れる。金と権力にものを言わせて結婚を成し遂げてしまったが。今度こそ、ちゃんとした、プロポーズだ。あの金満プロポーズは、なかったことにしたい。愛と夢と誠意に満ち満ちたプロポーズを、いざ。

＊＊＊

ミュリエルは心配している。アルフレッドの様子がどうもおかしいのだ。いつものように森で狩りをしているが、まったく集中できていない。

「アル、なにかあった？　様子がへんだけど……」

「ああ、すまない。少し考えごとをしていた。今日は集中できないから、湖の近くで休憩しない？」

「うん」

ふたりは手をつないで、のんびり歩く。湖に着くと、アルフレッドはミュリエルの手をとって跪いた。

「ミリー。僕はミリーに猪《いのしし》から助けられたとき、ミリーに恋をした。そして、ここでミリーに怒られたとき、ミリーと結婚したいと思った」

ミュリエルは目を丸くする。

「ミリー、僕と結婚してください。僕と一緒に家族と領民を守ってほしい。ミリーのために家を作ったんだ。受け取ってくれる？」

アルフレッドは置いてあった木箱のふたを開けると、人形用の木の家を慎重に取り出す。

「本物の家もいずれ建てさせるけど、僕には本物の家は作れないから。人形の家を作ってみたんだ」

アルフレッドに促《うなが》され、ミュリエルは壁部分を開く。三階建てになった家の中には、二体の人形が並んで座っている。

「ミリーのお母さんが、ミリーが唯一欲しがったのが人形だって教えてくれた。お母さんが服を縫ってくれたんだ」

アルフレッドは人形の服を指差す。

「こっちの男の人形は僕が作った。縫い物は初めてだったから、少しいびつだけど」

アルフレッドは男の人形を照れくさそうに見つめる。

「子どもが生まれるたびに、その子の人形を作るよ。服はお母さんに頼むと思うけど。家具ももっと増やす。ウィリーに木彫りのコツを教わったんだ」

ミュリエルはそっと男女の人形を手にとる。古ぼけた女の子と、いびつな男の子。ふたりとも、服は驚くほど豪華だ。

ミュリエルはすっかり荒れてゴツゴツしたアルフレッドの手を見る。裁縫《さいほう》と木彫りでのケガだろうか。切り傷がたくさんある。

「ありがとう。すごく嬉しい」

ミュリエルは泣きそうな顔で笑い、優しく人形を撫でる。

「ミリー、僕と結婚してくれる？」

「はい」

ミュリエルはアルフレッドの目を見て、しっかり答えた。

「たくさん家族を増やそう。産むのはミリーだけど、僕もちゃんと子育てする」

「うん」

「ミリー、愛してる」

「アル、ありがとう。私もアルを愛してる」

アルフレッドはミュリエルに初めてのキスをした。

16. 買い物、それは新たな試練

Lady throwing stones

ミュリエルは買い物を練習中だ。今まで狩った獲物を売って得たお金は、鶏小屋《にわとりごや》の屋根の隙間《すきま》に隠していた。硬貨一枚が領民ひとりの血液と思えと、父に刷り込まれてきた。今さらお金があるから好きに使えばいいと言われても難しい。

「僕はミリーに色んなものを買ってあげたい。でもそれはイヤなんだよね？」

アルフレッドはミュリエルの気持ちをよく分かっている。

「アルのお金は王都の人たちが払った税金でしょう。私が使うわけにはいかないよ」

「ミリーのその気持ちは分かった。尊重する。でも、税金でも使わなければいけないときはあるからね」

「城壁の修理とかだよね。それはもちろんだよ。だって城壁が弱かったら、魔物に襲われてみんな死んじゃうもん」

ミュリエルが真面目《まじめ》に答える。

「そう、例えば王都なら騎士団は絶対に必要だ。石畳の修理をしたり、井戸を整えたり。医者を増やしたり。それは必要だよね。住民にはできないことを、税金でやるんだ」

「うん」

「ミリーには抵抗があると思うけど、王族と貴族はいい服を着ていなければならない。他国との外交で、王族が貧相な服だと舐《な》められるだろう。そうすると他国から侵略されるかもしれない」

「そっか」

確かに、そう言われると納得できる。そういえば、父さんの服は、行商人よりボロかったけど。大丈夫なのか？　ミュリエルは心配になった。でも、誰かに舐められたところで、強いのは父さんだから、いっか。そう思い直した。

「王族や貴族が、平民よりいい服を着るのは、必要経費だ。武器と一緒だ。だから、ミリーもいい服を着ることに慣れてほしい。僕は王弟だ、王弟の妻というのは人に見られる立場だから。そこは呑《の》み込んでほしい」

「うん、分かった」

自分がおかしな服を着たせいで、アルがみくびられるのはよくない。うんうん、ミュリエルは頷《うなず》いた。

「普段から着慣れていないと、態度に出てしまうからね。それに、いい服を買ってあげないと、仕立て屋が困る。縫製《ほうせい》の技術も上がらない。金はきちんと市場に回さないといけない」

「そっか」

そういう考え方もあるのだな、ミュリエルは驚いた。

「少しずつ慣れていこう。まずは狩りで儲《もう》けたお金を使ってみない？　それなら税金じゃないから、後ろめたくないよね。何か買いたいものとかある？」

「アル、一緒に行ってくれる？」

「もちろんだよ」

ミュリエルはソーセージパンの屋台にアルフレッドを連れて行った。

ミュリエルが王都に来て、食べたい、買いたい、でも高いからって諦《あきら》めたソーセージパン。狩りでお金を儲けても、しみついた節約精神で買えなかったソーセージパン。ついに、食べる、好きな人とふたりで。ミュリエルのワクワクは最高潮だ。

「いつか食べようと思ってたんだー。私がアルの分も払うからね」

ミュリエルはゆるみまくっている表情を引き締めて、キリッと言った。

「ありがとう。嬉《うれ》しいな」

「ソーセージパンふたつください」

「はいよ、銀貨一枚だよ。カラシは好きなだけつけてね」

「はい」

ミュリエルは銀貨一枚をおばさんに渡した。上側のパンをずらして、三本のソーセージに少しだけカラシを塗る。アルフレッドもぎこちない手つきでカラシをつけた。

「いただきまーす」

パンを少し潰《つぶ》して大きく口を開ける。ガブリッ、かじりつくとソーセージの皮がプチンと破れて、肉汁とほのかなハーブの香りが口の中に広がる。

これは、父さんが絶対に好きなやつー。ミュリエルは確信した。物足りないかと思ったけど、食べてみると十分にお腹《なか》が満たされた。

「おいしいね」

ミュリエルはあっという間にたいらげたが、アルフレッドはまだ半分ぐらい残っている。

「ああ、とてもおいしい。こういう屋台の食べ物はほとんど食べたことがないんだ。味が濃いけど、おいしいと思う」

「体使って働いてる人は、塩気が多い方がいいからね」

「なるほど」

アルフレッドは上品にチミチミと時間をかけて食べきった。


さて、買い物である。食べたいものなら思いつくが、欲しいものとなると難しい。物欲は持たないように育ってきた。ミュリエルは険しい顔で街をさまよう。欲しいものとはなんなのか、それが問題だ。

アルフレッドはそんなミュリエルを優しい目で見ながら、一緒にさまよってくれる。

「そういえば、最近ずっと私と一緒だけど、執務は大丈夫なの？」

授業が終わるとジャックが迎えに来て、アルフレッドが乗る馬車に押し込まれるのだ。

「大丈夫だよ。宰相《さいしょう》が張り切っているから。僕が王宮にいると、ざわついてよくないらしい」

腑《ふ》に落ちない顔のミュリエルに、護衛のケヴィンがこっそり教えてくれる。

「アルフレッド殿下が浮かれて、誰にでも笑顔を振りまいていらっしゃいます。王宮の女性官吏《かんり》や侍女がバタバタと倒れておりまして」

「ああ」

なるほど、この顔面で無駄に笑ったら面倒くさいことになるだろう。ミュリエルは遠い目をした。

まあ、買い物につき合ってもらえるのはありがたいので、放っておこう。ミュリエルは考えないことにする。

ひとつの小さなお店がミュリエルの目に止まった。領地では見たことのないような色鮮《あざ》やかな毛糸が積まれている。

ああ、これだ。ミュリエルは決めた。

「これを買うよ。私、刺繍《ししゅう》はあんまり得意じゃないけど、編み物は好きなんだ。これから寒くなるし、アルと家族になんか編んであげるね」

さすが王都、柔らかで手触りがよい毛糸がいっぱいだ。あんまり細い糸だと、編む量が増えて大変なので、太めの毛糸にする。

「うーん、母さんは赤が好きだから、この夕焼けみたいな毛糸。父さんは……好きな色とかあるのかな……。青がいっかな。濃い青が似合いそう」

ミュリエルは赤と青の毛糸を三玉ずつカゴに入れる。

「マリー姉さんは水色かピンクどっちにしよう……。ピンクにしようかな、似合いそうだし。弟四人は……なんでもいっか。色んな色が混ざった毛糸で編んだげよう。それならケンカしないでしょう」

ひとつの玉に少しずつ異なる色が入った毛糸を選ぶ。どうやって染めてるんだろう。おもしろいな。ミュリエルはしげしげと毛糸を眺める。

「あ、アルはどれがいい？　好きなの選んでね」

アルフレッドは固まっていたが、ミュリエルの言葉で我に返ったみたいだ。じっくりと毛糸の山を見て、ひとつを手にとった。

「ミリーの目の色と似てるから、これがいい」

森の色だ。

「そっかー、そういうのいいね。じゃあ、私のはコレにするね」

ミュリエルは今日の空のような爽《さわ》やかな青色の毛糸を選ぶ。

アルフレッドが空を見上げて口をギリギリしている。

「アルの目の色だね」

「どうしたの？」

「喜びを噛《か》み締めていた」

「喜びって本当に噛めるものではないと思うけど」

「気分の問題だよ」

「大げさだなー。いくらでも編んであげるから。人形たちにも作ってあげよう。マフラーにするね、簡単だからね」

護衛のケヴィンがこそっとミュリエルにささやく。

「ミリー様、ほどほどにしてください。殿下が寝られなくなります」

「いや、ちょっと意味が分からない」

「興奮のあまり、寝られなくなります。私には分かります」

「そっか……」

子どもみたい……。ミュリエルは心の中でつぶやいた。ちなみにミュリエルはいつでもどこでもすぐ眠れる。怪しい気配があればすぐ目が覚める。野生動物である。

ミュリエルは大急ぎでアルフレッドのマフラーを仕上げた。寝不足になられると、王宮の皆が困るではないか。


アルフレッドは、まだ寒くもないのにずっとマフラーをつけている。皆、生温かい目でアルフレッドを見守っている。

二十五年間、王族然としたにこやかな笑顔を絶やさなかった殿下だ。有頂天《うちょうてん》で挙動がおかしくなるなんて、喜ばしいではないか。

季節は秋。王宮の中は春真っ盛りだ。

17. 婚約式とはどのような

Lady throwing stones

ある日、狩りに向かう馬車の中でアルフレッドが切り出した。

「ミリー、婚約式をしようと思うんだけど、どうかな？」

「婚約式。それはどのような？」

結婚式は領地でもあるから、分かっている。領地には婚約式なんてない。そもそも、領地では婚約自体しない。

「ねえ、そろそろ結婚する？」

「するする」

そんなお気軽お手軽なノリだ。そのあとはまあ、色々あるけど、ドンチャン騒ぎ、飲めや歌えやである。

王都、ましてや王族ともなれば、それは大変そうだ。

「正式なものなら、両家が揃《そろ》って教会で挙げる。親族や派閥《はばつ》の貴族も参列する。誓いの品を交換し、宣誓書に署名をし、司教が認めれば正式な婚約となる」

「ほほう。厳《おごそ》かな感じだね。殴り合ったりはしないんだよね」

「殴り合ったりはしないが。領地ではするの？」

アルフレッドの動きが止まった。

「婚約式はそもそもないけど。まあ、結婚式では大体するかな」

「そうか。領地での結婚式はまた改めて考えよう。婚約式に、ミリーの家族は出られるだろうか」

「う、それは、分からない。聞いてみないことには」

「そうだね、聞いてみよう」

御者席にいるジャックは、至急早馬を出さなければと思った。

「他に誰か呼びたい人は？」

「学園の人たち呼んでもいい？」

「もちろん」

「マチルダさんとジョニーさん」

「そうだね」

「街の人は？」

「街の人というと？」

「肉屋の夫婦とか、家の近所の人とか」

「善処しよう」

ジャックは今までの前例を高速で思い出した。前例は、ない。しかし、それぐらいなら、なんとかなるだろう。

「セレンティア子爵夫妻はどうする？」

「それは、母さんに聞いてみないと」

「そうだね、聞いてみよう」

今度はミュリエルが確認する。

「誓いの品は、短剣でいいんだよね？」

「短剣？」

「あ、王都では違うんだ。何なの？」

「指輪かな」

「そうなんだ、分かった。鍛冶屋《かじや》に頼みに行くね」

「あ、ああ」

「指輪に何を彫ればいいの？」

「王家の紋章は獅子《しし》だけど、僕はミリーに婿《むこ》入りするから、ミリーの紋章がいいな。ミリーの領地の紋章ってなんだ？　あれ？」

そういえば、紋章の記憶がまったくないことにアルフレッドは愕然《がくぜん》とする。

「ああ、うちは今は魔態だよ。父さんの魔剣での初獲物が魔態だったからね。死闘だったたって自慢してた」

「そうか、代替わりごとに紋章も変えるのか、それは、斬新な。ということは、ミリーの紋章は魔牛か」

「おっ」

「ちょうど、ミリーにもらった魔牛の角もあるな。あれでふたり分の指輪を作るか」

「いいね」

軽い会話で、ミュリエルとアルフレッドの新領地の紋章が、魔牛に決まった。どこの領地か知らぬが領民に幸あれ。ジャックは静かに祈りを捧《ささ》げた。

「衣装はどうしたらいいのかな？」

「これは僕が買う。税金だ、経費だ、いいね」

「は、はい」

アルフレッドは有無を言わさず押し切った。

「衣装は何色がいい？」

「赤だよね？　父なる太陽の赤であり、母なる大地からいただいた恵みの色、血の色」

「そうか、僕も？」

「ん？　男性は大地の色。茶色か黒だよ」

「分かった」

ジャックはハラハラドキドキしていたが、無難な色に落ち着いてホッとした。

＊　＊　＊

ゴンザーラ領では、ミュリエルの家族が王家からの手紙を囲み、うなっていた。

「俺とシャルロッテは出る。それでいいな」

「はいっ」

全員が声を揃えた。

「ジェイは留守番だ。俺がいなくても領地を守れると民に示せ」

「はいっ」

ジェイムズは真剣な目で答える。

「他をどうするかだ。マリーナとトニーは出るか?」

「父さん、母さんに私までいなくて、弟たちだけって。帰ってきたら領地が潰《つぶ》れてるんじゃ」

「う」

弟たちがさっと目をそらした。

「やっぱり私とトニーは残るよ。心配で王都で寝れなくなっちゃう」

「そうだな」

マリーナの言葉にロバートが頷《うなず》く。

「いんや」

ばあちゃんが遮った。

「マリーナとトニーも行きな。あとのことは、ワシらでなんとかする」

ばあちゃんが、頼りない男連中をギロリと見る。

「大丈夫、万が一のことがあったら……」

「あったら？」

「隣の領地に全員で逃げる」

ロバートは押し黙った。

「まあ、領民の命が助かればいいか。逃げられるのか？」

ばあちゃんは胸を張った。

「ワシらの逃げ足の速さは王国で随一。引き際《ぎわ》を見極めることにかけては、右に出る者はおらん」

「確かに」

「一瞬で領地を空っぽにしてみせよう」

ばあちゃんは強気な笑顔を見せる。

「その技、ギリギリまで使わないでくれ」

「任せろ。気にせず行ってこい」

一抹《いちまつ》どころではない不安を抱えたまま、領主夫妻と長女夫妻は王都への旅に出た。

18. 気楽にと言われましても

Lady throwing stones

王都の職人街の一角にある小さな鍛冶屋《かじや》に、お上品な紳士がスルリと入ってきた。

「この魔牛の角で、指輪をふたつ作っていただきたいのです。なる早で」

紳士がにこやかにとんでもないことを言う。鍛冶屋のロビンはポカンと開いた口をガキンと閉じる。

「なんでワッシなんかに？　ワッシ、指輪なんて作ったこともねえです」

ロビンは武器の修理を主に請け負っている。指輪は専門外だ。そもそも、鍛冶屋で指輪を作ろうとするなんて、無茶苦茶だ。

「実は、この指輪をご依頼のお嬢さまが、あなたに短剣を直してもらったそうです。そのとき、あなたの腕に感銘《かんめい》を受けられたとか」

「はあ」

うちの店にお嬢さまなんて来た試しがねえけど。平民の嬢ちゃんならそういえば何度か来たなあ。これ私が狩ったんですって、肉を分けてくれたっけ。まさか、アレなわけないしなあ。

「大きさは、この指輪に合わせてください。ああ、そうそう。上に魔牛の紋章を彫っていただけますか？」

紳士は見本の指輪をふたつロビンに渡す。

「はあっ？　そんなこと、やったことねえですけど」

「そうなんですか？　お嬢さまが、短剣に魔牛の紋章入れてもらったと、見せてくださいましたよ。こちらです」

紳士は短剣をロビンに見せる。

「こ、これは」

「あなたが手がけたものですよね？」

「へ、へぇ。てことはあの、背の高い元気な嬢ちゃんが？」

「そうです。この短剣の魔牛の紋章をもう少しだけ洗練させて、彫ってください。高位貴族がつけてもおかしくないぐらいの」

そんな無茶な。断ろうとしたとき、紳士が金貨を積み上げた。

「大至急でお願いします。できれば三日後」

「三日！」

「三日後にできていれば、そのときこれと同額を上乗せでお支払いします」

「分かっ、分かりました」

「では、三日後に」

紳士は穏やかに微笑《ほほえ》んで出ていった。

「あ、ありがてえ。これで店の借金が全部返せる。しかし、まさかあの元気なお嬢ちゃんが、あの紳士の主人なのか？　え、どう見ても平民だったけど」

人は見かけによらないものだ。ロビンは首を振った。

「さあっ、気合い入れてやんなきゃな。お嬢ちゃんに似合うように。あ、でももうちょっとお上品にしなきゃなんねえか」

ロビンはウンウンうなりながら、ちょっと上品でカッコイイ紋章入りの指輪を作り上げた。

それを気に入ったお嬢ちゃんから、仰々《ぎょうぎょう》しい婚約式の招待状が届いて、ロビンはひっくり返った。

「着る服がねえっっ」

ロビンの叫びが職人街に響き渡った。

＊＊＊

ここ連日、マチルダの家には血相を変えた隣人が訪れる。

「マチルダさん、この招待状」

「ああ、ミリーの婚約式ですね」

「本当にアタシらが行っていいのかしら？」

「大丈夫みたいですよ。気にせず気楽に参列してくださいって、ミリーが言ってました」

「いや、そんな無茶な。何着ればいいのかしら。新調する時間はないし……」

「家にある一番いい服でって。なんなら喪服でいいって」

「それは、ダメでしょうよ」

女性は真面目《まじめ》な顔で言い返した。

「でもねえ、本人がそう言ってるし。どうしても気がひけるのなら、教会の外で待っていてもいいとは思うけれど」

「ご近所さんたちとも相談するわね」

「ええ、そうしてくださいな。ミリーは楽しみにしてますから、ぜひ前向きに、気軽にお願いします」

「はい」

女性は途方に暮れた。でも集団に紛《まぎ》れていけば大丈夫なのでは？　それなりの格好をした集団。そこに群衆の一員として紛れ込む。それなら目立たないのではないか。

いかに目立たず、背景と一体化した群衆を作るか。近隣住民は連日話し合った。

＊＊＊

「うおーい、授業始めるぞ。席につけー」

生徒たちが席についたところで、クリス先生は教壇の上に封筒の山をドサッとおいた。

「ミリーから婚約式の招待状を預かってるから。みんな、参列するように」

クリス先生は封筒の宛名を読み上げて渡していく。

「おおおお王家主催の婚約式に、僕がっ？　ぼぼぼ僕、ただの男爵子息ですけどっ」

ひとりの男子生徒が立ち上がって大声で叫ぶ。

「まあ、ミリーも男爵令嬢だし、いいんじゃないか。どうも平民も呼ばれてるらしい。気楽に行こう、な」

クリス先生は苦笑しながら教室を見回す。

その後授業が始まったが、誰も聞いちゃいない。小さな紙が飛び交う。

『何着るのよ』

『この前、夜会で来たやつよ。新しいのなんてないもん』

『同伴者ひとり許可って書いてあるけど』

『私婚約者いない』

『この招待状をエサに、誰か釣るか』

『のった』

女生徒たちの目がギラリと光る。

『ヤベエ』

『マジやべえ』

『パネエ』

『それな』

男子生徒たちはなんの生産性もない。混乱の極みである。

格安の貸し衣装を始めようかしら。イローナは新たな商売を思いついた。

遠くの屋敷でパッパが反応した。

「パッパに任せなさい」

イローナの兄たちは、何かを察して身構える。

婚約式まであと一週間。誰ひとりとして気楽な者はいない。

19. ジェイムズという少年

Lady throwing stones

ミュリエルの弟、ジェイムズ。森の息子であり、ゴンザーラ領の次期領主。生まれたときから人生が決まり、領民の期待を一身に受け、領地の命運を握る定めの男。十三歳にして、達観している。誰にもそのことは見せていないが。

双子の弟ハリソンが、のほほんとしているので、ジェイムズものんびりホノボノだと思われている。だがジェイムズ、実の姿は、空気読めすぎる少年であった。

「マリーナ姉さんは、森の子どもじゃないことを気にしてる。ミリー姉さんは、森の娘なのに、女だから領主になれないことに、引っかかってる」

姉ふたりの、自分でも気づいていないであろう、ちょっとした暗い歪《ゆが》み。ジェイムズにはよく分かる。きっと、母から受け継いだ資質なのだろう。

「ハリーは、僕と一心同体だと思ってたのに。僕がクロにばっかり心を開くから拗《す》ねてる。それと、一生、僕の補佐になるって諦《あきら》めてる。色々」

ハリソンは、そんなことないって言うだろうけど。ジェイムズには分かる。

「ダニーは、森の息子なのに、次期領主の予備でしかないって傷ついてる。ウィリーは、何者でもない、何の期待もされてない末っ子。自分のことそう思ってる」

能天気に見える姉弟たちの内面を、両親よりも理解できるジェイムズ。気配りできる母と、天然無自覚俺様領主の父を持つジェイムズ。姉弟たちの、拗《こじ》れて、鬱屈《うっくつ》した、秘密をよく分かりつつも、

「ま、仕方ないよね」気にしない強さを持っている。

「僕にはどうしようもないことだし。気にしたところで、何もできないし」

俺様領主の父から受け継いだ俺様ぶり。気づいてはいるけど、気にしない。鋼《はがね》の心を持っているジェイムズ。天性の領主かもしれない。

ジェイムズはあっけらかんと、開けっぴろげな風にしているが、誰にも本心は見せていない。ジェイムズの心は、相棒のクロだけが知っている。ジェイムズが五歳ぐらいのとき、どこからかやってきた黒犬。モサモサのフサフサで、顔とお尻《しり》が見分けがつかないぐらい。それほど大きくはないけど、勇敢で、忠実な、ジェイムズの友だち。

「領主なんて、めんどくさい」

クロにだけ打ち明ける本心。だって、どう考えても面倒な仕事だ、領主って。

「僕の判断で、領民の生死が決まるんだって。重すぎるよね」

そういう判断、どうやってするんだろう。そのうちできるようになるのかな。クロのモサモサの体に抱きつくと、ジェイムズのモヤモヤは消える。ジェイムズの大事な、大好きなモサモサ、クロ。

ある日、森の中に現れた大蛇から、ジェイムズを守るため、死んでしまった。クロは、ためらうことなく大蛇の口に飛び込み、飲み込まれ、腹を食い破って出てきた。でも、大蛇の体液にやられて、出てからすぐ、ジェイムズの腕の中で息絶えた。

その日から、ジェイムズは泣いていない。だって、泣いたら、クロが心配する。

「強い、領主になるよ。誰ひとり、魔物に殺させやしない」

ジェイムズは、がむしゃらに狩りをした。魔物から民を守らなければならない。家族を、友だちを失う辛《つら》さを、よく知っているから。

クロを失って、壊れかけたジェイムズを、家族はそっと見守った。ときにはめちゃくちゃ構ったり、慰めたり、ジェイムズの代わりに泣いたり。手を尽くした。

「時がたてば傷が癒《い》えるかもしれん。いつまでも、ズキズキ痛むかもしれん。分からん。でも、生きろ」

痛そうな顔で、父はジェイムズの肩を抱く。ジェイムズは生きなければならない。それはよく分かっている。クロが命を懸けて助けてくれた。無駄にはできない。


本心も、心の傷も、誰にも見せずに。ジェイムズはがんばっている。だが、人生最大の危機が来てしまった。頼りになる両親と姉夫婦が、王都に行ってしまう。ジェイムズは、次期領主として領地のかじ取りをしなければならない。

「いや、無理でしょ」そんな心の声は、もちろん言葉にはしない。やるしかないのだ。逃げ場はない。ジェイムズは初めての重責に、ひょうひょうとした表情を保ちながらも、気合いを入れた。

だけど、思ったより、領主不在の領地はしっちゃかめっちゃか。

「ジェイ様、井戸が崩れたって」

「ええっ」

「ジェイ様、行商人が来たよ。塩買わなきゃいけないんじゃなかったっけ?」

「ああー」

「ジェイ様、男の子たちがケンカしてるー」

「うおー」

「ジェイ様、投石機が壊れた」

「ひえええ」

「ジェイ様、今日の晩ごはん何がいい?」

「ぎえええええ」

ばあちゃんがジェイムズの両肩に手を置いた。

「ジェイ、落ち着け。息をゆっくり吐け、吐ききったらゆっくり吸え」

「ふーーーー、すーーーーー」

「落ち着いたか?」

「うん、ばあちゃん、ありがとう」

「全部自分でやろうとせんでええ、受け流せ」

「うう」

「井戸はウィリーに行かせな」

「はい。ウィリー、井戸を頼んだ」

「はーい」

「行商人はギルだ」

「はい、ギルおじさーーーーーん」

ジェイムズは屋敷の窓から叫んだ。

「おおおーーーーーー」

遠くからギルバートの返事が聞こえる。

「塩おねがーーーーい」

「りょーーーーーーー」

「坊主どものケンカは放置でええ。そのうち誰かが止める」

「はい」

「投石機はじじいに任せな」

「はい、じいちゃーーーーーん」

ジェイムズは屋敷の窓から叫んだ。

「なんじゃ？」

じいちゃんが隣の部屋から顔を出す。

「あ、いたの。投石機が壊れたって。見てくれる？」

「おう、行ってくるわ」

じいちゃんはのんびり出ていった。

「晩めしは肉だ」

「はい」

扉の前にいた下働きの女が頷《うなず》いて立ち去る。

「な、右から左に受け流せ。ロバートはそれがうまい。ひとりで抱えこんだら潰《つぶ》れるぞ」

「はい」

ジェイムズは、ばあちゃんを尊敬の目で見る。いつもはウワサ話と井戸端会議で一日を終えているのに。ばあちゃん、ヤルな！

カーン　ブオー
「なんじゃあの合図は。聞いたことがないねえ」

ばあちゃんが首をかしげる。

「とにかく魔剣を持って急げ」

ばあちゃんは壁に掲げられた魔剣をジェイムズに投げる。

「やれやれ、ロバートがいないときに限ってまったくもう」

ばあちゃんは、棚から弓矢一式と槍《やり》を取った。

「いっちょ狩るかい」

ばあちゃんは足取り軽く城壁に向かった。

城壁の周りには人がワラワラ集まっている。ジェイムズは急いで城壁の上に駆け上がった。

「あれは、犬の群れ？」

「うーん、どうなんじゃろ。怪しい気配はないけど、犬にしてはなんか妙な動きじゃ」

じいちゃんが遠くの砂ぼこりを見ながら、首をかしげる。

「城門は閉じてるからいいけど。とりあえず投石機は準備しなきゃ」

ジェイムズは慌《あわ》てて下を見る。女たちが言われるまでもなく、投石機を準備している。子どもたちも慣れているので、巨石の乗った荷車を押してきた。

ジェイムズはホッとする。慌てて気を引き締めた。

石投げ部隊が城壁に上がってくる。ばあちゃんも来た。

ばあちゃんがジェイムズの肩を叩《たた》く。

「ジェイ、なんとか言いなよ。みんな待ってんだろう」

「あ……」

ジェイムズは息を呑《の》んだ。言葉が出てこない。

「み、みんな……た、待機――」

「おうっ」

ジェイムズは喉がカラカラだ。犬の群れはヨロヨロふらふらしながら近づいてくる。

「妙な犬だな。悪い気配はしないが、普通の犬でもなさそうだ。なんせ、デカい」

ばあちゃんがジェイムズの隣で言う。

近づくと、犬がいかに大きいか分かる。子牛ぐらいの黒犬が十頭、城壁の下に着いた。

「ワウーーーン」

先頭の犬が吠《ほ》えた。

「ワウワウーーン」

残りの犬も吠える。

石投げ部隊はスリングを構えた。皆がチラリとジェイムズを見て、指示を待つ。

「お腹《なか》が減ってるみたい」

ジェイムズはつぶやいた。

「なぜ分かる」

「だって、そう言ってる」

「ワシには聞こえん」

ばあちゃんは厳しい目で言った。

「だって、そう聞こえた」

ジェイムズは涙目になって言い張る。

「だって、あれ、クロだもん」

ジェイムズは先頭の犬を指差す。

「まあ、確かに黒いが。どれも黒いぞ?」

ばあちゃんが不思議そうに言う。

「違う、あれ、クロ。僕が小さいとき仲良かったクロ」

「えええええ」

「クロだろ、お前」

「ワウーーーン」

「クロッ」

「ワウッ」

「さっぱり分からん。誰か分かるヤツおるか？」

ばあちゃんが皆に聞いた。みんなポッカーンとして首を横に振る。

「僕、行ってくる」

「こりゃーーー」

ばあちゃんが止めるのも聞かず、ジェイムズは城壁の向こう側に飛び降りた。

ばあちゃんは弓を構える。

「クローーー」

「ワウーーー」

ジェイムズと犬は抱き合ってコロコロと転がった。

「えー」

ばあちゃんは目を見開いた。

領民たちは顔を見合わせる。

「どうするー？」

「どうすんだろ」

「ジェイ、どうする気だい？」

ばあちゃんが叫んだ。

「飼ってもいい？」

「お前が食事を用意するならな」

「分かったー、なんか狩ってくるねー」

「こりゃーーーー」

ばあちゃんは怒鳴ったが、ジェイムズはクロに乗って行ってしまった。

「帰ってきたら説教じゃ」

ばあちゃんの言葉に領民全員が頷いた。

次期領主、いちから鍛え直しだな。皆の心がひとつになった。

ジェイムズの闇《やみ》が消えた。ジェイムズは皆が知るホノボノ朗《ほが》らか少年に戻ったのだ。それは、ジェイムズとクロだけが知っている。

20. 真ん中っこハリソンの鬱屈

のほほんとしていて、なんの悩みもないと思われていそうなハリソン。それなりに鬱屈《うっくつ》している。真ん中っこの悲哀と、ばあちゃんなんかは言う。

「上の子はチヤホヤされ、頼りにされ。下の子は甘やかされ。真ん中っこは忘れ去られがち。でも、忘れてないからな。腐るんじゃないよ」

ばあちゃんはよくそんなことをハリソンに言う。でもやっぱり、ちょっと腐りがちなハリソン。「僕っていらない子？」そんな疑問がどうしても湧いてくる。

マリーナ姉さんは長女でしっかり者。みんなのまとめ役。ミリー姉さんは森の娘で、狩りの達人。王弟までつかまえちゃった。ジェイは森の息子で次期領主。小さいときから、ジェイは特別に鍛えられてるし。ダニーは森の息子な上に、まだ小さい。ウィリーはみんなのかわいい末っ子だ。

「僕ってなんの役にも立たないもんなあー」

ジェイにクロが戻ったから、なおさらだ。あのとき、ジェイの魂《たましい》が喜んでいるのを感じた。

僕とジェイは双子だ。僕の方がほんの少し早く生まれた。だから僕が兄さんだ。ジェイは茶色の髪に緑の目を持つ。森の息子だ。僕は母さんと同じで、金髪に青目だ。

ジェイのことならなんでも分かる。離れていたって、ジェイの心が揺れたらすぐ分かる。それを言うと他の家族は不思議な顔をする。

僕にとっては、ジェイは右手みたいなもんだ。右手が困っていたら分かるだろう？

でもジェイは僕の気持ちはそこまで分からないみたい。小さいときは、一心同体って感じだったけど、少しずつ別の人間になった。

幼いとき、ジェイにクロが現れたとき、僕たちの間に隙間風《すきまかぜ》が入った。その切れ目はどんどん大きくなった。ジェイは僕よりクロにべったりになった。

僕はジェイと家族と領民と、そして動物が好き。だから狩りは苦手だ。

「僕、肉は食べない」

あるとき、言ってみた。父さんは僕をじっと見つめた。

「分かった。でも卵は食べろ。牛乳も飲め」

「うん」

「そしてな、お前がいくら動物好きだろうが、お前は動物を狩らなければならない。それはこの地で領主一族として生まれた宿命だ」

父さんの目は、痛そうだった。ごめん、父さん、僕。僕はただ黙って頷《うなず》いた。

魔物が来たら殺さなければならない。それは太陽が昇って、そしてまた沈むのと同じだ。僕は魔物だって好きだ。でも領民は守らないといけない。

ジェイは僕の代わりに率先して命を奪ってくれる。ごめん、ジェイ。僕は兄さんなのに。

クロが死んだ。魔物からジェイをかばったんだ。ジェイの魂がどこかに消えてしまいそう。ジェイは泣きもしない。ただそこにいる。

ジェイは魔物を容赦《ようしゃ》なく屠《ほふ》るようになった。そんなことしたって、クロは戻ってこないのに。

僕もジェイと一緒に魔物を殺す。そんなことでクロを弔《とむら》えるとは思わないけど。でも、ジェイと一緒に殺す。血を流せば流すほど、ジェイと僕の隙間は少しずつ埋まったような気がした。

父さんたちが王都に旅立ったあと、クロが戻った。僕にはすぐ分かった。だって、ジェイの心が歓喜で震えている。ジェイの血まみれの心が癒《い》やされていく。

あの日、ジェイとクロたちは、夜遅く戻った。ジェイはばあちゃんにガッツリ怒られていた。でも僕には分かる。ジェイはまったく聞いていないってことを。

「ジェイ、クロたちの食糧、まかなえそうなの？」

もうすぐ冬が来る。大型の犬十頭を養うのは簡単ではない。

「ハリー、大丈夫だと思うよ。最近魔物がたくさん出るから」

「そう。ならいいけど。犬は塩漬け肉とか食べられないんじゃない？」

「魔犬だから大丈夫だって。最近、魔物も動物もこっちに流れて来てるから、クロたちもこっちに来たんだって。で、こっち来たら僕のこと思い出したみたい」

ジェイの心が凪《な》いでいる。僕の心も静かだ。もう僕はクロに妬《や》いたりしない。ジェイが幸せなら、僕も幸せ。

魔物が増えているというのは、本当だった。毎日のように、鐘と角笛が鳴る。でも、領民は誰も気にしない。

だって、ジェイがクロに乗って、狩りつくすんだ。十頭の大型魔犬の威力は凄《すさ》まじい。魔物がかわいそうになるよ。

みんな、とりあえず城壁に登って、スリングは構えているけど、惰性《だせい》でやってるのが分かる。

「凄まじいな」

「アタシたちの出番、もうなくなるんじゃ」

「もっと石拾いすっか」

みんなはせっせと腕輪用の石拾いをしたり、農作業に精を出す。そんなとき、また聞いたことのない鐘と角笛が鳴った。その少し性急な音に、心がざわつく。

僕たちは城壁に駆け上がった。

「あっちの空から、何か来る。鳥が一羽。デケえっ」

じいちゃんが見張り台から叫ぶ。クロたちは居心地悪そうにグルグル回っている。

「投石機用意――」

ジェイが大声で叫ぶ。

「投石機かまえ――放てっ」

巨鳥は石をなんなく避《よ》け、近づいてくる。羽ばたきの勢いが強くて、地面の砂が巻き上がる。

「投石部隊―――放てっ」

僕たちはスリングで石を放った。当たった。でも効いていない。風で石の勢いが殺されちゃってる。

ばあちゃんが弓を射る。避けられた。

ジェイが槍《やり》を投げた。巨鳥は槍を羽で叩《たた》き落とす。ばあちゃんの顔に焦《あせ》りが見えた。

「ダメじゃ。このままだと全滅。ジェイ、撤退だ。地下に潜る」

「総員――退避！　地下に潜れーーー」

皆は城壁から飛び降り、地下に続く扉に向かう。

「ハリーーー」

飛び降りようとしたとき、ジェイの声が聞こえた。振り返るとジェイが青ざめて僕に手を伸ばす。

「なん……」

お腹《なか》の当たりをギュッとつかまれ、フワリと持ち上げられる。

「おうぇえええええ」

吐きそうー、寒いー、速いー。僕は巨鳥に振り回されて意識を失った。

「ホッホー」

「ううー」

「ホッホホホー」

「げえっ、暑いっ、羽が邪魔ー」

モフモフした羽に包まれて目が覚めた。

羽がブンブンして風が吹く。

「や、やめてー。息ができないー」

「ホッホー」

「しょんぼりしないでよ」

「ホッ」

「ええーお腹減ったから人食べに来たの？　もーやめてよー。ネズミでも食べてなよ」

「ホッホホー」

あれ、おかしいな。そのときやっと気づいた。僕、フクロウの言葉が分かるみたい。ホッホホッホなのに、意味が分かる。ええー、うそー、なんでー。でも、のんびり驚いている暇はない、ボケっとしてたら、食べられちゃう。ほら。

「ああ、ネズミじゃ食べたりないと。僕、おいしくないと思うけどな。ほら僕、野菜中心だから、肉がパサついてると思うよ。油分が足りないから」

必死でああだこうだ言ってみるけど、お前うまそうだな、ってフクロウが。ああー。

「やっぱり、肉をたくさん食べてる動物の方が、風味とコクがあると思うなあ」

ていうか、僕、おいしくないと思うんだけど。どうなんだろう。

「ネズミって雑食じゃない。虫も死んだ動物も食べてるでしょう。だからおいしいんだ。僕はね、基本的に葉っぱ食べてるから。葉っぱ。君、葉っぱ食べないよね」

ネズミの方がおいしいって力説してるけど。なんかむなしくなってきた。僕ってネズミに劣る感じ？　自分で言ってて、自分で傷ついて。バカだなと思うけど。

「うん、いいよ。一緒に森に狩りに行ったげるよ。だから人間は食べないでよ」

お、なんか納得してくれたっぽい？　僕、食べられない感じ？

「ええー、ジェイがきたって？　どこ？」

「ここ」

洞窟の入り口にクロにまたがったジェイがいる。

ジェイがクロの上から飛び降りた。手には魔剣を持っている。顔が、すっごく怒ってる。

「無事なの？　ハリー」

「うん、もう僕のこと食べないって。でもいっぱい狩らないと、食べちゃうぞって言ってる」

ジェイが口を歪《ゆが》める。ジェイの魔剣が少し光った。ジェイ、怒ってる。

「それ、ひどくない？」

「う、でも今すぐ食べられるよりはマシじゃない」

「心配したよ」

「う、ごめん。助けに来てくれたの？」

「当たり前じゃない」

「次期領主はそんなことしちゃダメだと思う」

「ミリー姉さんがいるからいいんだよ」

今度は僕がしかめっつらになった。ジェイは領地の星で光なのに。僕の大事な弟なのに。

「うん、でも、やめてほしい」

「だったら、あんなにアッサリさらわれないでよ」

「うん、ごめんね。助けに来てくれてありがとう」

ジェイが怒ってる。それが嬉《うれ》しい。ジェイが僕のこと必要としてくれた。それに、フクロウにうまそうだなって思われて、僕も捨てたもんじゃないなって。僕ってバカ？　変態？　それに、フクロウの言葉が分かれば、僕もみんなの役に立てるかもしれない。フフフ。

僕はニヤニヤしながら、フクロウにつかまれて、振り回されながら領地に戻った。乗せてって頼んだけど、乗せるのはイヤなんだって。誇り高い鳥は、エサは乗せないんだって。ひどい。

領地に戻ったら、ばあちゃんがウロウロしていた。顔がいつにもましてシワクチャだ。

ばあちゃんは僕とジェイを両手で抱いた。ばあちゃんの腕がプルプルしてる。

「アホウ、お前らふたり。気軽に動物を飼うな。食糧どうする気だ」

ばあちゃんに震える声で怒られた。どうしよう。僕は途方に暮れた。

僕とジェイはせっせと遠征して狩りをする。食欲旺盛《おうせい》すぎる生き物を養うのは大変だ。父さんにも怒られるだろうな。僕は、父さんたちの帰りがなるべく遅くなることを祈った。

21. 命の天秤

Lady throwing stones

「母さんっ」

王都に着くと、待ち構えていたミリーが飛びついてきました。とっくにわたくしより背の高くなっている娘を抱き止めます。よろけたわたくしをロバートが支えてくれました。

もうすっかりわたくしの手を離れた子。いずれどこかの領地に旅立ってしまう。昔から予想外のことばかりする子だったけど。まさか王弟を伴侶《はんりょ》に選ぶとは思わなかったわ。

「元気なの？　アルやマチルダに迷惑をかけていない？」

ミリーは何も言わず笑っています。これは何かごまかそうとしているわね。まあ、アルがついてるから大丈夫でしょう。ミリーのことはそれほど重く悩まないことにしています。いつの間にか想定外の味方が現れて、なんとかなるのですから。不思議な強運の持ち主なのです。

この子は大丈夫。よほどのときには相談してくるでしょう。手早くミリーの背中や髪を撫《な》で、体つきに変化がないか調べます。肌艶《はだつや》もいいし、髪のコシもしっかりしてるし、痩《や》せても太ってもいないわね。

きちんと食べているようです。少し安心しました。

「母さんたち、本当に宿に泊まるの？　マチルダさんの家で泊まればいいのに」

「あら、ダメよ。マチルダが大変ではないの。あなたひとり面倒見てもらうので十分迷惑かけているというのに」

ミリーが口を尖《とが》らせます。

「王宮に泊まってください」

アルが熱心にすすめます。

「いいえ、結構ですわ。宿の方が気楽ですから」

ロバートとマリーナとトニーが、ホッとしたのが分かります。ええ、王宮で泊まるなんて、彼らにとっては苦行以外の何ものでもありませんわ。

宿に着いてくつろいでいると、ミリーが何かを話したそうにしています。

「何かあった？」

「うん。母さんのお父さんとお母さんに会ったよ」

「まあ、それで？」

「えーっと、みんなに何か買ってくれるって。母さんにはクリーム、父さんには馬、マリー姉さんには靴、ジェイには犬でハリーにフクロウ、ダニーが本でウィリーが彫刻道具」

「そう」

ロバートが何か言いたげにこちらを見ています。

「ミリーは何か買ってもらったの？」

「ううん。あ、でも一緒にピクニックに行ったよ。私がうっかり、領地にいるときみたいにしちゃって、怒られちゃった」

「ああ」

なるほど。大体予想がつきますわね。

「ごめんね」

ミリーが落ち込んでいますわね。まあ、領地での振る舞いを、王都の面々の前で披露したら、さぞかし耳目を集めたことでしょう。まさか王弟の相手になるとは思っていませんでしたから。ミリーには最低限の作法しか教えておりませんでした。

わたくしの責任ですわね。ミリーの頭を撫でて髪をすきます。さて、どうしたものかしら。

「そうね、あなたに十分な礼儀作法を教えなかったわたくしが悪いのです。これから婚約式までに、できることはいたしましょう」

わたくしはこれからの予定を思い浮かべます。

「あ、それはもう大丈夫。ルイーゼ様や魔牛お姉さんたちが教えてくれたから」

「そう、よかったわ。それなら安心ね」

本当に、この子にはいつも助けの手が差し出されるのですわ。ありがたいことです。

「おじいさまとおばあさまに、婚約式に出てもらって大丈夫だよね？」

「ええ、事前に相談してくれていましたものね。大丈夫です。」

でも、そうね。婚約式の前に会っておきましょう。二十年ぶりになりますわ。

＊＊＊

「シャルロッテ」

二十年ぶりの屋敷の客間で、父と母に迎えられます。

「お父様、お母様、お久しぶりです」

小さくなった、父と母。ふたりを見つめながら、わたくしは自分の心の動きを観察します。そうね、驚くほど何も感じないわ。老いたなと思うぐらいです。それはお互い様なのですけれど。

「まあまあ、こんなにヤツれて。シワも確かに増えてるわね。ミリーに言われて、高品質のクリームを用意してますよ」

「あら」

驚いて目を少し見開いてしまいました。

「さあ、座ってゆっくり話を聞かせてくれ」

父に促《うなが》され、ソファーに腰かけます。問われるままに、領地での生活を話します。母は涙ぐみ、父の表情は暗くなります。

「苦労しているのだな。すまなかった。これからは十分に支援させてもらう」

父が重々しく言います。

「ロバートに馬を買ってやろうと思ってな。ふたりで乗馬すればいい。その、領地では退屈だろう？」

「まあ」

わたくしは言葉を失いました。退屈とは無縁なのですわ。でも、それは言っても伝わらないでしょう。

わたくしは領地での生活を思い浮かべます。朝は鶏《にわとり》のけたたましい鬨《とき》の声で目覚めるのです。下働きのタマラと朝食を支度します。息子たちが口いっぱいに詰め込もうとするのを見張りつつ、慌《あわ》ただしく朝食を終えるのですわ。

朝食の後はロバートと書類を片付けたり、誰かが怪我《けが》や病気をしていたら看病に行ったり。場合によっては出産にも立ち合います。

魔物が来れば戦う者たちを後方で援護し、狩ったあとはさばいて領民に配らなければなりません。活躍した者には多めに渡しますが、だからといって後方支援の者たちをないがしろにするわけにはいきません。

それでは、誰も支えてくれなくなってしまいますもの。活躍した者を褒《ほ》めつつ、支援の側にも目を配る、そのさじ加減には気を使います。

もちろん、戦えない老人たちにも配慮が必要です。足りなければ、領主の取り分から少し分けるのですわ。

王都に住んでいたときには、考えもつかない事態が毎日起こるのです。退屈なんて感じたこともありません。

すっかり考えにふけって聞き流しておりました。母が何か言っておりますわ。

「でも安心したわ。どんなひどい衣装なのかと心配しておりました」

母がわたくしの服を見て微笑《ほほえ》みます。

「ええ、ロバートと買いに行きましたの」

わたくしは軽く流します。

「それに、その毛皮。狐《きつね》でしょう？　それほどの物は、王都でもなかなか目にしません」

わたくしは隣に置いてある、狐のショールに目をやります。

「でもシャルロッテ、あなた毛皮は苦手ではなかったの？」

「これは、特別なのです」


この毛皮はわたくしへの戒《いまし》めなのです。

二十年前、領地に行ったわたくしのお気に入りの場所は湖でした。そこに白鳥のつがいがいるのです。順番に卵を温め、ヒナが生まれれば協力して育てる二羽の白鳥。わたくしは白鳥に、自分とロバートを重ね合わせていたのかもしれません。

あるとき、いつものように湖に行ったとき、狐が白鳥のヒナを狙《ねら》っていたのです。

「ロバート」

わたくしは思わず、ロバートを見つめました。ロバートはためらいました。動物同士の命のやりとりに、領民が手出しをするのはご法度《はっと》なのです。どうしてもどちらかに肩入れする場合は、神にお伺いを立てなければなりません。

「コインが表だったら助ける」

ロバートはそう言うと、コインを弾《はじ》きました。わたくしは祈りました。

ロバートは落ちてくるコインを右手でつかむと、左手の甲に重ねます。右手を上げると、

「表だ」

ロバートは、次の瞬間石を投げ、狐を殺しました。

それ以来、湖に行くときは、ロバートはやたらと物音を立てるようになりました。歩きながら藪《やぶ》の中に石を蹴《け》り込んだり、わざと木にぶつかったりします。わたくしがロバートを見ると、ロバートは後ろめたそうな顔をします。

わたくしは、白鳥が狙われる場面に出くわすことはなくなりました。たまにヒナの数が減っていても、心の痛みをこらえられるようになりました。

わたくしは、自分への戒めに、狐のショールを身にまといます。

「でもよかったわ。あなたの所作が乱れてなくて。ミリーには少し、驚きましたから」

「そうですね、ミリーの作法についてはわたくしに責任があります。何か問題があれば、わたくしに手紙を出してください。わたくしからミリーに言いますので」

言外に、余計な口を出すなという意図をこめて、母と父を見ます。ふたりは一瞬険しい顔になりましたが、わたくしは気にしません。

「ミリーのことは、わたくしとロバートが責任を持ちます」

重ねて釘《くぎ》を刺す。

「分かったわ」

母は根負けしたようです。父は不満そうですが、口をつぐんでいます。

両親には感謝しています。十五年間、大切に育ててくれました。

ロバートの領地に移り、二十年が過ぎました。箱入り娘だったわたくしに、いちから領地での暮らしを仕込んでくれたのは、ロバートの両親です。両親と義両親、どちらが大切かなんて、比べることはできません。

ですが、ミリーは石の民で、森の娘です。王都の色に染まる必要はないのです。

いつからか、両親とズレが生じるようになりました。だからと言って、切り捨てる必要もないでしょう。ミリーには厳しい身内がいてもいい。それに、再来年にはジェイとハリーが王都で学園に通います。彼らには後ろ盾《だて》が必要です。

わたくしはゆったりと微笑みます。

「お会いできて嬉《うれ》しかったですわ、お父様、お母様。婚約式でお会いしましょう」

＊　＊　＊

宿に戻ると、ロバートとトニーがカードで遊んでいます。

「どちらが勝っていますの？」

「今のところ引き分けだ。仕方がない、コインで決めよう。コインが表なら俺の勝ちだ」

ロバートがコインを出します。

「あら、それはズルいですわ。だってあなたはいつだって、コインの表を出せるではありませんか」

ロバートの顔がこわばる。

「知っていたのか」

「ええ、知っていたわ。ごめんなさい、ロバート」

「いいんだ、シャルロッテ」

抱き合うわたくしとロバートを、長女夫婦がポカンと見ています。

あのときの狐に誓います。わたくしは家族を守ります。ですがもう、動物たちの命を天秤《てんびん》にかけたりいたしません。

22. 婚約式

Lady throwing stones

その人は鷹《たか》のような目をして、ミュリエルを見つめた。

ミュリエルは居心地の悪い思いをしたが、じっと耐えた。アルフレッドの父、前王のヴィルヘルム、さすがに覇気がある。

ミュリエルの隣に座るアルフレッドと、前にいるエルンスト国王の緊張が伝わり、ミュリエルも少しビクつく。

この人に反対されたら、どうなるのかな。ミュリエルに不安がよぎったとき、ヴィルヘルムの空気が柔らかくなった。険しい目にかすかな懐《なつ》かしさのような物が見える。

「メリンダの目をしているな」

ヴィルヘルムは起伏のない声で淡々と言う。

メリンダ……メリンダって誰ーー？　ミュリエルは混乱した。その様子を見て、ヴィルヘルムが続ける。

「ああ、メリンダはそなたの祖母だよ。父方のな」

おお、ばあちゃんのことか。そういえばメリンダって名前だった。誰もばあちゃんのこと名前で呼ばないから、すっかり忘れていた。

「ば、祖母をご存知なのですか？」

「ああ、学園の同級生だった。組は違ったが。メリンダには剣術の対戦でひどくやられてね。驚いた」

ヴィルヘルムはかすかに笑った。

ばあちゃん、なんてことを。いや、きっとばあちゃんのことだから、王族って知らなかったんだな。そうに違いない。ミュリエルはヒヤヒヤする気持ちを抑えて、じっと耳を傾ける。

「将来国の頂点に立つのに、そんな教本通りの剣術でやっていけると思っているのか。木剣を突きつけられて、そう言われたよ」

ばあちゃーん。ミュリエルの背中を冷や汗が流れ落ちる。

「まあ、腹は立ったが、一理あると思った。その頃《ころ》の私は傲慢《ごうまん》だった。無駄に高い鼻をへし折られたことは、私にとってもこの国にとってもよかったと思う」

ばあちゃん、もう少し遠慮ってものを。ミュリエルはあやうく漏《も》れかけたため息を、なんとか呑《の》み込む。

エルンストとアルフレッドが困惑している。アルフレッドが眉《まゆ》をひそめて言う。

「まさか、父上がミリーの祖母と知己《ちき》であられたとは思いませんでした」

「そうだな。まさかお前がメリンダの孫娘を選ぶとはな。血は争えんものだ」

「え？」

「私も、メリンダを妻にと望んだ」

「えええええええ」

ミュリエル、アルフレッド、エルンストの叫びが部屋に響く。

ええーあのシワクチャで鬼みたいなばあちゃんが、このお上品な人とー。似合わない。ミュリエルはかろうじて叫び声は出さなかった。上品の塊《かたまり》のような前王と、野蛮なばあちゃんを並べて思い浮かべてみた。うん、似合わない。

「さすがに正妃にはできぬが、側妃ならどうかと。一笑に付されて相手にされなかった」

「それは、母上も承知のことですか？」

エルンストが心配そうに聞く。

「さあ、私から話したことはないが。アレは聡《さと》い女だから知っていても、何も言わんだろう」

ひょえー、気まずーい。ミュリエルは思わず一瞬目を閉じた。

「メリンダは女ながら、次期領主になることが決まっていた。だから、私に嫁入りするわけにはいかなかったのだ。メリンダはさっさと男をつかまえて、あっという間に領地に戻ってしまった」

ばあちゃん、そんな大事なこと、もっと早く言ってよ。ミュリエルは領地のばあちゃんに恨《うら》みの念を送る。

「お前がメリンダの孫娘に婿《むこ》入りしたいと言ってきたときは驚いた。私にはそんな考えは、かけらも浮かばなかったからな」

ヴィルヘルムがアルフレッドを見つめる。

「婚約式と結婚式は、好きなようにすればいい。格式や伝統をある程度は尊重してほしいが。アルフレッドが婿入りするのだ、そなたらの好きにすればよい」

「はい」

ミュリエルとアルフレッドは神妙な顔で答えた。

＊　＊　＊

領地の結婚式の伝統と、王都の婚約式の伝統を話し合い、ふたりなりの婚約式が始まった。

教会の祭壇側に向かって右に、王族や高位貴族たちが着席する。左側にミュリエルの家族、イローナの家族、クリス先生と組のみんな、魔牛お姉さんたちもこちら側だ。

街の住民たちは、教会の壁と同じ灰色のショールをまとい、左の壁際《かべぎわ》に座る。イローナが用意したショールだ。銅貨五枚で一日貸し出しだ。銀貨十枚出せば買い取れるので、買った住民も多い。

新顧客が大量に得られて、イローナの家族はご満悦である。

皆に見守られながら、アルフレッドとミュリエルが祭壇の前に向かってゆっくりと歩く。

アルフレッドが着る濃い茶色の膝丈《ひざたけ》までの上着には、金魔牛を模した紋様が金色で刺繍《ししゅう》されている。ミュリエルのピッタリと体に沿う赤のドレスにも、同じ金色の紋様が施された。

ミュリエルの髪はシャルロッテとマリーナの手により複雑に結い上げられている。化粧はほとんどしていない。その方が、ミュリエルの潑剌《はつらつ》とした魅力が引き立つと、母と姉が判断した。

ミュリエルとアルフレッドは、司教の前で跪《ひざまず》いた。

司教が厳《おごそ》かな声で祈りを唱える。

「おお我が父なる太陽よ、汝《なんじ》の子なるミュリエルを照らし給《たま》え」

司教がミュリエルの額《ひたい》と鎖骨の窪《くぼ》みにトウモロコシの粉をつける。

「おお我が母なる大地よ、汝の子なるアルフレッドを慈しみ給え」

次に司教はアルフレッドの額と鎖骨に小麦の粉をつける。

「父なる太陽、母なる大地。我ら大地の子。今日の恵みを感謝します」

ミュリエルとアルフレッドは声を合わせて祈りを捧《ささ》げた。

「汝ら心してこの恵みを食せよ。汝らの父なる太陽、母なる大地の御心《みこころ》にかなう祈りを捧げよ」

司教がトウモロコシのパンをミュリエルに、小麦のパンをアルフレッドに渡す。ふたりはパンを小さくちぎり、お互いの口に入れる。

「さすれば汝らに幸が与えられん」

司教が銀の盃《さかずき》をひとつ、ミュリエルとアルフレッドの間に差し出す。ふたりは盃を一緒に持つと、中の赤い酒を床に少しこぼす。

「大地の女神に捧げます」

次にお互いに酒を飲ませ合った。

「ミュリエル・ゴンザーラ、アルフレッド・ローテンハウプト。神の御名《みな》によって、ふたりの婚約が成立したことを宣言します」

アルフレッドはミュリエルの手を取ると、人々の方に向いた。

ワッと歓声が上がる。

ふたりはゆっくりと通路を歩いていく。左側の席から、次々と言葉がかけられる。

「ミリーおめでとう」

「幸せになってね」

「素敵なドレス」

「似合ってるわ」

言葉と共に小麦とトウモロコシの粒がかけられた。

右側の王族と貴族たちは、ややためらいがちにアルフレッドに声をかける。

「アルフレッド、おめでとう」

「良い式であった」

「アルフレッド殿下おめでとうございます」

「おふたりのお幸せをお祈りいたします」

ぎこちない手つきで、小麦とトウモロコシの粒がかけられた。

扉の前でミュリエルとアルフレッドは顔を見合わせた。アルフレッドはミュリエルを抱き寄せると、額にキスをする。

アルフレッドの唇にトウモロコシの粉がついた。ミュリエルは笑いながら親指で粉をぬぐう。アルフレッドはミュリエルの手をとらえ、そのまま親指に唇を押しつける。

「唇は結婚式までとっておく」

「あれ、前にもうしたよね」

「ふたりきりのときは別だ。人前では結婚式まで我慢するよ」

「ははは、分かった」

ミュリエルは朗《ほが》らかに笑い、アルフレッドの腰に手を回す。ふたりは力を合わせて、扉を開ける。

眩《まばゆ》い光がふたりを照らした。

23. 領地に戻ります

Lady throwing stones

婚約式のあと、ミュリエルは真剣な顔でアルフレッドに聞く。

「ねえアル、王都での結婚式ってしなきゃダメかな？」

「え？」

アルフレッドは目を見開いた。

「結婚式って今日の婚約式とほぼ同じだよね？」

「ま、まあ。同じというと語弊《ごへい》はあるけど」

アルフレッドは瞬きを繰り返す。

「だったらさあ、もう領地にさっさと行って、サクッと結婚式上げて、新領地に移らない？」

「何かあったの？」

ミュリエルの眉間《みけん》にシワがよる。

「んー、何かっていうか、私こういう暇な生活って無理なんだよね。確かに狩りはしてるけど、あんなのお遊びだし。ここでダラダラ過ごしてお金を使うのも違うかなって」

「なるほど」

アルフレッドは真剣な表情で続きを待つ。

「王都での結婚式に無駄なお金を使うぐらいなら、それを新領地での冬支度に使いたいなって。だから、冬支度に困ってそうな小さな領地に行きたいなって」

アルフレッドは首をかしげる。

「どうして？　大領地の方が治めるのは何かと楽だと思うけど。既《すで》に仕組みが出来ているから、流れにのればいいだけだし」

「それだと、私お飾りの領主にしかなれないよ。一番苦しいときに、一緒に手を動かして汗を流すから、みんなついてきてくれるんだよ」

「ああ、お義父さんみたいに」

「そう。だって、偉そうに突然やってきて、実務を何にもできない領主なんて。私ならいらないな」

確かに。王弟である自分はともかくとして、若いミリーでは難しいであろう。実務経験もなく、若い元男爵家の令嬢。王弟の寵愛《ちょうあい》を受けて、身分を与えられただけと見くびられる。アルフレッドはミュリエルの冷静さに驚いた。

「そうか。分かった。確かに一理ある。具体的な希望はある？」

「うちの領地と同じくらいの規模がいい。それで、とにかく困ってるとこ。それなら、溶け込みやすいでしょう？　困ってるときに助けられると、人は恩を大きく感じるからね」

「探してみよう。ちなみにいつ領地に戻りたいの？」

「できれば父さんたちが帰るときに一緒に戻りたいな。何かと便利だよね」

「お義父さんたちはいつ帰るの？」

アルフレッドはジワリとイヤな予感がする。

「明後日《あさって》。明日一日、王都で買い物して、すぐ帰るって。ほら、弟たちだけだと心配じゃない。食糧全部食べ尽くしてしまうかも」

「明後日」

パサリ　後ろに立っていたジャックの手から、書類が落ちた。

アルフレッドがジャックと見つめ合う。

「可能だろうか、ジャック？」

「なんとかいたしましょう。大至急、同行者への通達と、冬支度用の薪《まき》や食糧の仕入れを行います」

「分かった。ここはもういいから、行ってくれ」

「はい」

ジャックの人生において、最大の試練がやってきた。

＊＊＊

「いやーなんとかなるもんだねー」

ミュリエルは馬車の中でニコニコ笑う。

「そうだな。あれほど王宮が荒れたのは初めてだったけど。なんとかなるもんだね。驚いた」

別の馬車で、抜け殻になっているジャックを思い、アルフレッドは苦笑する。

「でも、領地での結婚式はそんなにすぐできるものなの？」

「大丈夫、そんなたいしたことはしないもん。獲物を狩ってくるぐらいかな」

「そうか。それなら大丈夫だね」

「弟たち、ちゃんと領地を守れてるかなあ」

「おばあさんがいるから大丈夫なのでは？」

あまり大丈夫ではなかった。

＊　＊　＊

「ねえねえ、ばあちゃん。クロたちの様子がヘンなんだけど。ソワソワしてる。なんか来るって言ってる」

「魔物か？」

ばあちゃんは険しい顔をする。クロたちがソワソワするなら、並大抵の魔物ではない。

「魔物じゃない。強くて怖いのが来るって言ってる」

「ああ、ロバートじゃろう。あやつは動物に恐れられているからな。ロバートが戻れば、魔物の襲来も減るはずじゃ」

ばあちゃんは安心した。面倒ごとはロバートに丸投げじゃ。

「えええ、そんなあ。食糧どうしよう」

「どうすんだよ、まったく。あんな食べる犬、見たことないよ。おまけにフクロウがたかりに来るし。冬支度が間に合わないじゃないか……」

ばあちゃんはブツブツ文句を言う。この辺りの獲物は狩つくし、食べてしまった。主に犬とフクロウが。

「ばあちゃーん、荷馬車がいっぱい来るって見張りから伝言が回ってきたよ。すごいいっぱいだって」

ウィリアムが呼びにきた。ばあちゃんとジェイムズは急いで城壁まで行く。クロたちは怯《おび》えてジェイムズの後ろに隠れようとする。

「ちょっ、やめてよ。僕に隠れられる訳ないだろう。押さないでよー」

クロたちは尻尾《しっぽ》を後ろ足の間に隠し、小さくなってヒンヒン鳴いている。

「ジェイ、父さんとミリー姉さんたちが戻ってきたってー」

フクロウにつかまれて、ハリソンが飛んできた。フクロウはハリソンを落とすと、すごい速さで飛んでいった。

「イッター。ひどいよホント。僕の扱いがどんどん悪くなる」

ハリソンは痛むお尻《しり》を撫《な》でながらボヤいた。

五台の馬車と、二十台の荷馬車がゆっくりと城壁の中に入ってくる。馬車からロバートが降りてきた。ジェイムズはビクビクしながら声をかける。

「父さん、お帰りなさい。は、早かったね」

「心配だったからな。異常はないか？」

「だだだ大丈夫。井戸が崩れたり、投石機が壊れたりしたけど、もう直ったから」

「そうか。で、あの寝っ転がってるデカイ犬はなんだ」

ロバートは、仰向《あおむ》けになって服従の意を必死に表している犬の群れを見る。

「クロがね、戻ってきたんだよ！」

ジェイムズは開き直ることにした。ロバートは厳しい表情で犬を眺める。

「こんなには養えん。クロ以外は売るか」

「そんなあ、父さんひどいよ」

「犬に食わせて、領民が飢《う》え死にしたらどうする気だ。そうなったら、俺はクロもさばくぞ」

犬たちは、腹を見せた仰向《あおむ》けのままロバートの足元にずり寄ってくる。

「媚《こ》びても無駄だ。大飯食らいは一匹で十分だ」

ジェイムズの顔が青ざめた。皆が沈黙する。

「私がもらうよ、ジェイ。それならいいでしょう？　父さん」

ミュリエルが明るく言う。

「こんな大型犬、どうする気だ」

「新領地の番犬にするよ。狩りに行くときに乗れるし。馬がわりだよ」

「アルはそれでいいのか？」

「大丈夫ですよ。護衛の人数も少ないし、犬がいればありがたい」

犬たちはミュリエルとアルフレッドの足元にずり寄って腹を見せる。

「連れて行くけど、自分の分は自分で狩ってよ。全部食べないで、半分は領民に渡すこと。いい？」

ミュリエルは鋭い目で新しい掟《おきて》を告げる。

「ヒン」

犬たちは新しい主人に屈服した。ジェイムズはうっとりした目でミュリエルを見つめる。

「ミリー姉さんすげー」

「ジェイ、あんた舐《な》められすぎ。犬に舐められたらおしまいよ」

「うう」

ジェイムズは、ミュリエルとの力量の差を思い知らされた。

後日ミュリエルは、こっそりハリソンをさらいに来たフクロウも屈服させた。

「あんたも私の領地に連れて行くから。いいわね？」

「ホッ」

「犬たちと同じ。自分のごはんは自分で狩る。半分は領民に渡す。いい？」

「ホッホー」

ハリソンがミュリエルを尊敬の眼差《まなざ》しで見る。

「ミリー姉さんすげー」

「ハリー、バカたれ。フクロウの非常食扱いにされてどうするのよ」

「ううう。僕だってがんばったのに。言うこと聞いてくれないんだもん」

「最初に目が合ったときにね、伝えるのよ。食べるのは私、お前は私の肉だってね。簡単でしょ」

まったく簡単ではない。ロバート以外の全員が思った。

24. 蛮族の結婚式

Lady throwing stones

領地での結婚式。それは陶器の割れる音で始まる。領民が一家からひとりずつ、家にある古い陶器を持ち寄り屋敷の前に集まる。ミュリエルとアルフレッドの前で、領民たちが祝いの歌を歌い、踊りながら陶器を割るのだ。

大きな音を立てて粉々にすると、邪気が祓《はら》えると言われている。

『愛を恐れず
毅然《きぜん》と頭をかかげよ
考えるのはいつも自由
ふたりの愛は壁に閉ざされず
真実の言葉を紡《つむ》ぐ
愛を求めて手を伸ばせ
ふたりの心は天まで広がる
父なる太陽、母なる大地、我ら大地の子
地に足をつけ手に手をとって
歩みを止めることなく』

全員が陶器を割ると、ミュリエルとアルフレッドはホウキで欠けらを集める。これから共に暮らすふたりの、初めての共同作業だ。欠けらは荷車に乗せられる。

地面がきれいになると、ミュリエルとアルフレッドは領地を練り歩く。

領民は太鼓《たいこ》を打ち鳴らし、笛を吹き、歌い踊る。子どもたちがふたりにトウモロコシと麦の粒を投げかけ、鶏《にわとり》たちは半狂乱でついばむ。

「すごくにぎやかなんだね」

アルフレッドはミュリエルの耳元で叫ぶ。

「そう、結婚式は最大のお祭りだから。大地の神はにぎやかなのが好きなんだよ」

ミュリエルが叫び返す。ミュリエルとアルフレッドは、王都での婚約式の衣装を着ている。領民たちは赤や緑の色鮮《あざ》やかな服だ。

領地を一周すると、ミュリエルとアルフレッドは再び屋敷に向かう。領民たちは楽器と食べ物の入った器を持ち、ふたりの後に続く。

屋敷の裏庭に、大きな穴が開けられている。

「父なる太陽、母なる大地。我ら大地の子。父なる太陽と母なる大地の娘ミュリエル、息子アルフレッドに、肉を与えてくださるよう、お祈りします」

ロバートの言葉に合わせて、皆跪《ひざまず》き祈りを捧《ささ》げる。

「石を、肉を！」

領民が順番に、器の食べ物を穴の中に捧げる。

ジェイムズが昨日、生きたまま狩った鹿を連れてくる。

「父なる太陽、母なる大地。我ら大地の子。今日の恵みを感謝します」

ミュリエルとアルフレッドは静かに祈ると、大きな石で鹿の頭を殴る。意識を失い倒れる鹿を、ミュリエルとアルフレッドは支えてゆっくりと地面に寝かせる。首の下に銀の器を置くと、ふたりは二本の短剣で鹿の首を素早く切った。

短剣についた血をミュリエルが親指でぬぐって、アルフレッドの額《ひたい》に横向きの線を引く。アルフレッドも同様にすると、ふたりは短剣を交換する。

銀の器の血を、穴の中に捧げると、ふたりは再度祈りを捧げる。

「聖なる父、輝く太陽、我らの暗闇《くらやみ》を祓《はら》い給《たま》え。聖なる母、あまねく大地、我らの無知を取り払い給え。神よ、我らに叡智《えいち》を恵み与え給わんことを。ここに祈りを捧げます」

「ミュリエルとアルフレッドはこれで夫婦となった」

ロバートの言葉に領民が一斉に歓声を上げ、音楽を奏でる。ふたりは踊り歌う領民に見守られながら、キスを交わした。

その後は、ひたすら食べる。各家庭から持ち寄られた料理が、庭のテーブルにずらりと並ぶ。椅子《いす》はなく、好きなところで座って食べている。皆思い思いに食べながらも、少量を穴の中に捧げる。

「王都では見ない習慣だ」

アルフレッドがつぶやいた。

「そうなんだ。大地の神は食いしん坊だからね、お祭りのときは食べ物とお酒と血を捧げるんだよ。

そうすると、来年の収穫がよくなるし、いい石が出る」

「そうか」

「王都の婚約式でも、赤いお酒を地面に捧げたじゃない。あれと同じことだよ」

「ああ、そういえばそうだね」

深く考えたことがなかったな、アルフレッドは思う。

「ここでは、王都より、神が身近なんだね」

「厳しい土地だからね。神にすがらないと生きて行けないんだよ」

太陽が沈む頃《ころ》になると、いくつもの焚《た》き火がたかれる。ロバートが立ち上がった。

「暴露話の時間だっ！」

「うおおおおお」

「待ってました」

「過激なのをお願いしやーす」

領民たちから雄叫《おたけ》びが上がる。

「ミュリエルとアルフレッドの暴露話を家族が順番にする。本来なら話した後に、話した者同士が殴り合いをするところだが、今日はなしだ。王都の皆さんに蛮族と恐れられてはいかんからな」

「もう思われてるんじゃなーい」

誰かが叫び、民がドッと笑う。

「では俺からだ。ミリーは四歳まで右手の親指を吸っていた」

「ギャー」

ロバートは叫ぶミュリエルをニヤニヤしながら見ると、お酒を半分飲み、残りを地面にこぼす。

「では、僭越《せんえつ》ながら私が続きます」

侍従のジャックが立ち上がった。アルフレッドは心配そうにジャックを見上げる。

「アルフレッド様は、赤ちゃんのときから使っている枕《まくら》を未《いま》だに使っておられます。滅多に洗わせていただけないので、困っておりました。ところが、ミリー様にマフラーをいただいてから、枕はすっかり用無しになりまして。今度はマフラーをなかなか洗わせていただけません」

ジャックはお酒を飲み、地面にこぼす。アルフレッドはうつむいて腕で頭を抱えた。

「大至急あとふたつぐらい編むね」

ミュリエルの言葉にジャックがニッコリと笑う。シャルロッテが立ち上がる。

「ミリーが赤ん坊のときにわたくしが着ていたガウンを、ミリーは未だに持って寝ます。ガウンの腰ヒモを握りしめて寝るのです」

「ぎえええええ」

護衛のケヴィンが立ち上がる。

「アルフレッド様は居心地が悪いと、耳たぶを触ります。今のように」

皆が一斉にアルフレッドを見る。アルフレッドはパッと耳たぶから指を離した。

「へー、いいこと聞いた」

ミュリエルがニコニコする。姉のマリーナがニヤリと笑いながら言った。

「ミリーは嘘吐《うそつ》いたとき、半笑いで小鼻が膨らむのよ」

「うそーーー」

ミュリエルは両手で鼻を隠す。

「ほう、それはいいことを聞いた」

今度はアルフレッドが笑う。

「アルフレッド様はにんじんが苦手です。にんじんが出たら、限界まで小さく切って、食べたフリをされます」

「グフッ」

影のダンの言葉にアルフレッドがむせた。

みんなが酔っ払って大騒ぎしているさなか、ミュリエルはそっとアルフレッドの手を取って引っ張った。

「行こう」

「どこへ？」

アルフレッドが戸惑う。

「私たちにはすることがあるでしょう」

ミュリエルの頰《ほお》が赤く染まった。

「ああ、そうだね。行こう」

アルフレッドも少し赤くなる。

ふたりは手をつないで屋敷の中に入っていった。
焚き火は朝まで燃え盛り、二日酔いの大人たちが焚き火の周りで雑魚寝《ざこね》をしている。
ミュリエルとアルフレッドは翌日も部屋から出て来なかった。

25. ヴェルニュスでの商機

25. ヴェルニュスでの商機

二十年前にラグザル王国に滅ぼされたムーアトリア王国。元ムーアトリア王国の王都であったヴェルニュスに私は住んでいます。ダイヴァ・マイローニス、三十五歳になります。辛《つら》く長い二十年でした。二十年前、ムーアトリア王国は貴族選挙制を敷いていました。国王は貴族による選挙で決まりました。

当時の国王が突然死去し、後任を選ぶのに遅れ、その隙《すき》を突かれてラグザル王国に攻め込まれたのです。

十歳以上の男子は全員処刑、もしくは過酷《かこく》な戦地に送られました。そして、ラグザル王国の男が元ムーアトリア王国の都市に送り込まれ、同化政策が取られたのです。ラグザル王国の貴族は正妻にはラグザル王国の女性を娶《めと》り、第二・第三夫人、または愛妾《あいしょう》に元ムーアトリア王国の貴族女性を据えました。

ムーアトリア王国の歴史や文化は徹底的に弾圧され、失伝しました。

十年前、日照りによる飢餓《きが》が起こったとき、ラグザル王国の者はさっさとこのヴェルニュスを去りました。私の夫だった男も同様です。私は四歳の息子を抱え、途方に暮れました。

ここは捨てられた土地となったのです。隆盛期は二万人を誇ったと言われるヴェルニュスの人口は、今や千人をわずかに超えるばかり。男性は三十歳未満しかおらず、極端に女性が多い、歪《いびつ》な都市です。

いいえ、もう都市とは言えませんね。ただの街です。

希望などはありません。ただ死んでいないだけです。早くお迎えが来てほしい、そう思っている人は多いです。

そんなとき、ラグザル王国から使者が来たのです。

「え、元ムーアトリア王国の土地がローテンハウプト王国に吸収されるですって？　なぜ」

「理由などは知る必要はない。とにかくそういうことだ。もう我がラグザル王国とは無関係になる。まったく、せっかく策を弄《ろう》して手に入れたというのに、役に立たぬ国であったことよ」

王宮の使者は吐き捨てるように言います。

「とにかく、近日中にローテンハウプト王国の王弟殿下夫妻が来られるそうだ。宴《うたげ》の準備でもしておけ。まあ、ろくな物は残っておらなさそうだがな」

男はせせら笑うとヴェルニュスを立ち去りました。

「宴の準備、そんなの無理よ」

私たちだってその日暮らしです。必死で畑を耕し、慣れない狩りをしています。貴族だったときには、考えたこともない生活です。

「ローテンハウプト王国の王弟夫妻、さぞかし煌《きら》びやかな暮らしをされているのでしょうね」

私は我が身と比べて、情けなくなります。私だって、二十年前は王都随一の美少女と称えられたものです。今は見る影もありませんけれど。私はギスギスして荒れた手と、つぎはぎだらけの服を見ます。まるで農民です。

いいえ、私に農民の技術があれば、民をもっと飢《う》えさせずにすんだのに。先見の明のある技術を持つ者から、どんどんヴェルニュスを離れて行きました。

残されたのは、ただ贅《ぜい》をつくして享楽《きょうらく》にふけっていた元貴族と、どこにも行けない老人と子どもです。

ローテンハウプト王国に恨《うら》みがないとは申せません。あのとき、なぜ助けてくれなかったのか、そういう思いも確かにあります。

ですが、細々と交易を続けているローテンハウプトの商人などは、飢餓の際に無利子で穀物を提供してくれたのです。

「返せるようになったら、返してくれ」

小太りで頭の光った商人はそう言って、山のような食糧を置いて行きました。いっこうに返せてはおりません。借金ばかりが増えて行きます。死ぬ前にそれだけが心残りです。

少しだけ希望の光が見えたような気がします。私はお母様がこっそり残してくれた記録帳を、本棚の奥から取り出します。

もし、もしもこれらの技術を復興させることができれば、死んでいったムーアトリア王国の人々が、少しは浮かばれるかもしれません。それには資金が必要です。

私は神に慈悲を祈りました。

「どうか、捨てられたヴェルニュスの民にご加護を」

願わくは、民を皆殺しにするような領主ではありませんように。重税を課して、民をこれ以上追い詰める領主ではありませんように。もしも、もしも贅沢《ぜいたく》が許されるなら。民の苦しみに目を向けてほしい。我らに生き抜く力を与えてほしい。希望を、夢を、生きる目的を。自然とついていきたいと、感じられるような。そんな領主を。

「虫のいい願いだとは、百も承知です。ああ、神よ。どうか、ご慈悲を」

ダイヴァはいつまでも祈った。

＊＊＊

「ハックシュン」

馬車の中で、ミュリエルが盛大なくしゃみをした。

「ふわー、びっくりした」

自分のクシャミの勢いに驚くミュリエル。アルフレッドが穏やかに笑っている。

「新しい領地の民が、ウワサしているのかもしれないよ」

「とんでもない領主が来るって？　あり得る。経験値ゼロの小娘が来たって、がっかりされるかも」

ミュリエルは隠し持っていた本音を、チラリとこぼした。アルフレッドが真剣な目をしてミュリエルを見つめる。

「ミリー、大丈夫。できることをやればいい。なんでも自分でやろうとしないで。僕を、皆を頼っていいんだ。優秀な人材をもっと集めよう。王都だけでなく、全土で募集をかける。商人にも声をかけよう」

「そうだね。できることをひとつずつ、地道にやるしかないよね」

ミュリエルは不安を取り除くように、ブルブルッと頭を振った。

「きっと神様が助けてくれる」

ミュリエルは太陽と大地に祈りを捧《ささ》げた。

＊　＊　＊

「パッパに任せなさい」

パッパはどこか遠くに商機を見出《みいだ》した。やはりミリー様の新領地に行くべし。パッパは決断する。

「イローナ、ブラッド、大至急ミリー様を追うぞ」

「やったー」

「ええっ」

イローナは喜び、ブラッドはのけぞった。

「デイヴィッド、お前も来るんだ」

パッパは次男に声をかける。

「ええっ。私はそろそろ結婚を考える年ですよ。二十二歳だと遅いぐらいだ。王都で落ち着きたいのに」

「大丈夫、女ならうなるほどいる場所だ」

「そうですか。でも私は、田舎者《いなかもの》の女は好きではないのですが」

デイヴィッドはぶつぶつ文句を続ける。

「大丈夫、古式ゆかしい、旧ムーアトリア王国の女性たちだ。伝統と格式に裏打ちされた、たおやかな姫ばかりだ」

「その言葉、本当でしょうねえ」

デイヴィッドは疑り深い眼差《まなざ》しでパッパを見る。長男のジャスティンが落ち着いた声音で言う。

「デイヴィッド、行ってこい。王都での商売は私が見ておく。女性の有無はともかくとして、父さんが商売で勘を外したことは一度もないだろう?」

「分かりましたよー。あーもう、仕方ない。がっぽり儲《もう》けるか」

「おうっ」

サイフリッド家がひとつになった。ブラッドはまだ話の急展開についていけていない。

パッパはそんな家族の様子を見ながら、武者震いが止まらない。まさか、まさか。新領地が彼《か》の地になるとは。さすがのパッパも読めていなかった。心残りを、ついに果たす時が来たのかもしれ

ない。行こう、ヴェルニュスに、彼らと共に。
パッパはふくよかなお腹《なか》をタプンと揺らした。

26. 飢えた領民

Lady throwing stones

「……という感じで、極端に女性が多い土地なんだ」

「うう、なんか思ってたより歴史が重いんだけど。ラグザル王国はどうしてそんなにムーアトリア王国の男性を殺したの？」

ヴェルニュスに向かう馬車の中で、ミュリエルはアルフレッドから領地の歴史を聞く。

「男は統治の邪魔になるからじゃない。それに、ムーアトリア王国の女性は美人が多いことで有名なんだ」

「へー」

「ムーアトリア王国は侵略を度々受けて、色んな国と血が混ざったからね。そうすると美人が多くなると言われている。美しいムーアトリア王国の女性を手に入れるために、余計なムーアトリア王国の男性は虐殺《ぎゃくさつ》したんだろう」

「怖い」

なんとおぞましい。ミュリエルは怖気立《おぞけだ》つ。

「怖いよ。戦争は起こさないのが一番だ」

「でも飢饉《ききん》が起こったら、ラグザル王国の人たちはさっさと逃げちゃったんだよね？　どうしてムーアトリア王国の人たちも連れて行かなかったんだろう」

「ラグザル王国の女性は気が強い。一方ムーアトリア王国の女性は控えめ。ラグザル王国の男性たちにとって、控えめで貞淑なムーアトリア王国の女性は手応《てごた》えがなく、物足りなかったと言われている」

「そんなあ、ひどすぎるよ」

侵略して蹂躙《じゅうりん》、陵辱《りょうじょく》しておいて、飽《あ》きたらポイなんて。鬼畜すぎる。

「文化を破壊しつくしたから、気が済んだとも言われている。ムーアトリア王国のヴェルニュスは交易と手工芸で栄えた都市だ。陶磁器、オモチャ、武具鍛冶屋《かじや》など、ヴェルニュス産の物は美しくかつ高品質と評判だった」

「それを全部壊しちゃったの？　もったいないよね」

「ラグザル王国の手工芸品を輸出するのに、ムーアトリア王国が障害だったんだろう。了見の狭いことだ。うまく取り込んで、一緒に発展していけばと思うが。自国こそが一番という誇りが強い国だからね、ラグザル王国は」

ミュリエルは顔をしかめてブルブル振る。

「ラグザル王国が嫌いになってきた」

「そう？　僕は昔から大嫌いだよ」

「わあー」

アルフレッドが思慮深げに言う。

「虐《しいた》げられた人たちだから、ミリーが何をしてあげても、神様みたいに拝まれるよ」

「ええーそれはイヤだけど。でも、なんとかしてあげたいよね」

「行って考えよう。情報はいくら集めたところで、実際に現地に行って得られるものには遠く及ばない。ミリーが辛《つら》い思いをするかもしれないけど」

「大丈夫。今がドン底なら、もう上がるしかないもん」

「そうだね。一年やって、ダメなら違う領地に行ってもいい」

「それはダメだよ。そんな無責任なことはできないよ、アル」

「うん、分かってる。逃げてもいいんだって、言っておきたかっただけだ」

いや、それは絶対ダメ。少なくとも領民が自分たちで生きていけるようになるまで、導いてあげなければ。なんといっても領主になるんだから。ミュリエルは拳《こぶし》を握って決意を固める。

大分領地に近づいてきたらしい。豊かな森と野原が交互に現れる。

「どうして誰も農作業してないんだろう？　小麦の種まきの時期なのに」

「飢饉のときに農家が避難して戻らなかったらしい」

「え、じゃあパン食べないの？　肉だけ？　野菜は？」

「分からない。聞いてみよう」

こんなに豊かな大地があるのに、もったいない。明日から耕さないと。ミュリエルのやる気に火がついた。

橋を渡って堀を抜け、城門をくぐり抜ける。

「うわー、城壁がボロボロだね。これ、早く直さないと」

穴だらけだ。魔物がいくらでも通り抜けられる。

「廃屋みたいな家が多いな」

街の中心部に近づくにつれて、馬車を見る人が増えてくる。

「人に覇気がない。目が死んでるし、ガリガリ」

ミュリエルとアルフレッドは、馬車を見つめる領民の哀《あわ》れな姿に驚く。

「まずは食糧か」

「そうだね。ああ、城壁内に小さな畑があるんだね。そっか。でもあの大きさだと野菜だね」

今の時期ならキャベツやカブ、じゃがいもなんかもいい。

「ていうか、大きいねこの街。お城まで随分《ずいぶん》あるよ」

「最盛期は二万人住んでいたからね」

「それが今は千人か。千人にこの街は広すぎるなあ」

無駄に広いと、守るのが大変だ。ミュリエルはうなった。城の全貌《ぜんぼう》がようやく見えてきた。

「お城は丘の上か、守りやすくていいね。城というか城塞だね。すごい」

「侵略を受けるたびに増改築を繰り返した。難攻不落の城塞と言われている」

「でもラグザル王国に負けたんだよね？」

「ムーアトリア王が突然死んだからね。次の王を決める選挙の対策で、貴族たちが右往左往している隙《すき》を突いて、当時まだ王子だったダビド・ラグザルが、ごくわずかな兵を連れて城塞に入ってしまった」

「そんなことってあるんだ」

「そうとは知らず選挙のために城塞に集まった貴族を、ダビド王子たちが皆殺しだ」

「ひえー」

「ダビド王は勇猛で有能だ。娘の教育にはしくじったけどね」

「ああ……」

そういえば、やかましいのがいたな。ミュリエルは久しぶりに思い出して、すぐ忘れることにする。

今はおバカな王女を思い出している場合ではない。目の前の、飢《う》えて力のない目をした民を助けることに集中しないと。何から手をつけよう。あんなにやせ細ってると、畑仕事もままならないじゃないか。ミュリエルの心に焦《あせ》りが押し寄せる。

「ミリー、大丈夫。なんとかなるから」

アルフレッドの柔らかい声がミュリエルの心を落ち着ける。

そうだった。ひとりじゃないんだった。ミュリエルはアルフレッドの温かい手をギュッと握った。ただでさえ小娘なのだ、焦ってワタワタしてたら、みんなが不安になる。嘘《うそ》でも、自信たっぷりな風に見せないと。ミュリエルは何度も深呼吸を繰り返し、体をほぐした。

急な坂道を馬車と荷馬車が上り、巨大な石の門を通り抜けて城塞に着く。瘦《や》せ細った領民たちが不安そうな様子で跪《ひざまず》いた。

アルフレッドが馬車から降り、ミュリエルに手を出す。ミュリエルはアルフレッドの手に軽く触れると、トンッと馬車から飛び降りた。

「皆、立ってください。新たにヴェルニュスの女領主となったミュリエル・ゴンザーラです。これから永遠に直答を許します。そして、ミリー様と呼んでください」

ミュリエルはポカン顔の領民を見て、とりあえず笑っておく。なかなかいい挨拶《あいさつ》だったと思うけど、どうだろうか。アルフレッドを見ると優しい笑顔だ。よし。

「あ、あの失礼ですが。アルフレッド王弟殿下がご領主様なのでは？」

ひとりの女性がオズオズと聞く。

「いや、僕はミリーに婿《むこ》入りしたんだ」

「あ、え、ええ」

うん、なんかごめん。混乱するよね。

城壁の外側をグルリと走って、危なくないか確認してくれていた犬たちが、一気に駆けてきた。犬たちはミュリエルを守るように取り囲み、混乱している民たちを値踏みするかのように、フンフンと嗅《か》ぎ始めた。

「ひっ」

「うわーん」

数人の大人が尻《しり》もちをつき、子どもたちが泣き始める。

「あ、ごめん。驚かせちゃったね。大丈夫、とっても優しい子たちだから。人は食べないって約束してるから、心配しないで」

ミュリエルが安心させようと言葉をかけるが、それで恐怖が消えるわけもなく。みんな、口をパクパクさせている。

バッサバッサ　激しい羽音と共に、風が吹き、人々の髪がファッサーとなった。上を見て、頭を抱える大人たち。子どもたちは、涙を流しながら固まっている。

「あ、ごめん。巨大なフクロウってビックリするよね。大丈夫、あの子も人は食べないよ」

とんでもない領主がきちゃったー。蛮族の姫かもー。ヴェルニュスの哀れな民は、地面にうずくまってフルフルしている。

「ごめん、なんだろう。怖がらせるつもりはなかったんだけど」

ミュリエルは犬とフクロウに怯《おび》える民を見て、慌《あわ》てふためいた。

こういうときは、何か新しい仕事を与えるのが一番。ミュリエルはキリッと指示をする。

「それでは、早速領地を案内してください」

新領主の無茶ぶりを、領民たちは青ざめた顔で受け止める。悪気はないというのは、なんとなく伝わった。ただ、規格外というだけのような。破天荒？　非常識？　混乱の極みだが、なんとか言葉を絞《しぼ》り出す。

「あの、宴《うたげ》の準備が整っておりますので。もしよろしければ、先に旅の疲れを癒《い》やされてはいかがでしょう」

ミュリエルはニコニコする。そういえばお腹《なか》が空《す》いている。

「はい、ではそうしましょう」

「こちらでございます」

城塞の中に案内され、異様に天井《てんじょう》の高い広間に案内された。テーブルの上にはパンや野菜料理がたくさん並べられている。

「うわー、こんなにたくさん。大変だったでしょう。ありがとう」

「いいえ、滅相もございません」

えーっと、こういうときはどうすればいいんだっけか。乾杯？　いや、違う。人が少ないのが問題だ。

「他の領民はどうしたのですか？」

「はい、畑仕事や薪《まき》割りをしております」

「なるほど、冬支度ですね。でもせっかくですから、皆で食べましょう。天気もいいですし、庭にテーブルを出して食べましょう」

やはり親交を深めるには、一緒に食べて飲むのが手っ取り早い。ミュリエルはよく知っている。

「は、はい。ですが、さすがに領民全員となると、食事の量が足りません」

「分かりました。では狩りましょう。ここは森が多く、獣の気配が多い。素晴らしい狩場です」

「はあ」

ミュリエルは窓から頭を出し、大声で叫ぶ。

「犬、フクロウ、何か適当に狩ってきて。これから食べるから大至急ね。半分は食べていいから」

「ワウワウーーン」

「ホッホー」

犬とフクロウは凄《すさ》まじい速さで森に行き、次々と獲物を運んでくる。その間に、鐘で集合をかけられた領民たちが、ビクビクしながら城塞にやってくる。

「誰かさばける人は？」

ミュリエルの問いかけに、領民たちは青ざめて首を横に振る。

「ウサギとか鶏《にわとり》ならさばけます。でも鹿や猪《いのしし》はやったことがありません」

「そっか。そしたら今日は私たちがさばくね。よく見ておいて、これから覚えてもらうからね」

ミュリエルやアルフレッド、騎士や護衛が手際《てぎわ》よくさばいていくのを、領民たちは唖然《あぜん》として見守る。

「今まで狩りはしなかったの？」

「弓や罠《わな》で何度か。弓はもったいないので、罠が多いです」

「そしたら、石投げも覚えてもらわなきゃね。冬になる前にやることがいっぱいだ」

「は、はい」

忙しくなるなあ。ミュリエルはワクワクする。

「そういえば、農作業に出てる人がいなかったけど、小麦の種まきはしないの？」

「はい、それが、誰もやり方を詳しく知る者がおらず。寝たきりの老婆《ろうば》に聞いてやってはみたのですが、うまくできませんでした」

「あらら。あれ、でもあそこにパンが並んでるよね？」

「小麦は買っております」

ミュリエルはカッと目を見開いた。

「な、なんて贅沢《ぜいたく》な。信じられない。しかも白パンだし。私だって王都に行くまで白パンなんて食べたことなかったのに」

ミュリエルがぶつぶつボヤく。領地では常に黒パン。栄養価が高く、長期保存に優れている。味は、うん、滋味深い味わいだ。体にいい味だ。

「明日から畑を耕して、急いで種まきしようね。まだ間に合う。とりあえず今年は簡単なライ麦にしよう。といっても、収穫は来年の初夏だけど」

領民たちはコクコクと頷《うなず》く。

「さあ、肉も焼けたし、みんなで乾杯しよう。あれ、お酒はないのかな？」

「お酒は蔵に入っております。ご領主様にお伺いしてからと思いまして」

「いいよいいよ。好きなのじゃんじゃん持ってきてよ。明日からみんなには死ぬ気で働いてもらわないといけないからね」

酒が皆の手に行き渡った。子どもは果実水だ。

「父なる太陽、母なる大地。我ら大地の子。今日の恵みを感謝します」

皆が迷いなく共に祈っているのを見て、ミュリエルはホッとする。

「それでは、これからの新しい生活を祝って。えー、皆が飢えずにそこそこ食べられて、誰も凍死せずに春を迎えられるようにしようね。乾杯！」

「乾杯！」

領民は久しぶりの大量の肉に、夢中でかぶりつく。今まで、へへーんと目の前を舐《な》め腐った表情で走り抜けた鹿だ。指をくわえて見ているだけだった鹿。それに猪なんて初めて見た。

「うめー」

「本当に。こんなにおいしいお肉、何年ぶりかしら」

「うーん、みんな今までちゃんと血抜きしなかったんじゃないの？　全員さばけるようになってもらうからね」

「はいっ」

この変わった女領主、大分普通じゃないけど。でもこの冬は全員で乗り越えて、無事に春を迎えられるかもしれない。

じわじわと、領民たちがミュリエルを見る目に信頼感が増えてくる。なんだろう、この女領主、すごく懐《ふところ》が深い気がする。やや緊張がゆるんできたところで、生意気盛りの少年が、疑問を口にした。

「どうしてアルフレッド王弟殿下が領主じゃないんですか？」

誰もが疑問に思いつつ、聞くのをはばかられた質問だ。皆、息を呑《の》んで答えを待つ。

「やっぱり、そう思うよねー。こんな小娘がって不安だよね。でも大丈夫。私が分からないことは、アルが助けてくれるから。狩りと農業なら私の方が詳しいんだけど、領地運営はアルの方ができるから」

あまりにも開けっぴろげな話しぶりに、聞いた少年は言葉を失った。

「ミリーは僕の唯一無二なんだ。最愛というよりは、唯一。森の中で猪から助けてくれてね。そのときの凛《りん》とした姿にひとめぼれしたんだよ。だから、お願いして、口説き落として、外堀を埋めて、やっと婿入りさせてもらったんだ」

前代未聞の女領主に負けず劣らず、王族とは思えない率直さを披露する王弟。キラキラ輝く笑顔で堂々と言われると、もう疑問の余地もない。ああ、溺愛《できあい》なさってるんですね、と。

「ミリー様って、すごいんですね」

なにがすごいかよく分からないけど、なんかすごい。少年は得体の知れない女領主に、少し恐れを抱いた。

「何もすごくないよ。これから勉強することがいっぱいある。一緒にやっていこうね。協力して冬を迎えないとね」

「はいっ、なんでもやります」

そこまで言われて斜に構える民はいなかった。裏のない、まっすぐな言葉は、痛めつけられ、傷ついた人たちの胸にもしっかり届いた。

美貌《びぼう》の王弟、王都から来た立派な騎士や貴族、巨大な犬とフクロウに慕われる人望。あっという間に肉を用意する手腕。民と分け隔《へだ》てなく、ざっくばらんに接してくれる大らかさ。

まだ、全面的に信じられはしないけれど、でも。

踏みつけられ続けてガチガチにこわばっていた民の心は、ミュリエルのあっけらかんとした笑顔に知らず知らず、ほぐされていった。

絶望に塗り固められたヴェルニュスの地に、母なる大地が救いの手を差し伸べてくれたのかもしれない。領民は何年かぶりの満腹感に腹を押さえながら、神に祈りを捧《ささ》げた。

27. 同居が効率的

ムーアトリア王国は、国王が貴族によって選ばれる、選挙王政を行っていました。二十年前、次期王に最も近かったのは、私の父マイローニス公爵でした。次期王女になるべく、私は幼いときから厳しい教育を施されました。

ラグザル王国の統治下に入ったあとも、ヴェルニュスの取りまとめ役を私がするのは自然なことだったのです。ですから、私がミリー様の筆頭侍女になるのです。

「それは分かったから。新しいシーツ持ってきたわよ」

昔から仲の良かったミネルヴァが、新しいシーツを私の腕に乗せます。

「あら、私、口に出してたかしら？」

「出してたわよ。私がミリー様の筆頭侍女になるって。張り切りすぎて、疲れないようにね」

ミネルヴァが生温かい笑顔で、出ていきます。

私は気合いを入れて、朝の支度をつつがなく整えます。ミリー様の筆頭侍女として、抜け漏《も》れ失敗があってはなりません。

「だって、この役目は誰にも譲りたくありませんもの」

私は静かに神に祈ります。

「父なる太陽、母なる大地。我ら大地の子。神よ、素晴らしいご領主様をありがとうございます。心から感謝申し上げます」

昨日は本当に楽しかった。あれほどおいしいごはんは、何年ぶりだろうか。お腹《なか》いっぱいで、なかなか寝付けなかった。

領民の中には、まだミリー様を懐疑的に見ている者もいると思う。だけど、私はもうミリー様に心からの忠誠を誓った。まがりなりにも、ヴェルニュスをまとめてきたのだ。人をまとめる、上に立つことの難しさは知っている。

ミリー様もきっと、重責を感じていらっしゃるはず。でも、ご自分の内面、ともすると弱みにとられそうな心情を、あっさりと吐露された。それは、真に強い人にしかできないことだ。

「弱い犬ほど吠《ほ》えると言います。弱い人間は虚勢を張らないと怖くて人前に立てません」

私にはその気持ち、よく分かります。自分の実力以上のことを為さなければならないとき、できない自分を認めて、それを他者にあらわにするのは、決して簡単ではありません。

「ミリー様は、できない自分を見せても、誰も自分から離れていかないと知っていらっしゃる。それほど自信がおありになる。なんとかなる、いえ、なんとかする。そう思っていらっしゃるのだわ」

ありがたい。本当に。飢《う》える民を必死で鼓舞してここまできたけれど、その重みをミリー様がこともなげに肩代わりしてくださった。

「ダイヴァというのね。これからもよろしくね。色々教えてください。」

今まで大変だったでしょう。そうささやいて、背中に手を当ててくださった。その手の強さと温かさ。私は一生忘れることはないでしょう。あのとき、死に物狂いで抱えてきた重荷が、ふっと消えたのを感じたのです。重圧から、解き放ってくださったのです。

「ミリー様を、ずっとお支えします」

そのとき、自然とその言葉が出ました。ミリー様は、なんということもなく受け止めて、「ありがとう」と微笑《ほほえ》まれました。

器の違いを感じました。ありがたい、心から思いました。

＊　＊　＊

ミリー様はものすごく働き者です。領地の誰よりも早く起き、薪割《まきわ》り、卵集め、朝ごはんを作って、犬やフクロウたちの獲ってきた獣をさばきます。

私も精一杯早起きしてお城に向かいますが、いつもミリー様は既《すで》に起きて働いていらっしゃいます。きちんと眠れていらっしゃるのでしょうか？　洗濯を担当しているミネルヴァによると、シーツは毎朝ややアレな状態らしいですから、ええ。おふたりが仲睦《なかむつ》まじくていらっしゃることは、私たち領民にとっては願ってもないことですわ。

アルフレッド様はさすがに朝は起きられないようです。無理もありませんけれど。ねえ。

「燻製《くんせい》にすると長持ちするからね。燻製小屋を作ろう。余ってるものは有効活用しなきゃ」

そう言って、ミリー様は領地のはずれの方にある小さな木の小屋を、燻製小屋に作り替えられました。屋根に煙突をつけ、上部の壁にいくつか隙間《すきま》を作ります。床板は全てはがし、土と石を敷き詰めます。床の少し上あたりの壁を貫《つらぬ》き、薪を入れる扉もできました。

肉や魚は内臓を抜き、一週間塩水に漬けたものを水で洗って乾燥させて、糸で巻きます。小屋の中にいくつも長い棒を渡し、洗濯物を干すように肉や魚を吊《つ》るすのです。

薪に火を入れ白い煙が煙突からモウモウと上がり、しばらくすると煙が透明になります。そうすると、次はヒッコリーの小枝の削りカスを加えます。薪とヒッコリーを適宜《てきぎ》入れながら一日半かけて燻製させます。

薪とヒッコリーをくべるのは、日中はおばあさんや子どもたちの役割です。夜は男性たちが交代で火を見守ります。これで冬の間も肉が食べられるのだそうです。

ウサギや鶏《にわとり》をしめ、飢えをしのいでいた幾たびもの冬を思い出すと、信じられません。幸い、領地には高価なモノがたくさん埋もれています。ラグザル王国が攻めて来たと分かったとき、各貴族家が貴金属や宝石類を屋敷のあちこちに隠したのです。

亡くなってしまった貴族たちの家に入り、貴金属を探りあて、商人からわずかな食糧を買いました。あまり多く買うとウワサになります。怪しまれない程度、飢えない程度を皆が少しずつ仕入れて、祈るように冬を過ごしてきました。

それがどうでしょう、今は十分な食糧が自分たちの手で賄《まかな》えるのです。

「今日は畑を耕すよ」

そう言うとミリー様は、犬に馬鍬《まぐわ》をつけて広大な農地をあっという間に耕されました。私たちには使い方も分からなかった農耕道具を、ミリー様はなんなく使われます。犬たちはどれだけミリー様に酷使《こくし》されても、気にしていないようです。

「次は畝《うね》立てだね。これは人手がたくさんいる」

ミリー様の号令で子どもたちが二人ひと組で長いヒモの両端を持ちます。畑の端から端までまっすぐヒモを張り、両端を土に刺した長い木の棒に結びます。

そうやって畑中にヒモが張られました。ヒモの外側の土を鍬《くわ》で掘り、内側に盛ります。それを子どもたちがトンボで均《なら》します。

「いよいよ種まきだよ。二、三粒ずつパラパラっと一ヶ所に落としてね。そしたら次は、大人の手の平の幅ぐらい間隔をあけてまいて。子どもたちは種の上に少しだけ土をかぶせるんだよ」

子どもたちはキャイキャイはしゃぎ回っていますが、私たち大人は必死です。目を凝らして丁寧《ていねい》にライ麦を落とします。

「お姉ちゃんすごいよー」

子どもが叫びます。子どもの指差す方を見ると、確かにすごいです。ミリー様は種をつかむとおもむろに腕を横に振って、一気にいくつもの畝に種を落とすのです。ミリー様が種をまくのが速すぎて、土をかぶせる子どもたちがドンドン引き離されていきます。ミリー様の周りに子どもを多く配置することにしました。

「神業だわ」

「すごすぎる」

「私たちも十年ぐらいやれば、できるようになるかもしれないけど」

「今は地道に丁寧にコツコツとよ」

私たちには神の御業はできません。ゆっくりと確実に種をまきます。

一日働いた後のごはんは最高です。毎日肉が食べられます。もうすっかり、お城での食事が普通になりました。

「みんなさあ、冬になるまでにここに引っ越しておいでよ」

「ここと言いますと？」

「ん？　この城塞。空き部屋がいっぱいあるでしょう。領民全員が十分に住めるよ」

「そ、それはさすがにできません」

私は皆を代表して辞退します。

「だってダイヴァの家はあそこで、ミネルヴァの家はあっちでしょう。すっごい離れてるじゃない。みんなの家がバラバラだと、魔物が来た時に守れない。ここなら頑丈な建物だし、高いところにあるから、石を投げるにも弓や槍《やり》を使うにも簡単」

皆が顔を見合わせます。

「これから冬が来る。薪のことも考えて。皆が同じ建物にいたら、すごく効率がいいんだよ。数ヶ所を暖めるだけで済むじゃない。ごはんだって、まとめてみんなの分作る方が手っ取り早いし」

どうしましょう。私は思わずアルフレッド様を見つめました。

「僕はミリーがいいならそれでいいけど」

そうでした、アルフレッド様は普通の王族ではありません。

「護衛の観点からは反対です」

ケヴィン様がおっしゃいました。

「どうして?」

「それは、その。皆を信じていない訳ではないが、おふたりに何かあったらと思うと」

「ケヴィン、領民の中に私より強い人はいないよ」

確かに。そう言われてみればそうでした。誰もミリー様には敵《かな》いません。小指でひとひねりでしょう。

「ケヴィンの気持ちが済むなら、犬とフクロウにも見張らせる。どうかな?」

「それならば。分かりました。出すぎた真似《まね》をいたしました」

「やだ、謝らないでよ。それがケヴィンの仕事じゃない」

ミリー様が必死でケヴィン様を労《ねぎら》います。

「じゃあ、みんなで、後で部屋決めようね。ケンカしないように決めなきゃね」

なんだかよく分からないうちに、領民全員がお城に住むことになりました。いいのでしょうか。

28. 来たー

続々と領民が引っ越してくる。必要な物だけ持って城塞に移るだけなので、いたって簡単だ。足りない物があればいつでも取りに行けるのだし。

部屋割りはジャックがうまく調整してくれた。小さな使用人部屋から巨大な客室まで、部屋は有り余っている。独り身の人たちには、小さな使用人部屋に固まって住んでもらう。男女で階層は分けた。若い夫婦や子持ち夫婦は上級使用人の大きめの部屋だ。使用人居住区で事足りてしまった。いったい二十年前は、何人の使用人を雇っていたのだろうか。お金持ちだったんだろうな、ミュリエルは遠い目をする。

長年使われていなかったので、あちこちガタが来ている。男性たちには城塞の修理に回ってもらった。

カーンカーンカーン

鐘の音が鳴る。角笛が吹かれていないので、魔物ではない。

ミュリエルは布袋をつかんで外に出ると、あたりの石を詰める。

「フクロウ、乗せて」

「ホッホー」

ミュリエルは強引《ごういん》にフクロウの背に飛び乗った。

「ミリー、僕も行く」

必死で走ってきたらしいアルフレッドが息を切らしながら言った。ミュリエルは手を伸ばし、アルフレッドをフクロウの背に引っ張り上げる。

「しっかりつかまって」

ミュリエルはフクロウにしっかりとしがみついた。アルフレッドはミュリエルの腰に手を回し、背中にピッタリ張り付く。フクロウは少しヨタついたが、無事に飛び立ち、城壁まで滑空する。

「ああああああ」

「また護衛対象に置いていかれたーーーーー」

「犬の皆さま、どうか乗せてください」

護衛たちが後方で悲痛な声を上げている。ミュリエルは少しだけ、悪かったかなと思った。

それほど揺れることもなく、あっという間に城壁に着く。ミュリエルはアルフレッドと手をつなぎ、フクロウの背から飛び降りた。フクロウはやや、不満そうな様子を見せながらも上空を旋回している。

「ミリー様、すごい数の荷馬車が来ます」

見張りの女の言う通り、護衛に守られた三十台の荷馬車がやってくる。

「あれは、王都の石投げ部隊や護衛だな」

アルフレッドが目を細めながら言う。皆がホッと緊張を解いた。

「ミリー姉さーーーーーん」

「ええ、ハリー？　ハリーの声が聞こえたけど」

「僕もいるーー。ウィリーーーー」

「ええええええ」

荷馬車の中から小さな人影が手を振っている。

「アタシも来ちゃったーー」

「イローナ！」

「パッパもいまーす」

「パッパ」

パッパ、どこにでも来るな。何も売るものないのに。少しハラハラするミュリエル。

「あっしらも来やしたー。嫁を探しにーー」

「うわー、領地の独り身男子たち」

アルフレッドが苦笑する。

「にぎやかになりそうだね」

「うん。ごはん足りるかな。あ、ちょうどいいところに犬が来た。犬たちー、適当になんか狩ってきて」

「ワウワウーーーン」犬は護衛を振り落とすと城壁から出ていった。

ミュリエルとアルフレッドはイローナの荷馬車に乗せてもらって、一緒に城塞に向かう。

「イローナ、よく来てくれたねー」

「エヘヘー、ついに来ちゃった。もうここで暮らすつもりなんだ」

「えーそうなのー？　嬉《うれ》しい！」

「ブラッドもいるよ」

イローナが荷馬車の後ろの物体を指差す。屍《しかばね》のように横たわったブラッドだった。

「うわっ。どうしたのよ。顔色がおかしなことになってるよ」

「馬車酔い。お世話になります」

「う、うん」

馬車酔いする人が、この領地で生きていけるかな。ミュリエルは少し不安になった。まあ、ダメなら王都に帰ってもらえばいいかと、気楽に考えることにする。

荷馬車が無事、城塞の前に並び切った。

「えーっと、いらっしゃい。立ち話もなんなんで、中でお茶でも飲みましょう」

最近修理が終わった豪華な応接間に全員を入れる。

「ほう、これは見事な応接間ですな」

パッパが感心して、壁紙やカーテンをじろじろと観察する。

「さすがは職人の王都と名高かったヴェルニュスですな。華美ではないがとても質が良いですな」

パッパはニコニコしながら、初老に差し掛かったぐらいの男たちのかたまりをグイグイとミュリエルの前に押し出す。

「彼らは二十年前に私がこっそり逃した職人と芸術家です。私の商家の雇い人として、ローテンハウプトに連れ帰ったのです」

カチャン　お茶を用意していたダイヴァの手が止まる。

「靴職人のハンス、金細工師のマルク、すず職人のハモン、革職人のトビアス、ブリキ細工師のギュンター、画家のユーラ、オモチャ職人のヨハン、オルガン奏者のゲッツ、陶磁器職人のボリス、ガラス細工師のゲオルグです」

緊張した様子の男たちが、顔を見合わせる。髪の長い芸術家っぽい見た目の男が、代表して口を開いた。

「ユーラです。あのとき、パッパに助けられて、ローテンハウプト王国で生きていた。いつか、きっといつか、ヴェルニュスに連れて帰る。パッパはそう約束してくれて。ついにやっと、帰ってこれた」

ユーラは高ぶる感情を押さえつけるかのように、苦しそうに話した。

「ユーラのことは覚えています。それにゲッツも……」

ダイヴァが小さな声で言った。震えているダイヴァの肩をミュリエルはしっかりと抱いた。

「か、家族は……」

ユーラがダイヴァに聞く。

「分からない。分からないわ。飢饉《ききん》のとき、たくさん亡くなったの。そして多くがここを離れた。誰が生きていて、誰がどこに行ったのか、もう分からない」

男たちが床に崩れ落ちる。

「残念ながら当時の私はまだ若く、力が足りなかった。職人しか連れ出せなかったのです。いつか時がくれば帰してあげたいと思っておりました」

パッパは男たちを悲しそうな目で見つめる。

「交易で元ムーアトリア王国の領地に行くこともある。引き続き家族を探してみるから。腐らず、ミリー様の元で領地の復興に励みなさい」

男たちはパッパを見上げる。

「はい。パッパ」

「私の方が年下なんですけどね」

パッパの言葉に、立ち込める重い空気が少しだけやわらいだ。

「よし、明日お葬式をしよう」

ミュリエルが部屋の空気をぶった切って大きな声で言った。アルフレッドが確認する。

「明日。えーっと誰の？」

「ここかどこかで亡くなった人や、亡くなったかもしれない人。だって、みんなちゃんとお別れできてないでしょう?」

「そうですね。二十年前は、亡骸《なきがら》は物のように穴に投げ込まれ、油をかけられ燃やされたと聞いております。私はそのときのことはよく覚えていません」

ダイヴァが虚《うつ》ろな目で静かに言った。

「十年前の飢饉のときは、必死で個別にやろうとしたのですが。ラグザル王国の人たちが、またまとめて焼いて。彼らが去ってからは、私たちなりのやり方でひっそりと送りました」

「うん、それだと心残りでしょう? 亡くなった人たちも、みんなが心配で大地に戻れないよ。明日、盛大に送ってあげよう」

ミュリエルは老人たちを見て心配そうにつけ加えた。

「でも、まだ生きてるって信じることも大事だと思うから、送らなくてもいい。気持ちの区切りをつけるぐらいの気持ちで。どうかな?」

「そうですね。またいつか会えると信じています。ですが、過去のひどい記憶は大地の神に受け止めていただきたい。それがもし許されるなら」

画家のユーラが遠慮気味に答える。

「大丈夫。大地の母は、えー太っ腹だから? たいていのことは許してくれるよ。でもきっちりとお供えはしないといけない」

「お供えとは?」

「亡くなった人が好きだった食べ物を持ち寄って、大地の神に捧《ささ》げるの。そのあと皆で食べる。故人の好きだった物とかも一緒に捧げるんだよ。ダイヴァ、あとでここのお葬式のやり方教えてね。ローテンハウプトの伝統も少し取り入れたい」

「はい、かしこまりました。あの……ありがとうございます。皆に急ぎ伝えて来ます」

ダイヴァは笑ってるような、泣いているような複雑な表情でミュリエルにお礼を言うと、早足で出ていった。


後ほど、ミュリエル、アルフレッド、ダイヴァで話し合ったところ、三人にとってのお葬式に、それなりの開きがあることが分かった。

「あの、ムーアトリア王国のお葬式がお二方と異なるのは分かりますが……。ミリー様とアル様のお葬式が違うのはなぜなのでしょう？　同じ国ですよね？」

「なぜだろう?」

ミュリエルは首をひねる。結婚式も大分違って驚かれたが。

「えーっと、新しい領地ってことで、三つをいい感じで混ぜ合わせればいいんじゃないかな」

「そ、そうですわね。新しい時代の幕開けですし」

「そう、死者がいないのだから、そもそも普通の葬儀ではない」

三人は細いことには目をつぶることにした。

30. お葬式

翌昼、死者を弔《とむら》いたい者は、きれいに花で飾り付けたカゴに、料理や思い出の品と石を入れて城塞に集まる。元ムーアトリア王国の者とローテンハウプト王都の者は黒の衣装、ミュリエルとアルフレッドとミュリエルの領地の者は白の衣装を身にまとう。

先導する元ムーアトリア王国の女たちが、不思議な節回しの歌を歌い、踊りながら花びらを巻く。

「ムーアトリア王国の古い言葉だね。まだ使える人がいるとは思わなかった」

アルフレッドが感心したように言う。そういえば、歌いますとしか言われていなかった。素敵な言葉だな、神々が会話をしているみたい。ミュリエルはじっくりと耳を澄ます。

「代々、歌で伝えているのです。私は歌えますが、会話はできません。読み書きもできません。でももう、二十年前に子どもたちへ教えることは禁じられました」

後ろを歩くダイヴァが悲しそうにつぶやく。

「ローテンハウプト王国にも古い言葉ってあるの？」

ミュリエルが聞く。

「あるよ。王族は皆幼いときに習う。普段使うことはないけどね。まれに昔の資料を読むぐらいだ」

「へー、王族って大変だねー」

「そうだね。税金をがっぽりもらっている分、働かないと」

アルフレッドはふっと笑った。

街中に降りると、領民たちが軽石を持って待ち構えている。軽石を持った者と、死者を弔いたい者が組になり、死者の家の扉に文字を書くのだ。今日の日付と、父なる太陽、母なる大地を一行で書く。

そうすると父なる太陽がその家にさまよう魂《たましい》を天に連れて行き、母なる大地が肉体を大地に戻す。そして一年間、二神のご加護がその家に贈られる。

これはムーアトリア王国独特の風習だ。領民は散り散りにバラけ、祈りながら扉に軽石で印をつけていく。

「全部終わったかな？　そしたら、城壁外の墓地に行こう」

城壁の外側に墓地がある。本来なら、手厚く整えられ、花や食べ物が供えられるべきところだが、すっかり朽ちかけている。

個別のお墓もきれいにしないといけないな。ミュリエルは明日以降の予定に組み込むことを決めた。

だが今日はまずは、穴の中に一緒くたに埋められた死者を慰めなければならない。

墓地の隣の草も生えていない空間がそこだ。男たちの手によって、大地の神に捧《ささ》げるための穴は既《すで》に開けられている。

ミュリエルたちは穴の後ろ側に、持ってきた石を積み上げる。

ミュリエルは赤い酒を一本全て穴の中に注《そそ》いだ。

「父なる太陽、母なる大地。我ら大地の子。父なる太陽、子どもたちの魂を天に迎え給《たま》え。母なる大地、子どもたちの肉体を大地に戻し給え。子どもらの魂が天に迎えられますように。子どもらの肉体が、新しい生命を生み出しますように」

領民たちは、故人の思い出の品と、好きな料理を穴に捧げ、ひとりずつ祈りの言葉をかける。

ダイヴァがこわばった顔で祈る。

「お父様、お母様、お兄様。どうか安らかに。私もいずれそちらに参ります」

次はユーラだ。

「ローレル、ダリシャ、カシミール、置いて行ってすまなかった。許してくれ。もう一度会えると信じている」

順番に、思い思いの言葉をかけていく。

「あんた、辛《つら》かったねえ、痛かったねえ。いつかきっと仇《かたき》をうってみせるよ。待っておくれ」

「ユリアン、ごめんなあ。守ってやれなかった。大事な大事な息子だったのに。母さん、一度だって忘れたことはなかったよ」

みな、ボロボロと涙を流している。ミュリエルもアルフレッドも、つられて泣いた。

焚《た》き火をつけ、泣き、歌い、踊る。故人の好きな料理を食べ合い、酒を飲み、また泣く。今まで皆が避けてきたことだ。

葬儀は夜中まで続いた。ひとり、またひとり城塞に戻っていく。ミュリエルとアルフレッドも手をつなぎ、ゆっくりと部屋に戻る。

「アル、明日の朝ね、魔剣が出るはずなの。だから、それを取りに行かなきゃいけないの。森の子どもが領主になって、祈りをたくさん捧げたら、魔剣が出るんだって。ばあちゃんと父さんが言ってた」

「うん、知ってる。お義父さんから聞いた。領主になった森の子どもの役目なんだってね。心配でも、行かせてやれって言われた」

アルフレッドの顔がくもっている。ミュリエルはすっかく短くなったアルフレッドの髪を優しく撫《な》でた。

「そっか、父さん、アルに伝えてくれてたんだね。そうなの、ひとりで行かなきゃいけないらしいんだ。神との対話だから。行けば何をすればいいか、自然と分かるって」

「必ず戻るって約束してくれる？」

「絶対戻るから、約束する」

ミュリエルはアルフレッドの目をしっかり見て、力強く答えた。アルフレッドがミュリエルをきつく抱きしめる。

「本当はひとりでなんて行かせたくないんだ」

「うん」

「でも、ミリーの役目だから、ここで待ってるね」

「うん、待ってて」

この人を、悲しませたくないな。ミュリエルは改めて、無事に戻ると心に誓った。

＊＊＊

太陽が昇る頃《ころ》、ミュリエルはそっとアルフレッドの腕を抜け、ベッドを降りた。バルコニーに行くと、既にフクロウが待っている。ミュリエルは何も言わず、フクロウに乗った。

フクロウは静かに羽ばたき、墓地の前に降り立つ。

積み上がった石の上に魔剣が突き刺さっている。

ばあちゃんが言ってた通りだ。ミュリエルはそっと魔剣を抜いた。

これでヴェルニュスも石の民だ。ミュリエルは魔剣を掲げて石の前に跪《ひざまず》く。

「石の神よ、ヴェルニュスにご加護を賜《たまわ》らんことを」

ミュリエルは魔剣で左腕に傷をつけると、血を穴に注いだ。石が光り、その光が領地全体を包むまで、ミュリエルは血を捧げ続ける。

顔色を失って倒れるミュリエルを、フクロウはそっと背中に乗せて飛び立った。

バルコニーには、真っ白な顔のアルフレッドが待っている。アルフレッドはフクロウからミュリエルを受け取ると、しっかりと抱きしめた。

31. パッパがフサフサだった頃

Lady throwing stones

私はレオナルド・サイフリッド、通称パッパです。

私は代々続く商家に生まれ、祖父や父から折に触れ、商売で大事にすべきことを叩《たた》き込まれた。

最も大事なことは、モノの価値を正しく測る。それはすぐにできるようになった。なぜか、サイフリッド家の人間にはその才能が生まれつき備わっているらしい。

次に父に言われた。

「モノを売るときは適正価格で。高すぎても安すぎてもいけない」

それはもちろんだ。

「モノを買うときは適正価格に少し上乗せしなさい」

「どうして、父さん？　それでは舐《な》められる」

私は不満だった。金は無駄に使うべきではない。

「例えばこう言うんだ。こちらの適正価格はいくらです。ですがあなたの作るこの革製品は非常に長持ちすると評判です。使えば使うほど深みのある色合いになる」

父さんがトウトウと語り出した。

「もう少し早く壊れる革製品を作れば、買い替え需要で儲《もう》かるでしょう。なのにあなたはそうしない。だから私はあなたの真摯《しんし》な姿勢に敬意を払い、その分を上乗せしてこれだけお支払いします」

父さんは語り終えると、私に問いかける。

「そうすると、革職人はどう思うかな？」

「今まで通り、質の良い革製品を作り続けよう？」

「そうだ。そして、いい革製品が出たら、まずうちに売ろうと思ってくれるだろう？　幸いサイフリッド商会には潤沢《じゅんたく》な資金がある。優秀な作り手には、お金を惜しんではいけない。私たちにはモノを見る目はあるが、なにひとつ作り出すことはできないのだから」

そうだった。私にはいいモノを見つけることはできる。でも何も作れないのだった。いいモノを買って売る、ただそれだけ。金があるからといって、傲慢《ごうまん》になってはいけないのだと、そのとき分かった。

才能のある作り手にそっぽを向かれたら、サイフリッド商会はたち行かなくなる。

父や祖父と色んな国を回った。どこの国も、それぞれ異なる美しさがある。私のお気に入りはムーアトリア王国だった。

ムーアトリア王国の品はどこかひと味違うのだ。質が高く、洗練されている上に、小さなこだわり、遊び心がある。

王都ヴェルニュスの職人は特にそういう気質にあふれていた。武具鍛冶屋《かじや》のテオは、武器ではない物に武器を仕込んだものを、本業の武具のかたわら作り続けていた。細い剣を仕込んだ杖《つえ》、毒針のついた指輪、尖《とが》った刃がいくつも隠された扇《おうぎ》など。

誰が買うのだろうと思いつつも仕入れてみると、高位貴族に飛ぶように売れた。

革職人のトビアスは、指が長く美しく見える革手袋を作ると評判だ。

「レオさん、こんな手袋作ってみたんだけど。どうかな？」

「普通の革手袋に見えますけど？」

「ここ、親指と人差し指のつけ根部分が空いてるんだ」

「なんのために？」

トビアスが手袋をはめ、親指と人差し指だけ手袋の外に出してみせる。

「服買うとき、布の質を確かめるために手袋を脱ぐでしょう。いちいち面倒かなと思って。これなら手袋を脱がなくても、親指と人差し指だけ外に出して布を触れるから」

「なるほど」

思い切って、あるだけ全て買った。即座に売り切れた。若い貴族がこぞって買って行ったのだ。

こっそり教えてもらったところ、意外な使い方をされていた。

未婚の貴族男女が手袋なしで触れ合うのはご法度《はっと》らしい。この手袋なら、人目を忍んで親指と人差し指の触れ合いが楽しめるそうだ。そのわずかな触れ合いが、貴族たちの背徳感を刺激して癖《くせ》になるらしい。

貴族って大変だなあ。呆《あき》れながらも、顧客名簿に増えていく貴族の名前を眺めるのは楽しかった。

二十二歳になったとき、ヴェルニュスの陶磁器職人のボリスから言われた。

「ここから少し離れたところにあるマドセンという街に、遠縁の娘がいるんだ。両親が亡くなって困っているらしい。こっちに来て一緒に暮らさないかって手紙を出したんだけど、返事が来ない。そっちに行く予定があったら、聞いてみてくれないか？」

「いいですよ、立ち寄ってみます」

マドセンで私は真の美に出会った。ボリスの遠縁の娘は、ただの平民には持て余すであろう、圧倒的な美を備えていた。美の暴力、美の大洪水、美のスタンピードである。

「結婚してください」

三十歳になるまで結婚するつもりはなかったが、即座に気が変わった。この美しい人を誰にも渡したくない。

「あんた誰よ」

少女は顔色ひとつ変えず聞く。

「レオナルド・サイフリッド。サイフリッド商会の後継ぎです。ヴェルニュスのボリスさんに頼まれて来ました」

「ふーん」

乙女《おとめ》は私の全身をジロジロと観察する。その値踏みされるような視線にゾクゾクする。

「お金あるの？」

「お金ならうなるほどある」

「好きなもの買ってくれる？」

「君が望むものならなんでも買う。約束する」

「ならいいわ。結婚したげる。結婚衣装は豪華にしてよ。王女様みたいによ」

「任せなさい！」

こうして私は妻ミランダを得た。ボリスは腰を抜かしていたが、仕方がない。

ミランダとローテンハウプトで甘い生活をしていたとき、ムーアトリア王国から呼ばれている気がした。私は急いでヴェルニュスに駆けつけた。

街の様子が何かおかしい。そう気がついた。人々が浮き足立っているような、妙な雰囲気だ。顔馴染《なじ》みの衛兵に声をかける。

「何かあったんですか？」

「それが……よく分からない。陛下がお亡くなりになって、新しい国王を決める選挙が行われるらしいのだが……。王宮に他国の兵が押し入ったというウワサが広まっている」

よく分からない。よく分からないが、これは今すぐ動かなければならない。私の勘がそう告げている。私は懇意《こんい》の職人の店を回った。

「ボリスさん、今すぐ私と逃げましょう。イヤな予感がします」

「おいおいレオ、何言ってるんだ」

「信じてください。王宮に他国の兵がいるらしい。とんでもないことになるかもしれない。しばらく潜伏して、何もなければすぐこちらにお連れします。だからとにかく行きましょう」

「いや、しかし、家族を置いてはいけないだろう」

「家族はどこに？」

「街に買い物に行ってる」

「私が他の職人に声をかけている間に見つけてください。それまでに会えなければ、諦《あきら》めてください」

「レオ、そんな無茶な」

「早く行って探してください」

他の職人とも似たような会話をしながら、説得する。城門から軍服を着た男たちがさりげなく入ってくる。

「レオ、ダメだ、見つからない。俺はここに残る」

「いや、それはいけない。ラグザル王国の軍隊が入って来たのを見ました。衛兵が少しずつやられている。行きましょう。生きていればまた会えます」

私たちは荷馬車に乗って城門を出る。

「おい、ちょっと待て」

ラグザル王国の軍隊に呼び止められた。

「お前たち、どこに行く？」

「はい、私はローテンハウプトの商人でございます。これらはサイフリッド商家の職人たちです。こちらでの技術研修が終わりましたので、引き取りに参った次第です」

私は金貨の入った袋を男に渡す。

「ラグザル王国のイルメリン商会とは懇意にさせていただいておりまして」

「……よし、行け」

金貨と大手商会の名前が効いたのか、私たちは無事にヴェルニュスを抜け出すことができた。

無事にローテンハウプトに戻れたものの、その後伝わってくるムーアトリア王国の情報は凄惨《せいさん》を極めるものだった。私の愛した、あの自由闊達《かったつ》なヴェルニュスは、人々はもういないのだ。その絶望からか、豊かだった私の髪はすっかり抜け落ちてしまった。

「父さん、ミリーが目を覚ましたって」

イローナが声をかけた。

「そうか、無事なのだね？」

「うん、肉入りのスープをアル様が食べさせてた」

「そうか、よかった。ミリー様はヴェルニュスに必要な方だからね。さあ、ヴェルニュスの復興計画を練っておこう。いずれミリー様とアル様と詰めなければならない」

「そうだね。ブラッドも呼んでくるね」

二十年の時が過ぎてしまった。ミリー様という比類なき主をヴェルニュスは得た。立て直そう、あの自由闊達な職人の街を。育てるのだ、遊び心のある職人たちを。

この時のために蓄えてきた。金ならいくらでもある。

32. 置いて行かれた側の悲哀

Lady throwing stones

これは、後にしよう……。ハリソンはそっと扉を閉めようとする。

ハリソンがミュリエルの寝室をのぞくと、甘いような甘くないような光景が繰り広げられていた。恐ろしいほどにキラキラした笑顔のアルフレッドが、ひとさじずつスープをミュリエルの口に運んでいるのだ。ミュリエルは珍しくオドオドしている。

「あー」

「はい、あーん」

「ハリーッ」

ミュリエルが絶対逃がさないという目でハリソンを見つめる。ハリソンは仕方なく部屋に入った。

「ミリー姉さん、調子はどうなの？　もう起きていいなら、パッパが相談したいことがあるって」

ミュリエルはオズオズとアルフレッドの顔を見る。

「熱も下がったし、起きていいよ。外に出るのは明日から。傷が完全に癒《い》えるまでは、左腕は使用禁止。狩りも農作業もダメ。分かった？」

「はーい」

アルフレッドの言葉に、ミュリエルは小さな声で返事する。

「あ、じゃあ、僕、パッパに言ってくる」

「ハリーッ」

ミュリエルがクワっと目をむく。ハリソンは諦《あきら》めてミュリエルのベッドに座る。

「ミリー姉さん、魔剣を得るためには必要だったんだと分かるけどさ。なにもあそこまで血を捧《ささ》げなくてもよかったんじゃない？　もう少しで死ぬところだったんだよ」

「うう」

「三日も意識なかったんだよ。みんな心配したんだ。アル兄さんはミリー姉さんにつきっきりだったし。ミリー姉さん、意識ないのに魔剣を絶対離そうとしないし。もう、とにかく大変だったんだよ」

ミュリエルはうつむき、アルフレッドは無表情になる。

「お義父さんから聞いてはいたんだ。儀式を行うと魔剣が出るかもしれないって。それは森の娘にしか分からないことだから、ミリーがひとりで出て行くときは、行かせてやれって」

アルフレッドは痛々しい顔でひとりごとのように言葉を漏《も》らす。

「血を失って、呼吸が浅くなって、死にかけているミリーが戻ってきたとき。僕は……。次は絶対ひとりでは行かせないから」

暗い表情のアルフレッドに、ミュリエルはつとめて朗《ほが》らかに声をかける。

「あ、もう次はないと思うよ」

アルフレッドはじっとりとした目でミュリエルを見る。

「僕がミリーの腕の傷を縫《ぬ》ったんだよ。こんなことならもっと裁縫《さいほう》をやっておけばよかった。人形の服をお義母さんに頼まず、自分で縫うべきだった」

ぐちぐちと後悔しているアルフレッドを、ハリソンはやや引きながら見ている。ミュリエルはアルフレッドの機嫌を取るのに必死だ。

「えーっと、傷はきれいに治ると思うから、気にしないで」

「何を根拠に?」

「んー、なんとなく?」

アルフレッドはミュリエルの右手を握りしめる。

「ミリー、次は、絶対、僕も一緒に行くから。約束して」

「はい、約束する」

ミュリエルは素直に頷《うなず》いた。アルフレッドの機嫌が直る方が重要だ。ミュリエルが目覚めたあと、アルフレッドは甘々と氷結を行ったり来たりしている。非常に不安定だ。

「何も一度で血をあそこまで捧げなくてもよかったんじゃない? 週に一回少しずつとかなら、死にかけなかったんだよ」

「確かに、そうかもしれない。でもあのときは、早く早くって思っちゃって。でも、これでいい石が出てくるようになると思うよ」

ミュリエルの言葉にハリソンがニコニコと答える。

「うん、そうみたいだよー。少しずついい石が増えてる。これで狩りもしやすくなる」

アルフレッドが目を丸くする。

「そうなの？」

「うん。石の神がご機嫌だと、強い石が出るの。そうすると魔物も石だけで倒せるようになる」

ミュリエルもウンウンと頷く。

「なるほど、そういうことか。魔牛を石で仕留めるなんて、僕にはできそうにないと思っていたけど。強い石ならできるのか」

「うん、狩りをして、たまに獣の血を石塚に捧げればいいんだよ」

「もうミリーの血じゃなくていいんだよね？」

「私の血は魔剣が出たときだけだよ。これからは魔物とか獣の血で大丈夫」

アルフレッドは安心したように、いつもの優しい笑顔になった。

「お義父さんも魔物の血を石塚に捧げている？　領地では見なかったけど」

「あっちの石塚は地下にあるから。結婚式のとき、屋敷の裏庭に穴掘ってごはんと鹿の血を捧げたでしょう？　あの下あたりにあるの」

「そうなのか」

「父さんはたまに獣を地下に運んで、石塚に直接血を捧げたりもしてるよ。私は一回だけ行ったことある。場所は、父さんと私とジェイとばあちゃんしか知らないの」

「どうして？」

「石の神を守るため、かなー？　よく知らないけど」

「うちの石塚は誰でも行ける場所にあるけど、それはいいの？」

「いいみたいだよ。土地によって色々だよね。ここがいいって私が思って、そこに魔剣が出たなら、それでいいんだよ」

「難しいな」

アルフレッドがこめかみに指先を置いて考え込む。

「神様のことだからね。深く考えない方がいいよ。なんとなくでいいの」

「そうか」

アルフレッドの様子が普通に戻ってミュリエルは安心する。笑い合うふたりから、ハリソンは少しずつ距離を取る。

「あのーそろそろ僕、パッパを呼んで来てもいい？　どこで話する？」

「応接間でいいんじゃない。せっかくキレイになったんだし」

「分かったー」

ハリソンはいそいそと部屋を出て行った。

アル兄さんは怒らせないようにしよう。怒ると面倒なことになる。ハリソンはいつも優しいアルフレッドの、初めて見る一面に驚いた。

母さんと父さんしかミリー姉さんを止められないかと思ってたけど、あれなら大丈夫そうだな。

アルフレッドは意外なところで、ハリソンからの高評価を得た。

33. 禁断の……

「へー、イローナのお母さんってムーアトリア王国出身だったんだー」

「ねえ、ビックリだよねえ」

ミュリエルとイローナは顔を見合わせて言う。

「いやいや、イローナ。パッパとマッマの運命の出会いについては、百回ぐらい話したじゃないか」

「そんなの、誰も聞いてないわよ。親の出会いとか、興味ないから」

「そうだな」

美形だけどものすごく無表情な男性がうなずいた。

「ああ、ご紹介が遅れましたが、こちらがデイヴィッドです。私の次男です。無愛想ですが、仕事はできますのでご安心を」

パッパが、ニコリともしないデイヴィッドをミュリエルに紹介する。

「デイヴィッドはミランダにそっくりなのですよ。見た目も中身も。おそらく生存本能からくるのでしょう。下手に愛想よくすると身の危険ですからな。美しいのはいいことばかりではない」

「ドミニクさんは、美しいですけど、すごく愛想がいいですよね。ばあちゃん連中にまで」

ハリソンが気になって聞いてみる。領地で腕輪用の石拾いを進めているドミニクは、愛想のかたまりのような男性だ。

「ドミニクは私に似ているのですよ。まあ、よくある美形です。それなりです。ミランダとデイヴィッドとは格が違う」

「ええええっ」

ドミニクを知るハリソンとウィリアムが大声で叫ぶ。パッパとドミニク。似て……ないっ！

ふたりはパッパに金髪のカツラをかぶせた姿を想像する。ああー、少しは似て……ないっっ！

「ドミニクさんとパッパ、似て……ませんよね……」

ハリソンがやや涙目になりながら、思い切って言った。

「はははははは、信じられませんかな？　これでも若かりし頃《ころ》は、神話時代の美の神ウェヌスに例えられることもあったのですよ」

微妙な空気が部屋を覆った。

「父さん、くだらないこと言ってないで。さっさと話、進めてよ」

イローナが冷たくあしらう。

「ミリー様、アル様、ヴェルニュスの復興に一番必要なもの。それはなんだとお考えですか？」

「手工芸？」

「男だな」

ふたりの言葉にパッパがニコニコと微笑《ほほえ》む。

「そうですね。復興には手工芸が必要です。そのためにも男が必要です。なぜなら、女性だけでは子がなせない」

「ああ、だから領地から独り身の男たちを連れて来てくれたんだ。ありがとうございます」

「領地の男だけではありません。王都から連れてきた石投げ部隊や護衛の男たちも、独り身の者ばかり」

「えーっと。ありがとう。でも、ここの女性たちは辛《つら》い目にあってきたから、そんなにすぐ子どもをどうこうって気持ちにはなれないと思う」

ミュリエルはお茶を用意してくれているダイヴァをチラリと見る。ダイヴァはミュリエルの視線に気づくと、少し考えてから口を開いた。

「そうですね、私はもう男はコリゴリですが。他の女性たちはまんざらでもなさそうです。ラグザル王国の男はとにかく高圧的でしたが」

ダイヴァがイヤなことを思い出したと言わんばかりに、頭をブルブルッと振った。

「ローテンハウプトの男性は優しいです。率先して力仕事をやってくれます。何かお願いしても、イヤな顔ひとつせずに助けてくれます。強引《ごういん》に女性に手を出そうとしませんし」

「あのー、それってすごく当たり前だと思うんだけど」

沈んだ表情のダイヴァに、ミュリエルが愕然《がくぜん》として突っ込む。

「ラグザル王国の男は何もしてくれませんでしたから。まあ、侵略者としては当然の態度だったのかもしれませんが」

「そっか。二度とあいつらに侵略されないようにしないとね。全員、石投げの猛特訓を続けてね」

「はい。がんばります」

ダイヴァはやっと笑った。パッパが勇気づけるように言う。

「心が癒《い》えるには時間がかかります。無理に結婚する必要もありません。ひと冬一緒に過ごす間に、愛が芽生える者も出るかもしれません」

「ははあ」

まあ、ひとつ屋根の下に男女がいれば、色々あるか。ミュリエルは自然な流れに任せることにする。

「私はしばらく元ムーアトリア王国を巡って、職人たちの家族を探してみます。もし街や村で孤児が見つかったら、こちらに連れてきてもいいでしょうか？」

パッパの言葉にミュリエルは首をかしげる。

「私は構わないけど、アルはどう思う？」

「思想に問題がなければいい。ラグザル王国の考え方に染まっているようだと、厄介《やっかい》だ」

「分かりました。そこはよくよく注意いたします」

パッパは神妙な顔で頷《うなず》いた。

「連れてきた職人たちの必要な道具類は、準備済みです。金やすず、ガラス細工の原材料などはこれから調達します。そのあたりはデイヴィッドにお任せください」

コトリ　机に並べられた皿の上に乗る物体に、ミュリエルの目はくぎづけになった。

「ケーキ！　なぜこのような禁断の甘味がここに⁉　魔よ、去れっ！」

ミュリエルは飛び上がると、応接間の端っこまで逃げた。

イローナが呆《あき》れたような口調で言う。

「ミリー、砂糖はアタシたちが持ってきたの。それにねえ、ヴェルニュスだって砂糖買う予算ぐらいあるでしょう」

「そうなの？」

遠くから弱々しくミュリエルが聞いた。

「砂糖なら百年分だって買えるよ。ごめん、自給自足の特訓で節約中なんだと思って、気にしてなかった」

アルフレッドがすまなさそうに謝る。ミュリエルはじりじりと近づいてきた。

「ミリー姉さんが寝てる間に、僕たちいっぱいケーキ食べたんだー」

自慢するハリソンの頬《ほお》を、ミュリエルが渾身《こんしん》の力で引っ張る。その手をアルフレッドがそっと止めた。

「アル兄さん」さすが、頼りになる。ハリソンは感動した。

「ミリーやめなさい。傷にさわる」

「そっちか」ハリソンはガックリした。

イローナはミュリエルにフォークを持たせる。

「まあ、食べなさいな。ミリー、税金を節約するのは大事だけど、やりすぎ注意よ。お金のことは私とブラッドに任せて。ね。」

「むぐ」

ミュリエルはケーキを詰め込みながら、満面の笑顔で頷いた。

魔剣が出て、頼りになる人がたくさん来た。もう憂《うれ》うことは何もない。ミュリエルは次のケーキに手を出そうとして、アルフレッドに止められた。

「スープが先だ」

「はい」

ダイヴァは苦笑しながら、大きなひと切れを皿に乗せて、横によけておく。ミュリエルが元気なら、全てうまくいく。皆がそう思った。

34. 姉と弟の微笑ましい時間

ミュリエルは暇を持て余している。アルフレッドから、ただ歩くだけならいいと、外に出してもらえた。

ただ歩くだけ。誰も彼も忙しそうだ。

街の中を練り歩く。すれ違う領民は皆ニコニコと嬉《うれ》しそうに話しかけてくる。

「ミリー様、お元気になられたんですね。よかったです」

「ハリー様に教えてもらって、ジャガイモを大量に植えつけました。収穫が楽しみです」

「城壁の修理も終わりました。ミリー様のご実家の領地の方たちがとても頼もしくて」

女性たちは笑顔で去って行く。皆キビキビと動いている。

教会の前を通ると、オルガンの音が流れてくる。

「オルガン直ったんだ。よかったー」

初めて聞く柔らかな音に耳を傾ける。音楽があるっていいもんだなあ。ミュリエルは暇なので、ことさらのんびり歩く。

職人街に着くと、トンカン、カチカチ、色んな音がする。邪魔しないようにそうっとのぞこうとしたとき、腰を突っつかれた。

「何してんの、ミリー姉さん」

「おおお、ウィリー。ビックリした。気配消すの上手になったね」

ミュリエルはウィリーの頭をポンポンと叩《たた》いた。

「いや、ミリー姉さんがボケーっとしすぎ」

「暇なんだよねー。遊んでー」

「僕は忙しいから。じゃ、またね」

「冷たいなあ。ウィリーはどこ行くの？　何するの？　手伝おうか？」

「いいよー、もう。アル兄さんに怒られるよ」

「歩くだけならいいって、アルが言ったんですー」

ウィリーはため息を吐《つ》いて、じいっとミュリエルを見る。

「ダニーが言ってたけど、海には巨大な魚がいて、泳ぎ続けないと死んじゃうんだって」

「え、うそ、ヤダ。寝るときも？」

「そうらしいよ。ミリー姉さんってその魚みたい。たまにはのんびりしなよ」

ミュリエルは壁に寄りかかってズルズルと崩れ落ちた。

「うう、十歳の弟にそんなこと言われるなんて……」

「僕はクルミ拾いに行くんだけど、一緒に行く？」

「うん」

ミュリエルはシャキッと立ち上がると、さっさと歩き出す。森の中は、葉っぱが鮮《あざ》やかに色づいてる。落ち葉が積もった地面はフカフカだ。

「そういえば、のんびり森を歩くなんて久しぶりかも。いや、ここでは初めてだな」

「ホントに巨大魚みたい」

「う、だって、やることといっぱい」

「もっと人に任せなよ」

「はーい。ウィリー、いつからそんなに大人に？」

「いや、誰でもそれぐらい分かるから。ミリー姉さん、無理しすぎ」

「そっかー」

ミュリエルは落ち込んで下を向く。そんなにバレバレなのか。もっと有能なら気づかれないのかな。アルみたいに、いつも微笑《ほほえ》んでればいいのかな。

うつむくミュリエルの目に、緑の皮に包まれたクルミが飛び込んでくる。

「お、クルミ落ちてる。ほーれ、ほれほれ」

「ちょっとークルミ蹴《け》らないでよー」

「拾ったらアルに怒られるから、ウィリーに任せまーす」

「もー」

ミュリエルがクルミを蹴って、ウィリアムがカゴに放りこむ。たまに木を蹴ると、バラバラっとクルミが降り注《そそ》ぎ、ウィリアムに怒られる。

「ウィリーはさー、いつまでここにいるの？」

「うーん、分かんないけど。できれば夏頃《なつごろ》までとか？　なんならずっと？」

「ええっ、父さんに怒られない？」

いてくれるとすごく嬉しい。でも、いくらしっかりしていても、ウィリアムはまだ十歳だ。

「それがさー、ミリー姉さんのおかげで領地が潤《うるお》ったでしょう？　無理に領地にいなくても、好きなことしていいって言われたんだ」

「え、そうなの？　何するの？」

ミュリエルはクルミを蹴るのをやめて、棒立ちになる。

「僕、オモチャ職人のヨハンさんの元で働こうと思って」

「十歳が」

「平民だとそれぐらいで弟子入りするんだって」

「ほへー」

あんな、この前生まれた気がするウィリアムが働く。ミュリエルの頭が動きを止めた。

「明日ヨハンさんが、クルミ割り人形の作り方見せてくれるんだ」

「クルミ割り人形とは？」

「兵隊の人形の口の中にクルミ入れて、服の裾《すそ》引っ張ったら口が閉まって、クルミの殻が割れるの」

「そんなの、石で叩けば一発じゃない」

ウィリアムがかわいそうな子を見るような目をする。

「はあー、そういうとこが巨大魚だよー。世の中、もっと遊びがあるんだよー。ミリー姉さんだって、人形を大事にしてるでしょう」

「うん。だって、あれはカワイイ」

確かに、クルミは割れないただの人形を、ミュリエルは大事にしている。

「クルミ割るのも、石じゃなくて、カワイイ人形にやってもらいたいって人もいるの」

「それって貴族向けだよね？」

「金持ちの平民じゃない？　普通の貴族は、召使いが殻割って中身だけ持ってくるんだって」

「はわー」

召使いはもっと他にやることいっぱいあるんじゃ、そう思ったが、ミュリエルは口をつぐんだ。

「よしっ。これだけ集めたら十分。ミリー姉さん帰ろう」

「うーん。なんか来たけど、どうするー？」

ふたりは耳をすます。

「ええー、フクロウか犬呼んでよ。僕狩りする気分じゃないんだけど」

「あんた、そんな怠《なま》けたこと言って。オモチャ職人になれなかったときに、食いっぱぐれるよ」

「もー。じゃあ、クルミのカゴ見ててよ。木の陰にいてよ」

「はーい」

ミュリエルは大きな木の陰で気配を消した。ウィリアムは石をポケットに詰め込むと、スルスルと木に登る。

ズンズンズンズンズン　遠くから徐々に地響きが近づいてくる。

ハラハラ　カツーンカツーン　振動で葉っぱとクルミが落ちる。

なにあれ、デカー。ヘラジカかな？　領地では見たことないや。ウィリアムは続けて石をふたつ投げ、ヘラジカの両眼を潰《つぶ》す。猛《たけ》ったようにこちらへ突進してくるヘラジカ。

うーん、口開けてくれないかなー。ウィリアムが攻めあぐねていると。

ポスッ　何かがヘラジカの首に当たる。ヘラジカは口を開けてブハッと息を吐いた。

ウィリアムは口の中に石を三つ投げ込む。

「よしっ」

ウィリアムの声と同時に黒い疾風《しっぷう》がヘラジカを横から跳《は》ね飛ばす。

「えっ」

大きな羽音が響き、ヘラジカは空中に連れ去られた。

「ああー」

「あらー」

木の陰から出てきたミュリエルが、半笑いで空を見上げる。

「あらーじゃない。僕の獲物横取りされた」

「いや、城塞に運んでくれてんだよ、きっと」

「ホントにー？」

ミュリエルはそっと目をそらす。

「ま、まあ。ウィリー、腕上げたねえ。もう一人前じゃないの」

「誰かさんがクルミ投げなきゃ、ちょっと危なかったかも」

「アルには内緒」

「分かった」

姉と弟は仲良く戻っていく。

＊　＊　＊

気配を消すのはミュリエルより上のダン。ダンは震えながら一部始終を目撃し、当然のことながらアルフレッドに報告する。ミュリエルはこってりと絞《しぼ》られたのであった。

35. 愛には愛を

　カラカラカラカラ

「ミリー、何をしてるの？」

「ん？　アルを見てる」

ミュリエルは執務室で、書類仕事をしているアルフレッドを眺めている。仕事をしているときのアルフレッドは、キリッとしてとてもカッコイイのだ。

「うん、それは分かるけど。その音はなに？」

　アルフレッドは手を止めてミュリエルの右手を見る。

「ああ、ごめん。気が散った？　昨日拾ったクルミだよ。暇だから右手鍛えようと思って。ほら、父さんは片手でクルミ割れるからさ。ふたつのクルミを重ね合わせれば簡単らしいんだけど」

　アルフレッドは苦笑する。

「まだ強くなるつもりなのか」

「え、ダメ？」

「いや、僕にもクルミくれない？　僕も鍛えないと。もっとミリーに頼ってもらえるようにがんばるよ」

「ええっ、すごい頼ってるよ。書類仕事ほとんどアルがやってくれてるじゃない」

「僕にはそれぐらいしかできないから」

ミュリエルが目を丸くする。

「あらー、あららららら」

「どうした？」

「昨日ウィリーに言われたんだ。無理しすぎ、周りをもっと頼れって。私もそうだけど、アルもそうだね。人のことがすごく優秀に見えちゃって、自分はまだまだだって焦《あせ》っちゃう。私からすると、アルは完璧な領主なのに」

「領主はミリーだよ。そして、ミリーはヴェルニュスにとってかけがえのない領主だ。完璧である必要なんてないんだ。ミリー、もっと僕を頼って。僕ではまだ不甲斐《ふがい》ないかもしれないけど」

「分かった、もっとアルを頼るね。アルもひとりで抱え込まないでね。アルが倒れると私もみんなも困るよ」

ミュリエルはアルの膝《ひざ》の上に座って、アルの頭を抱き寄せて、優しく撫《な》でる。

「よしっ、右手を鍛えつつ、皆を労《ねぎら》ってくるね。まずはアルだね。アル、いつもありがとう。頼りにしてる」

「ミリー」

甘い空気に護衛が息苦しくなってきたとき、やっとミュリエルがアルフレッドの膝から降りた。

ミュリエルは元気よく執務室を出て行き、護衛は密《ひそ》かに息を吐《つ》く。ジャックが苦笑しながら窓を開けて空気を入れ替える。

「昨日ダンが言った通り、ミリー様は焦っていらっしゃるようですね。もっとご夫婦で褒《ほ》め合う時間をお取りになってはいかがです？」

「ああ、そうだな、そうする。その、ジャックも皆も、いつもありがとう。無茶ぶりについて来てくれて感謝している」

「もったいないお言葉でございます」

執務室に優しい空気が満ちた。

＊＊＊

カラカラカラカラ
ミュリエルは出会う人全員にお礼を伝えながら散歩する。そういえば、まだちゃんと話してない人たちがいたな。

ミュリエルは地下に降りて行く。地下には巨大な貯蔵庫と、百人は余裕で働ける特大の台所があるのだ。そうっとのぞくと十人の男たちと、領民の女性たちが忙しく料理の仕込みをしている。

「あら、ミリー様。どうなさいました？」

ひとりの女性が目ざとくミュリエルを見つける。男たちは料理の手を止めて、ザッと直立不動になった。

「ああ、ごめんなさい。邪魔するつもりはなかったの。焦《こ》げちゃうから、続けてください」

皆、ぎこちなく料理を再開する。

「えーっとね、わざわざ王都からヴェルニュスまで来てくれてありがとうって言いに来たの。ごはんもケーキもおいしいです」

料理人たちは真《ま》っ赤《か》になった。皆顔を見合わせ、しばらくためらったあと、ひとりが思い切ったように口を開く。

「あの、私たちこそ、ミリー様にお礼を申し上げたいです。ミリー様が考案された、『犬用ごはん箱』素晴らしいです」

「ん？　犬用ごはん箱ってなんだろう？」

ミュリエルは首をかしげる。

「レストランで食べ切れなかった料理を、お客様が家に持ち帰るための箱です。犬用とすることで、体裁を気にされるご貴族様も堂々とお持ち帰りできるようになりました」

「そうなの⁉　それはよかったねえ。きっとイローナが開発したんだよね。捨てるのもったいないもん」

ミュリエルは嬉《うれ》しくて少し飛び跳《は》ねた。料理人は頷《うなず》きながら、眉《まゆ》を下げる。

「おっしゃる通りでございます。心をこめて作った料理をゴミ箱に入れる作業。あれほど虚《むな》しい時間はありません」

「信じられないよね、その捨てる分でヴェルニュスの民がどれだけ飢《う》えをしのげたかって。王都に貧しい人もいっぱいいるのに」

「はい、私も平民ですので、何度持って帰ろうと思ったことか。ですが、それは店の品格を下げるので許されておりませんでした」

「そっかー、そんなことがあるんだね」

品格。ミュリエルにはあまり馴染《なじ》みのない言葉だ。食べ物を捨てることの方がよほど品格を下げると、ミュリエルは思う。

「ですが、最近は貧しい人に下げ渡すことが、推奨《すいしょう》されるようになりました。ミリー様のおかげです」

「ホントー？　わー、今日はよく褒められる日だ」

「ミリー様に感謝している料理人は多いです。ヴェルニュスでの料理人募集が出たときも、すぐ枠が埋まったんですよ」

「そうなの！　そっかー、よかった。困ってることあったら、なんでも言ってね」

ミュリエルはホッとした。もしかしたらイヤイヤ来ているのではと心配していたのだ。

「はいっ。あの、こちら新作のクルミケーキです。味見されますか？」

「え、いいの？　アルに怒られないかな」

ミュリエルはお皿に乗った小さなケーキを見つめる。上部にクルミが敷き詰められて、とてもおいしそうだ。

「お昼ごはんに差しさわりのない、味見程度なら大丈夫では？」

「そ、そうかな。わーい。うーん、おいしい。クルミが香ばしくて、そんなに甘くないのにケーキ食べたーって気持ちになれる。もう少し食べても？」

「あと半切れだけですよ」

思いがけずケーキにありつけ、ミュリエルはウキウキだ。もしや、台所は毎日労いに行くべきではないか？　きっとそうだ。これは仕事だ。ミュリエルに新たな日課ができた。

ミュリエルは城塞内のお礼行脚《あんぎや》が終わると、街に向かう。ミュリエルがお礼を言うと、倍以上になって返ってくる。ミュリエルはほんわかした気持ちになった。

＊　＊　＊

パッパは護衛と共に元ムーアトリア王国の領土をゆっくり回っている。闇雲《やみくも》に回るのもなあと考えていたときに、ダイヴァから記録帳を託されたのだ。ヴェルニュスの主要取引先などがまとめられていた。

原材料の仕入れ先から、製品の売り先まで。ヴェルニュスの産業が丸裸にされた貴重な資料だ。職人たちの家族は、ここに記載されたどこかにいるはずだ。パッパはそう確信する。親類縁者がいればそこにいる可能性が高い。

原材料の生産地は、あのとき粛清《しゆくせい》を免《まぬが》れた。原材料はラグザル王国にとっても価値が高いからだ。頼る縁故のいない者は、最終的に取引先に流れ着くのではないだろうか。

見つけてあげたい。あのとき引き離してしまった、家族に会わせてあげたい。その思いがパッパを突き動かす。

それに、これからヴェルニュスが復興するには、今のうちに原材料を大量に仕入れておく方がいいからな。

パッパの行く先で金が動く。少しずつ小さなうねりが起き始めた。

36. 創作の女神

職人街では、職人たちが創作意欲に躍らされていた。オモチャ職人のヨハンもそのひとりだ。

ムーアトリア王国を去ってから、ほぼ消え失《う》せていた欲求だ。

生き延びられたことはありがたかったし、パッパには感謝していた。当たり前だ。でも置いてきた妻子、同僚、友人の顔が散らつく。眠れない。

罪悪感と共に生きてきた。

技術はパッパの商家の職人たちにできる限り伝えた。せめてものお礼だ。だけど、物作りの真髄《しんずい》、ひらめきってやつは教えられるようなものじゃない。

何か新しいものを、お客さんがあっと驚くようなものを作りたい。もっと便利に、より美しく。そういう前向きな気持ちから、いいモノが生まれる。

前向きな気持ちになれない職人に、ひらめきは訪れない。

「ヨハン、ヴェルニュスに戻ろう」

パッパに突然言われたときは驚いた。ヴェルニュスがローテンハウプトの管轄《かんかつ》になったのは、それとなく聞かされていた。戻りたい気持ちと、戻りたくない気持ちでゴチャ混ぜだった。

パッパからは、もう少し情勢が落ち着いてから、ヴェルニュスに戻ろうと言われていたのだが。

例のごとく、何かを感じ取ったんだろう。

「パッパがそう言うなら、戻るか」

皆、重い腰を上げた。今さら廃墟となった故郷に戻って何ができるというのか。おめおめと生き恥さらした老人。家族を捨てて逃げた人でなし。そう言われるのが怖かった。なぜなら、事実だから。ビクビクしながら戻ったら、意外なほどに明るい雰囲気だった。もっと荒《すさ》んでいるかと思っていたのに。罵倒《ばとう》されることも覚悟していたが、あっさりと受け入れられた。俺たちを知る人はほとんど残っていない。拍子抜けとはこのことだ。

パッパやイローナ様が心酔するご領主様は、若くて元気なお嬢さんだった。挙動がややおかしいことを除けば、ごく普通のお嬢さんだ。

お葬式は思っていたよりずっと、職人たちの心を落ち着かせた。過去の色々な思いは大地の母にぶつけさせてもらった。神に祈ったのは久しぶりだ。

オルガン奏者のゲッツは、誰よりも神に近い仕事をしていた分、受けた傷も大きかったらしい。お葬式でも神には何も祈らなかったようだった。

浴びるほど飲んだ酒を寝る前に吐いた。フラフラで寝床に横たわって意識を失った。

また気持ち悪くなって起きて吐いた。寝ようとしたら、ゲッツが青い顔をして呼びに来た。皆で城壁の上に続く階段をヨロヨロとよじ登った。

朝日を浴びながら、ご領主様が剣を石塚から引き抜いている。何か、理解の及ばないことが起きている。それだけは分かった。

俺はひたすら恐ろしかった。大声を上げて逃げ出したい。でもゲッツにしがみつかまれ、それもできねえ。ご領主様が血を流している。見てられねえ。でも見なきゃなんねえ。

もうやめてくれ、そう叫びそうになったとき、ご領主様から光が放たれた。ご領主様は一瞬、街を振り返ると安心したようにかすかに笑って、倒れた。

どデカいフクロウがご領主様を運んで空を舞う。神話時代の絵のようだ。

皆ハラハラと涙をこぼしていた。この世ならざる、神代の時代を目撃したのだ。ひたすら神に祈りを捧《ささ》げた。

それ以来、職人たちは夢うつつだ。アレを、あの光景を後世に残さねばならない。それをするために、あのとき生かされたのだ。そう分かった。

画家のユーラは、部屋にこもって尋常ではない量の絵を描き連ねている。放っておくと食事も取らないので、俺たちが手分けして世話を焼いている。

オルガン奏者のゲッツは、

「新しい曲が次々と浮かんで、書き留める手が追いつかない」

そんなことを言いながら、書いては弾《ひ》き、弾いては書いている。

革職人のトビアスは、ミリー様が石を手軽に持ち運べる、肩かけカバンを作ると息巻いている。

皆、目が輝いている。

俺だってもちろん、ミリー様の人形を作っている。まずは定番の綿入りの人形。手に魔剣を持たせて、少し凛々《りり》しい顔立ちがよく再現できたと思う。

衣装は脱ぎ着できるようにしたが、肌着はしっかり本体に縫《ぬ》いつけた。アル様の厳しいお顔が頭をよぎったからな。たとえ人形とはいえ、肌を無闇《むやみ》に人目にさらすのはお許しにならないだろう。

次は木彫りだ。フクロウにまたがって魔剣を構える戦乙女《いくさおとめ》のミリー様。木彫りは数種類作った。フクロウの上で立ち上がり、剣を空高く掲げるミリー様が俺のお気に入りだ。

ミリー様は石投げが得意とお聞きする。早く目が覚めて、元気に狩りをしていただきたいものだ。そのお姿を一目見たい。いや、歩いているお姿だけでも十分だ。せめてあの瞳《ひとみ》をもう一度……。

「ヨハン、ミリー様がお目覚めになったらしい」

ゲッツが珍しく大声を出しながら入ってきた。俺たちは肩を組んで歌いながら、城壁を出て石塚に行く。そこには既《すで》にたくさんの領民がいた。皆、花や食べ物を供えて、ミリー様が無事だったことへの感謝の祈りを捧げる。俺もとっておきの酒を注《そそ》いだ。

ミリー様の弟ウィリー様が、俺に弟子入りしたいそうだ。なんてこった。なんてこった。おお神よ。

俺は職人たちから嫉妬《しっと》の目で見られている。

「まあまあ、皆、落ち着きたまえよ」

「むかつく」

「調子に乗んな」

「なんでヨハンなんかに」

「お前ら、よく考えろ。ウィリー様が俺に弟子入りするってことはだ。ミリー様がここにウィリー様の様子を見に来られたりするかもしれないってことだ」

職人たちが途端に姿勢を正す。

「ミリー様がいらっしゃったとき、俺が例えば、ゲオルグのガラス細工に最近いいものができたそうですよ。なーんてオススメすることもできるかもしれない」

「うちにいい酒があったな。持ってくる」

「ゲオルグ待て、賄賂《わいろ》はいらん。俺たち仲間だろう」

「ヨハン、お前っていいヤツだよな」

「まあな。つーことでだ、俺たちが大至急することは、店をキレイに整えることだ」

「そうだな。そして、ミリー様に献上する最上の品を作ることだな」

職人たちは落ち着いた。

ところが、ミリー様のお気に入りの人形が、俺の初期の習作だということが判明した。単体では売れないので、色んな習作を箱に詰めて、ひと箱いくらで大昔に商人に売ったものだ。

こんな偶然があっていいのか。ドキドキしながら、ミリー様の人形を見せていただく。

「これなの。小さいときに行商人から買ったの。ずっと大事にしてるんだー。まさかヨハンさんの作品だったなんてね。すごい偶然があるものだね」

全身が震える。毎日、飽《あ》きもせず人形を縫っていたあの日が、鮮《あざ》やかに蘇《よみがえ》った。貴族向けではない。お金のない平民の女の子にかわいがってもらいたい、そう思っていた。こんなに長い間、大事にされてきたんだね。

涙があふれそうになるのを、舌を噛《か》んでこらえる。

「確かに、私の作った人形です。衣装は違います。ものすごく豪華ですね」

「衣装は母さんが作ってくれたの。それでね、こっちが、アルが作ってくれた人形」

「おお、これは……素晴らしい。ひと針ひと針から愛情が感じられます」

少しイビツだが、丁寧《ていねい》で愛情たっぷりの人形だ。これをアル様が……。すごいな。

「じゃじゃーん、これがアルが作ってくれた人形の家でーす」

「お、趣深《おもむきぶか》い……。時間をかけて、何度も考えてやり直し、試行錯誤《さくご》されているのが分かります。木のひとつ一つにきちんとヤスリがけがされています。万が一にもミリー様の手を傷つけることがないようにとのご配慮でしょう。これを見れば、いかにアル様がミリー様を愛されていらっしゃるか、一目瞭然《りょうぜん》です」

はっ、思わず夢中でしゃべってしまった。後ろでアル様が照れていらっしゃる。失礼ではなかっただろうか。

「わー、やっぱりー。私もそう思ったんだよね。嬉《うれ》しかったんだ」

ミリー様はニコニコされている。アル様が遠慮がちに声をかけてくださった。

「その、僕にも人形づくりを教えてもらえないだろうか」

「はいっ。私でよければいつでも」

「えーいいなあ、私も何か教わりたい」

「ミリー様、ぜひ職人街に足をお運びください。ミリー様にお声がけいただければ、我々はいつでも作り方をお見せします」

「いいの？　邪魔かなーと思って遠慮してたんだよね」

「邪魔などということは一切《いっさい》ございません。いつでも、気が向いたときに、なんなら毎日でもぜひお越しください」

「分かったー」

よしっ。これで皆から嫉妬で呪《のろ》い殺されることはないだろう。

皆からの嫉妬をかわそうとすることに必死だった。王弟と領主の弟に教える重責についてまで、頭が回っていなかった。どうしよう。

石塚にせっせと酒を注ぐ。たーすーけーてー。

37. 選んだ道

「そうか、ヴェルニュスにアルフレッド王弟殿下とご夫人が入られたか」

ラグザル国王ダビドは部下の報告を聞くと、執務室から全員退出させた。

棚の奥からひとつのグラスを出す。血のような赤、手に馴染《なじ》む形、適度な重さ、絶妙な気泡の入り方。ひと目見て気に入ったムーアトリア王国のグラスだ。

このグラスにラグザル王国の酒精の強い黄金色の酒を注《そそ》いで飲むのが、ダビドの密《ひそ》かな楽しみだ。

「何をどう間違ってしまったのだろうな、私は」

＊＊＊

二十年前、ラグザル王国では王位を巡る熾烈《しれつ》な争いが繰り広げられていた。ダビドは長子とはいえ、決して安泰ではない。なにせ、王子八人、王女七人で王位を競うのだ。

「最も国に貢献した者に王位を与える」

ラグザル王国の国是である。

ダビドは焦《あせ》っていた。第三王子が、北の遊牧民族を傘下におさめたらしい。誇り高い騎馬民族で、今まで決して膝《ひざ》を折らなかった。この功績は大きい。

ラグザル王国は少数民族をまとめ、従えることで成長してきた。内政が得意でないため、民の間では王家への不満が渦巻いている。

王家への不満をそらすため、ラグザル王国は常に領土の拡大を図る。敵がいれば国はまとまるし、新しい領土が増えればそこから恩恵が得られる。王家の権威は増し、民は大人しくなる。しばらくの間は、だが。

第三王子を上回る功績を立てなければならない。ダビドはムーアトリア王国の領土を少し削り取れないかと思案する。ムーアトリア王国の工芸技術を手に入れられれば、いまひとつ垢《あか》抜けないラグザル王国の工芸品が洗練されるかもしれない。

何も血生臭い手段を取る必要もない。王族らしく、婚姻《こんいん》によって縁戚関係を結び、穏便に工芸が盛んな領土を持参金としてもらえばよいのだ。

「条件によっては正妃として迎えてもよいな。マリアンヌが猛《たけ》り狂うであろうが、仕方あるまい」

美しいが頭があまりよろしくない妻のことは、考えないようにする。

最低限の兵を連れて、ムーアトリア王国に旅立った。ヴェルニュスでムーアトリア王と交渉するためだ。ムーアトリア王には事前に打診をし、内々で話が進んでいる。現地で詳細を詰め、候補の娘と会うことになっていた。

ヴェルニュスはおかしな空気だった。以前来た時はもっと活気があったが……。精彩を欠く民が目につく。やけに黒衣を着た者が多い。

「誰か亡くなったようだな。この様子だと相当高位の者であろう」

部下に聞き取りに行かせると、しばらくして青ざめて戻ってくる。

「昨日ムーアトリア王が亡くなったそうです……。後継ぎが決まっていなかったため、急ぎ貴族たちが集まり、次期王を今日選挙で決めると」

「なっ……」

通りの真ん中で私たちは絶句した。しばし考えを巡らす。私は決断した。

「この国を取るぞ」

「はい、殿下」

部下たちの目に力がこもった。

この日、この場所にいる。私は神に選ばれたのだ。

兵の半分は街中に残し潜伏させる。残りの兵と、城に静かに入った。堂々と歩けば、誰も止める者はいない。選挙のために貴族が集まっているのだろう。高貴な振る舞いをしているだけでよい。


「失礼いたします。そろそろ選挙が始まります」

召使いが呼びに来た。ご苦労なことだ。

静かに頷《うなず》いて立ち上がる。

「恐れ入りますが、選挙の場では帯剣は許されておりません」

「それは僥倖《ぎょうこう》。ところで、選挙の部屋はどこだったかな？」

「一階の大広間です。私がご案内いたします」

「いや、それには及ばない」

部下が召使いの首を折った。

部屋を出て大広間に向かう。一部の兵には地下の台所に、油と酒を取りに行かせる。

大広間の前には護衛がズラリと並んでいる。

「火事だー」

遠くで叫び声が上がった。護衛が顔を見合わせる。

「君たち、半分ほど行って、火事かどうか確認してきてくれないか」

上位者から命じられることに慣れている護衛は、私の言葉に従い駆け足で立ち去る。

「心配だね……」

「はっ、閣下。すぐに消し止めます」

「頼もしいな。この国の未来を決めてくる。しっかり守っていてくれ」

「はっ、閣下。お任せください」

護衛たちが敬礼をする。それは、最も武器から遠のく姿勢。

部下たちが一気に護衛を切った。

護衛の死体はまとめて小部屋に入れておく。部屋に入ると、貴族たちがあちこちに固まってささやき合っている。

「さあ、選挙を始めましょう。皆さんご着席を願います」

私がにこやかに声を上げると、貴族たちは顔の汗をハンカチで拭《ふ》きながら席につく。

「待て、君は誰だ。見たことがないな」

ひとりの老人が私に問いかける。

「ダビドと申します。次期王を目指しております」

「ははは、大きく出たな。若者はそうでなくてはな」

居並ぶ貴族たちから好意的な笑いが上がる。

「ありがとうございます」

私は机に上がると老人に剣を突き立てる。老人を蹴《け》飛ばして剣を抜き、その勢いで隣の老人もあの世に送る。部下が次々と貴族の首を切る。そこからは、ただの作業だった。

血まみれの剣をカーテンで拭《ぬぐ》うと、城下のあちこちから煙が上がっているのが見える。

「順調だな」

「殿下、城門を閉めましょう」

「よし、合図を送れ」

カーテンを引き裂いて、貴族たちの首に巻きつける。外まで死体を引きずり、石壁にぶら下げて行く。全ての貴族を石壁にぶら下げる頃《ころ》には、城門はしっかりと閉められていた。

難攻不落の都ヴェルニュス。それは中に入って城門を閉めてしまえば、誰も逃げられず、助けも入れない陸の孤島となる。

「女と子どもには手を出すな」

私はそう命じると、後は部下に任せた。

＊＊＊

「お父様、お願いがございます」

四女のルティアンナが真剣な表情で話しかけてきた。私は黙って頷く。

「ローテンハウプト王国の学園に留学させてください」

「なぜだ」

「彼《か》の国は、我が国と違って内政に優れております。それを学びたいのです」

「ふむ」

「我が国はもっと柔軟に、謙虚に他国の文化を学び、取り入れるべきです。ムーアトリア王国という素晴らしい国を手に入れておきながら、何も得ることはなくむざむざローテンハウプト王国に渡してしまいました」

「確かに」

ルティアンナは顔を紅潮させながら、懸命に続ける。

「老人たちは、ラグザル王国こそが至高。他国に学ぶことなど何もない、そう言います。ですが、それは間違いです。今、真摯《しんし》に自国の弱点を見つめ直し対策を講じなければ、我が国は早々に行き詰まるでしょう」

「ほう」

「ローテンハウプトに行かせてください。そこで学び、ラグザル王国をわたくしの手で変えてみせます」

「分かった」

「……え？」

「分かったと言った。留学の手配をしてやる。しっかり学んでこい。ただし、机上の空論にならぬようにせよ」

「はいっ」

ルティアンナの後ろ姿をじっと見つめる。

「私もそうするべきだったのでしょうか……神よ」

長らく祈ることもなくなった神に、久しぶりに問いかける。答えなどある訳もない。血塗《ちまみ》れの王はとっくに神の加護を失っただろう。

ルティアンナが統治しやすいよう、国を整備し直すか。それがせめてもの償《つぐな》いになるかもしれない。

ダビドは赤いグラスを棚の奥に戻した。

38. 最高級の陶石を求めて

元ムーアトリア王国は最南のヴェルニュスから、最北のタへリンまで伸びる長細い国だ。ローテンハウプト王国とラグザル王国の間に位置する。

ローテンハウプト王国にとって元ムーアトリア王国は、侵略拡大を図るラグザル王国の間の壁として、大変ありがたい存在だった。

今パッパはイェルガという陶石の採掘が盛んだった土地にいる。

「この辺りは飢饉《ききん》の影響もほぼなく、住民の数が減っていないはずなのだがすごく寂《さび》れている。ローテンハウプト王国から、主要都市に代官が派遣されているが、まだまだ手が回っていないようだ。

「ラグザル王国も、人手のいる場所では男を生かしていたと聞いたが……。やはり虐殺《ぎゃくさつ》されたのだろうか」

パッパは護衛と共に、小さな食事処に向かった。

「いらっしゃい」

まったく歓迎されてる風でもない態度で迎えられた。

「こんにちは。この辺に来るのは久しぶりです。この店のオススメは何ですかな?」

パッパはニコニコと無愛想な女店員に聞く。

「オススメも何も、うちの店にあるのは、ひき肉団子入りスープ。それだけだよ」

「では、それをふたつ。ビールもふたつね」

パッパは金貨を一枚渡した。

「釣りはいりません。あとで手が空いたときに、この辺りのことを教えてください」

「へえ、おじさん、気前がいいじゃないか。いいよ、どうせ暇なんだ。いくらでも教えてあげるよ」

パッパと護衛は、カチカチのパンをスープに浸しながら食べる。素朴ながら温かく塩気の強いスープは、疲れた体に染《し》み渡る。

女店員は手早く皿やガラスを洗うと、エプロンで手を拭《ふ》いて隣の席に座った。

「で、何が聞きたいの？」

「実は私、ヴェルニュスから来まして。ヴェルニュス出身の人を、どなたかご存知ではないですか？」

「ヴェルニュスに三十歳以上の男はいないはずだけど？」

女店員は不信感をあらわに、パッパの全身をジロジロ観察する。

「私はローテンハウプト王国の商人なのです。ヴェルニュスの新領主と面識があるので、今はヴェルニュス復興のお手伝いをしているのですよ」

「ふーん。……ヴェルニュスって今はどうなってるの？」

「新領主の元で、日増しに良くなっていますよ。手工芸も再開し始めました。人手が足りないのですよ。だから元ヴェルニュスの領民には戻ってもらいたい。それで探しに来ました」

女店員は気乗りしない様子で話を聞いている。

「手工芸って、職人がいなきゃ話になんないだろう?」

「何人か生き残っている職人がいます。彼らを中心に活動を広げています」

「誰? 誰が生き残ってる?」

女店員が急に身を乗り出した。

「靴職人のハンス、金細工師のマルク、すず職人のハモン、革職人のトビアス、ブリキ細工師のギュンター、画家のユーラ、オモチャ職人のヨハン、オルガン奏者のゲッツ、陶磁器職人のボリス、ガラス細工師のゲオルグです」

「少し待ってて、すぐ戻るから」

女店員は店の奥に行くと、ガタガタ音を立てながら階段を登って行く。しばらくすると、やせ細った老婆《ろうば》を支えながら降りてきた。

老婆はぜいぜい言いながらゆっくり歩くと、パッパの前に立つ。じっとパッパの顔を見ると、小さなかすれ声で言った。

「レオさんかい?」

「そうです。レオです。ひょっとして……ボリスの奥さんのターニャさん?」

老婆は涙をこぼしながら何度も頷《うなず》いた。

「ということは、君はリオナか。大きくなったね」

「うっそ、本当にレオさんなの? ええ、どうしちゃったの? あんなキレイなお兄さんが。面影《おもかげ》が無いにもほどがあるよ」

「ははは、色々あったんだよ」

「そうか、そうだよね。二十年もたったんだもんね。で、父さんは、元気なの？」

パッパはかいつまんで、これまでのことを伝えた。三人は、泣いたり笑ったりしながら長い間話し続けた。

「リオナの弟のスタンは北に行ったんだね。確か当時八歳だったかな？」

「そう、スタンは殺されずにすんだ。スタンだけじゃない、生き残った住民はほとんど北に行ったよ。漁港なら仕事があるしね。ここはもうダメだ」

リオナが険しい顔で肩をすくめる。

「どうして？　陶石といえばイェルガじゃないか」

「ラグザル王国のやつらが、陶磁器作るのをさっさと諦《あきら》めたんだよ。だから陶石も必要ないって」

「はあ……だったら何のためにムーアトリア王国を侵略したんだ。まあ、今さら言っても仕方ない」

リオナが冷めた口調でパッパに言う。

「破壊するのは簡単だけどさ、物作りは根気がいるからね。ラグザル王国のヤツらには、根気がないんだよ」

パッパはビールを飲み干すと、両手を軽く打ち合わせた。

「さあ、これからどうしましょうか。ふたりがヴェルニュスに帰るつもりがあるなら、荷馬車を手配しますよ」

「母さんが長旅に耐えられるかな……」

「着いてすぐ死ぬかもしれないけど、死ぬなら故郷で死にたい」

ターニャは弱々しいながらも、しっかりとパッパを見つめて言った。

「なるべく揺れない荷馬車を用意します。ターニャさんはずっと寝てればいい」

「ありがとう、レオさん。こんなところまで探しに来てくれて……。ありがとう」

「こちらこそ、生きていてくれてありがとうございます。私は嬉《うれ》しすぎて髪が増えそうですよ、ははは」

パッパは泣き笑いしながら頭をツルッと撫《な》でた。

「うーん、そうね……。増えるといいね。昔はステキな金髪だったのにねえ」

リオナがしみじみとした口調で言った。

＊　＊　＊

パッパはリオナの紹介で採掘現場の責任者ゴーダーに会った。

「陶石にご興味がおありだとか」

青白い顔をしたゴーダーは揉《も》み手をしながらやってきた。売りたくて仕方がないのが全身からにじみ出ている。商人なら失格の態度だ。

「そうなんですよ。ヴェルニュスでまた陶磁器製作を始めるのです。まだ人手は足りないが、ゆくゆくは二十年前と遜色《そんしょく》ない規模にまで持っていきたい」

「二十年前！」

ゴーダーの声が裏返った。青白い顔に少し赤みがさしている。

「それはそれは、実現すれば素晴らしいことですなあ。いやはや、ここ何十年と景気の悪い話しかありませんでしてね。久しぶりに威勢のいい言葉を聞いて、動悸《どうき》が……。うっ」

「これはいけない。さあ、座ってください。ウィスキーでも少し舐《な》めた方がいい」

ゴーダーは長椅子《ながいす》に横になると、パッパの助けを借りてウィスキーを少し舐めた。

「これまでよく持ち堪《こた》えてくださいました。大変だったでしょう」

パッパは痛ましい表情でゴーダーを労《ねぎら》う。

「そうなんです。全盛期は人であふれたこの街が、今はこんなありさまでしょう。ラグザル王国のヤツらに言われるがまま陶石を掘ったはいいものの、職人がいなきゃ使い道がない。バカな話ですわ。生き残った職人で細々と陶磁器を作ってはいますがねえ……」

「生き残った職人がいるんですね？」

パッパの目がキラリと光る。

「ええ、ラグザル王国も途中で、職人を殺すのは悪手だって気づいたみたいですわ。最初から気づけって話ですけどね。ヴェルニュス以外の土地では、割と男も生きております。私も生かされましたしね」

「それは素晴らしい。職人たちにお伝えください。ヴェルニュスに来てもらってもいい、そこで作り続けてもらってもいい。作品は必ず買いに行きますから」

「それはありがたい。作ったところで売り先がないんで、やる気を失ってる職人が多いんですよ」

ゴーダーが嬉しそうに笑う。

「そうでしょうとも。大丈夫、これから流通網を整えます。元ムーアトリア王国の陶磁器は人気が高い。今でも当時の陶磁器が高値で取引きされています。流通さえできれば、きちんと売れますから。好きな物を作るようお伝えください」

「レオさん……。ありがとうございます。あなたは救世主だ」

「はははは、救世主はヴェルニュスの新領主ミリー様ですよ。さあ、体調が大丈夫なら、陶石を見せてください」

ゴーダーはパッパを倉庫に連れて行く。

「やることないんで、等級ごとの仕分けと洗浄も済んでます。低等石の鉄分も取り除いてます」

パッパは整然と分けられた陶石を見て感激した。

陶石は鉄分含有量が低いほど高級だ。特等石は真っ白で、高級白磁の原料となる。四等石になるとやや赤みのある色合いだ。特等石からできる白磁は、光沢のあるやや青みがかった白色に仕上がり、日の光を通す薄くて繊細な品になる。

各国の王侯貴族に愛用される逸品が間違いなくできる。パッパは白光りする特等石を見て確信した。

「全て買いましょう」

「は、ええ？　えー、特等石を全てということでしょうか？」

「いやいや、全てです。四等石には四等石の良さがあります。庶民向けには強度の強い四等石の方が、使い勝手がいいですからな」

「えええええ、莫大《ばくだい》な金額になりますよ」

「大丈夫です。ああ、ただ、そうですね、一括で購入となるとお互い大変ですよね。ゴーダーさんも継続的に収入がある方が安心でしょう。他の商人や業者の買う分も残してあげないと……。独り占めは陶磁器市場によくない」

パッパはしばらく宙を見ながら考えていた。

「とりあえず、全等級を半分ずつ買いましょう。手付金は、今手持ちの分で」

パッパは金貨のぎっしり詰まった袋を手渡した。

「残りは大至急、部下に届けさせましょう」

「ああああの、そんなに大量の金貨を持って来られると、不安です。盗まれないか心配で寝られなくなります」

「なるほど……。借金がおありならそれを代わりに返済したりもできますが」

「ありますあります」

ゴーダーは金庫の中から大量の借用書を取り出した。パッパはパラパラっと借用書を確認すると、力強く頷いた。

「部下に対応させます。ご安心ください。ゴーダーさんは、採掘業のテコ入れ、陶磁器職人とのやりとりに集中してください。面倒なことは私どもが、ゴーダーさんは物作りです。よろしくお願いしますよ」

「ありがとう、レオさん。よく来てくださいました」

ゴーダーはパッパの手を握って何度もお礼を言う。

「これから忙しくなりますから。しっかり食べて、よく寝てくださいよ。もう少し太った方がいい。そうですね、私ぐらいまで。ははははは」

「が、がんばりますっ」

ゴーダーはたっぷりとしたパッパの腹肉を見て、食事の量を増やすことに決めた。

元ムーアトリア王国の陶磁器文化が新しく花開くまで、あと少し。

39. 祈る人

「ボリスさん、これ」

「デイヴィッド、どこでこれを？」

「散歩してたら道に落ちてました」

「落ちてましたって……。最高級の陶石……」

「これもミリー様の、いや、石の神のお力なのでは？」

ここでは不思議なことが日常的に起こる。なかなかおもしろい。ローテンハウプトでは目に力の入っていなかった職人たちが、ここに来てからは生き生きとしている。

私は職人を見ているのが好きだ。無から芸術を作り出す魔法の手。私たち家族にはないものだ。

その代わり、私たちはいい目を持つ。

父さんはいい目と、必要なときにその場に居合わせる能力がある。イローナは新商品のひらめきがあり、ドミニクは人たらしだ。それぞれ得意分野がある。

私は誰に売れるか分かる目を持っている。仕分けは私の仕事だ。

職人の手が作品に命を吹き込む瞬間を見るのは楽しい。最後のひと削り、追加のひと針、迷いなく加えられるひと筆。職人は完成の瞬間が分かるようだ。終わった、そう聞こえるらしい。

オモチャ職人のヨハンは、ウィリーと一緒に木のオモチャを作っている。ろくろを使って大きな木をグルグル回し、ノミを色んな角度で当てて削っていく。薄い削りカスがハラハラと床に落ちる。

「これで出来上がりだ。こうして薄く切っていくと、牛がたくさんできる。同じ型のモノを大量に作るには、ろくろが最適だ」

ヨハンの説明をウィリーは真剣な目をして聞いている。

「これに彩色する。今日は練習だから、好きなように塗りなさい」

「はいっ」

ウィリーが顔や手に絵の具をつけながら、口を尖《とが》らせて牛を塗っている。

迷いなく塗るんだな。あらゆる牛の模様が頭に入っているんだろう。ウィリーが塗る様子を後ろからそっと見守る。ヨハンも横目でチラチラ見ていたが、満足そうにしている。筋の良い弟子を持てて嬉《うれ》しそうだ。

出来上がった大量の牛を、三人でじっくり眺める。

「ウィリー、いくつか特別な相手に売りたい。取っていいかい？」

私が尋ねると、ウィリーは目を丸くする。

「売れるの、これが？」

「売れるよ。そうだな、これと、これと、あれと。この三つは特別に良くできている。これを欲しがりそうな良家のお嬢さんを知っている。売れたら特別手当てを払うからね」

「どうしてその三つ？　こっちの方が、顔がかわいいと思うんだけど」

ウィリーがひとつの牛を手に取って、私の手の中の牛と見比べる。

「それは、説明が難しいな。多分言っても伝わらないと思うが、この三つは比率が最適なんだ」

「比率？」

「黄金比とも言われている。完璧な調和があると、美しいと感じるんだよ」

「よく分からない」

ウィリーの眉間《みけん》にググッとシワがよる。

「分からなくていい。職人はそんなこと気にせず、好きに作るべきだ。狙《ねら》ってできるものでもないし、狙うとあざとさが出てよくない。気にしないでいい」

「でも、売れるならそこを目指すべきでは？」

なんと言えばよいだろうか。私は少し考えをまとめる。

「実に難しい問題だけど。黄金比は一定の審美眼を持っている人にしか、良さが分からないかもしれない。多くの人は、美しすぎるものには恐れを抱く。少し崩れている方が、愛嬌《あいきょう》があって好かれるんだ。さっきウィリーが言った、顔がかわいい牛もそっちだ。オモチャ店で手に取られやすいのは、その顔がかわいい牛だよ」

「難しいね」

「だからこそ私のような商人の出番だ。職人は気の向くまま、好きなものを作ればいい。その作品を見極め、適切に売るのが私の仕事だ。安心して任せてくれたまえ」

「そっかー。分かった。高く売って来てください」

「任せなさい」

ウィリーがニコニコする。私はウィリーの頭をポンポンと叩《たた》くと、工房を出てまたブラブラ歩き出す。

画家のユーラが、石投げをするミリー様を取りつかれたように素描《そびょう》している。そのふたりを、アル様が微笑《ほほえ》みながら見ている。

アルフレッド王弟殿下。ローテンハウプト王国とラグザル王国での姿絵売上、不動の一位だ。長年にわたって衰えることのない人気。

アルフレッド殿下は黄金比ではない。笑うときに右側の口がやや大きく上がる。鼻もほんのわずか右に曲がっている。だが、それがいいのだ。それこそがアル様の魅力だ。そこがなければ、完璧すぎてここまで人気は出なかっただろう。

黄金比は美しいが記憶に残りにくい。絶妙な揺れ、それが人の目をとらえて離さない魅力だ。

私と母さんは、黄金比だ。美しいが、人間味がない。昔からそう言われてきた。イローナは黄金比ではない。目が大きすぎ、口は口角が上がりすぎている。だからこそイローナはかわいい。人間は人形ではないのだ。愛嬌がある方が人に好かれる。

私と母さんは黄金比を見分けるのが得意だ。小さいときから黄金比の自分の顔を見慣れている、当たり前だ。他の人には簡単ではないらしい、大人になって気づいた。私の目は、この仕事に最適だ。

ユーラが素描を終えて、仕事場から銅板画を持ってくる。ユーラは天才なので、何ででも描ける。

水彩画、油彩画、木版画、銅版画。なかでも、ユーラの銅版画は非常に人気がある。何を刷ったのか興味が湧いて、近寄る。

「ほう、これは。控えめに言って、傑作だな」

私の言葉にユーラが嬉しそうに笑う。

石塚の前で剣を掲げるミリー様の後ろ姿だ。少しこちらを振り返った表情が素晴らしい。朝日と石塚の光の違いがよく表現できている。そばに控えている巨大なフクロウも、神話の一幕のような神秘性を出すのにひと役かっている。

しかし。私はしばし考え込んだ。

私が黙り込んでいる間に、ミリー様を崇《あが》めたてまつるふたりの男の間で、幼稚な戦いが繰り広げられている。

「だから、言い値で買うといっている」

「いえ、原版は売れません」

「この絵を流通させることは反対だ」

「なぜです。全ての民が、ミリー様の神との邂逅《かいこう》を知る権利があります」

ミリー様は何度か口を挟もうとするが、諦《あきら》めたようだ。私の方を見て、助けてほしそうにしている。

「おふたかた、落ち着いてください。私もアル様の意見に賛成です。これは世に流通させるべき絵ではありません」

「デイヴィッド、お前」

ユーラが怒りをこめた目で私を見る。

「この絵は刺激が強い。下手に狂信的な宗教家の目に触れると、とんだ言いがかりをつけられかねない。一見すると、ミリー様を神と持ち上げているように受け止められる」

ユーラが不満そうに口を閉じた。

「だからといって、この傑作を埋もれさせるのも悲しい。どうだろう、教会に飾るというのは？」

「それだ」

アル様とユーラが手を取り合う。

「いや、それこそ不信心だって怒られるよね」

ミリー様の声はそっと聞き流された。

「神に祈る民の絵、とでも下に書いておけばいいのですよ」

私の言葉にユーラが力強く頷《うなず》く。

「実は銅版画はまだまだまだまだある」

「全て飾りましょう」

「そうしよう」

ミリー様を置き去りに、教会での絵の永久展示が決まった。

後日、ボリスの家族がヴェルニュスに到着した。呆然《ぼうぜん》としてへたり込むボリスと、大騒ぎする職人たち。笑い合う領民。

少し離れたところで、静かに祈るミリー様。

ユーラの描いた『祈る人』と『祈りの手』の銅版画は、彼の代表作となり全世界で売れに売れた。

40. 冬を迎える準備

Lady throwing stones

ミュリエルは久しぶりにイローナと散歩している。イローナは何かと忙しくてなかなか、つかまらないのだ。

「最近ゴホゴホしてる人が多いよね」

「夜が寒くなってきたからね。寒くなると、風邪《かぜ》ひくよね」

「温かくして寝るのが一番だよね」

「そうねえ。蜂蜜舐《な》めると喉の痛みにいいって聞くけど」

ミュリエルが難しい顔をする。

「蜂蜜かー」

「そういえば、ここでは養蜂はやらないの？　そんなに難しくないんだよね？　アタシは本で読んだ知識しかないけど」

「うーん。養蜂とキノコには手を出すなって、父さんとばあちゃんが言うんだ」

イローナが大きな目をさらに見開く。

「そうなの？　へーなんでだろう」

「小さい蜂ならかわいいけど、どデカい蜂が来たら対処できんって父さんが震えてた。なんとか仕留めたところで、食べ方が分かんないし。ヤリ損だって」

イローナが顔をこわばらせるが、ミュリエルはそのまま続ける。

「確かに、モソモソしてそうだよね」

「ひっっ」

どデカい蜂を想像してイローナはプルプル震える。

「やっぱりどうせ狩るなら、獣の方がいいもん。虫はさー、ちょっとさー、見た目がねー。きっと食べたらおいしいんだとは思うけど。他に食べるものがあるなら、何もわざわざ虫を食べる必要はないと思うんだよねー。イローナは虫食べてみたい？」

イローナはブンブンと首を横に振る。

「食べたくないっ。アタシは野菜と肉があればそれで十分満足っ」

「でしょー。父さんは虫も食べられるけど、母さんがイヤがるから食べないよ。口からみょーんと虫の足とか出てたらイヤじゃない」

イローナが顔を青くしながら懇願《こんがん》する。

「ミ、ミリー、この話はもうやめよう。ね、砂糖はたくさんあるから、蜂蜜はいらないから」

イローナは必死で別の話題をふる。

「キノコって難しいの？　アタシは買ったキノコしか食べたことないけど」

「キノコは難しいよ。まずさあ、キノコ取りに行くのも大変なわけよ。ばあさんたちが、素手でキノコは触るなってうるさいの」

ミュリエルが眉間《みけん》にシワを寄せて力説する。

「へーそうなの？」

「触っただけで死ぬ毒キノコもあるんだって。だから、キノコ取るときは、手袋して、口に布当てるの」

「そうなの」

「それで、色々よさげなキノコ取るじゃない。で、戻ってキノコ専門のばあさんに見てもらうのね」

「キノコ専門のばあさんがいるんだ」

どんなばあさんだろう、イローナは想像するけどよく分からない。

「そう、半端な知識だと、領民全滅だからね。信頼できる、キノコ道何十年の専門家に見てもらわないと」

「すっごい大変だね」

「カゴに山盛りキノコ取って、ばあさんに見てもらうじゃない。どんどん捨てられるの。とにかく少しでも怪しいと思ったら、ばあさん捨てるから。ばあさんがイケるって確信がもてるキノコって数本なのよ」

イローナはすっかりキノコ狩りに興味を失った。

「ええー割に合わない」

「そうなの、だから誰もキノコ取らないよ。キノコ食べた猪《いのしし》狩る方が簡単だもん」

「そっかー、気軽に八百屋で買ってたけど、キノコって大変なんだね」

「イローナも森でキノコ見つけても、触っちゃダメだよ」

「うん、ひとりで森に行ったりしないし、キノコは触らないから大丈夫」

今度はミュリエルが質問する。

「ブラッドと仲良くしてるの？」

「仲いいよ。ブラッドはアル様にこき使われてるから、あんまり会わないけど」

「そ、そっか。いずれ結婚するんだよね？」

「そうね。母さんが結婚式の衣装を選んでるから、来年じゃないかな。あの人、王都にある全ての衣装を見て選ぶって息巻いてるから」

「へ、へー、それは。終わりが見えないような」

王都にある全てのドレス。目が疲れそうだ。ミュリエルは遠い目をする。

「いいのいいの、母さんは買い物が趣味だからね」

「イローナのお母さんは、こっちに来ないの？　ここらへんが故郷なんでしょう？」

「うーん、母さんは王都が大好きだからなあ。ここが王都並みに栄えたら来るかもしれない。田舎《いなか》はもうこりごりなんだって」

「そっかー、それはまだまだ先だね。あれ、ダイヴァがいる。ダイヴァー」

下を見ながらのんびり歩いていたダイヴァが、ミュリエルの声に顔を上げる。

「あら、ミリー様にイローナ様。お散歩ですか？」

「そうなの。ダイヴァも散歩？」

「はい。最近子どもたちの間で風邪が流行《はや》っているので、なにかいい薬草でも生えてないかと思いまして。石塚のあたりにたまにいい薬草が生えているらしいので」

「へーそうなんだ。私は薬草には詳しくないんだ。ハリーは詳しいから、ハリーに後で聞いてみたら？」

「はい、聞いてみますね」

ダイヴァが薬草を布に包んでポケットに入れる。

「子どもが風邪を引くと親にもうつっちゃうからねえ。困るよね」

「子どもは寝返りが激しいですから。私の息子も小さいときはしょっちゅう、掛け布団《ぶとん》を蹴《け》飛ばしていました。布団をかけ直すために私も何度も様子を見に行って」

ダイヴァが懐《なつ》かしそうに笑う。ミュリエルは不思議に思って聞き返す。

「ん？　このあたりの子どもは掛け布団で寝るの？　寝袋じゃなくて？」

「掛け布団です。寝袋とはどのような？」

「寝袋って、綿入りの袋みたいなの。あったかいよ。私の故郷ではね、赤ちゃんから五歳ぐらいまではみんな寝袋で寝るの。寝相が悪いと掛け布団から出ちゃうからね。イローナは？」

「アタシはずっと掛け布団だったと思うけど。寝袋かあ。そういえば農家とかは、家の作りがちゃちいから、隙間風《すきまかぜ》があるのよね。農家では寝袋で寝てるって聞いたことがあるような。寝袋作ってみる？」

「うん。簡単だから、やってみようか。ワンピースを二枚重ねて中に綿を詰めて、裾《すそ》を全部縫《ぬ》いつけて袋みたいに閉じちゃえばいいだけ。袖《そで》はなくてもいいしね。子どもは寝返りうっても寒くないし、お母さんは掛け布団をかけ直しに行かなくて済むよ。」

子どもたちは相変わらず風邪は引くが、お母さんたちで小さな子どもたちの寝袋がせっせと縫われた。

ミュリエル、イローナ、若いお母さんたちは元気になった。

「夜心配で何度も起きて布団をかけ直してたんです。すぐ隣で寝てるからすぐかけ直せるんですけどね。でも朝まで気にせずぐっすり寝られると、すごく体が楽です」

「よかったねえ」

ミュリエルとイローナはニコニコしている。これからますます寒くなる。領民皆がぬくぬくと寝られるなら、それは素晴らしいことだ。

薪《まき》も十分に乾燥させたものが、城塞内に積み上がっている。ハリソンの指導の元、じゃがいもも順調に育っている。

無事、冬を迎えられそうだ。ミュリエルは少し肩の力を抜いた。最初の冬を、死者を出さずに乗り越えること。それが父さんとばあちゃんから言われた助言だった。そうすると、領民の信頼を得られ、領主としてやりやすくなるらしい。

ハリーにウィリー、故郷の男たちが来てくれて助かった。アルは頼りになるけど、農業や城壁修理は専門外だ。ミュリエルひとりの手では限界がある。

ミュリエルはふと思いついてアルフレッドに声をかける。

「ねえ、アル。冬の間に、書類の書き方とか、確認方法とか教えてくれる？」

「いいよ。そんなに難しくないから、ミリーならすぐできるようになるよ」

「えー本当？」

ミュリエルは信じられない。あまり学業には自信がないのだ。

「一番大事なのは、信頼できる文官がいるかどうかだよ。僕がいちから書類書いたりしないからね」

「そっかあ」

「冬の間に、僕に農業のこと教えてくれる？　春になったら農作業が増えるよね？」

「うん、分かった。農業についてはハリーが詳しいからね。ハリーにも言っておくね」

結婚相手がアルでよかった。ミュリエルはしみじみと思った。

冬はもうそこまで来ている。

41. ランタン祭り

Lady throwing stones

「今日は聖マルタンのランタン祭りですよ」

ミュリエルとアルフレッドが朝ごはんを食べていると、ダイヴァが言った。

「ああ、カボチャ食べる日だね？」

「カボチャは、王都では食べないなあ」

今日はイローナとブラッドも一緒に朝ごはんを食べている。都会育ちの三人は、カボチャは食べないようだ。

「カボチャくり抜いて、中にロウソク入れて、子どもたちが家を回る日だよね？ お菓子くださーいってやる日だよね？ くり抜いたカボチャが大量に出るから、しばらくカボチャづくしなんだよねえ」

「へー、王都ではランタンは親が作ったり、買ったりだね。カボチャは使わない」

イローナの説明にミュリエルは目を丸くする。

「ヴェルニュスではどうなの？」

ブラッドがダイヴァに聞く。

「ヴェルニュスでもカボチャは使いません。代々家に伝わるランタンを使います。お菓子くださいって子どもたちが家々を回るのは、同じです。そのあと、人型のパンとガチョウを食べます」

「王都では人型のパンは食べるけど、ガチョウは食べないな」

ブラッドが興味深そうに言う。

「アルはどうだった？」

黙って皆の話を聞いているアルフレッド、ミュリエルが聞いてみる。

「聖マルタンの日は家族で一日行動を共にする日だった。朝から教会で、秋の恵みに感謝の祈りを捧《ささ》げる。その後は、孤児院や病院などを慰問する。聖マルタンという聖騎士が、貧しい人に自分の着ていた赤いマントを半分に切って渡したという逸話が元になった祭りだから」

そういえばそうだった。父さんが農耕馬に乗って、赤いマントを民に渡す一場面を楽しそうにやってたっけ。ミュリエルはカボチャに追いやられていた大事な逸話を思い出した。

「夕方にはバルコニーに立って民に挨拶《あいさつ》。夜は窓越しに、子どもたちがランタンを持って、街を歩くのを見ていたよ。聖マルタンの日は、父上と母上と長く一緒に過ごせるから好きだったな」

静かに微笑《ほほえ》むアルフレッドを見て、ミュリエルは胸を締めつけられる気がした。距離の遠い親子だなあとは思っていたけど……。王族って大変だな。

「じゃ、じゃあ、今日はヴェルニュスと王都とうちの故郷の伝統を混ぜて、みんなで楽しもうね。アルと私はカボチャのランタン持って、子どもたちとお菓子くださいって回ろう。きっと楽しいよ」

ミュリエルはフクロウにガチョウを獲ってきてと頼む。地下の貯蔵庫から手頃《てごろ》なカボチャを持ってきた。

台所に寄って、カボチャを切るための長いナイフを貸してもらう。

「カボチャは硬いですから。私たちが穴をあけましょうか？」

「大丈夫、慣れてるからね」

心配する料理人たちをなだめつつ、大きな鍋にカボチャとナイフを入れて運ぶ。

食堂には話を聞きつけた子どもたちが集まっている。ハリソンがたくさんカボチャを持って来てくれた。

「せっかくだからみんなでやろうか。楽しいよ。でもカボチャは硬いからね、気をつけるんだよ。ハリー、みんなに見本見せてあげてよ」

「いいよー。カボチャの上のヘタ部分は硬いからね、底を開ける方が簡単。底に丸くナイフで穴を開けるんだけど、いきなりやっても無理だからね」

ハリソンはカボチャの底に何箇所かナイフを刺す。

「ナイフをまっすぐ刺しこむだけ。それなら難しくないでしょう。開けた穴同士をつなぐように切っていくと簡単に穴が開くよ」

アルフレッドと子どもたちが危なっかしい手つきでカボチャに穴を開けるのを、ミュリエルとジャックはハラハラしながら見ている。ハリソンはのほほんと笑っている。

「みんな、初めてにしては上手だよ。僕なんかよく手を間違って切ったもんね。穴開けられた？底の部分にはあとでロウソク乗っけるから、捨てないでね」

ハリソンが皆のカボチャを見て回る。

「次はスプーンで中身をくり抜くんだよ。中身は後で食べるから、鍋に入れてね」

ハリソンがみんなにスプーンを渡す。

「中身がくり抜けたら、目と鼻と口を開けよう。好きな形にしたらいいよ」

ミュリエルはこの工程が大好きなので、さっさと穴を開ける。

「できたー。すっごいかわいいー」

ミュリエルが力作のカボチャを皆に見せびらかす。皆固まって、何も言わない。

「あれ、よくできたと思うけど。かわいくない？」

「か、かわいくはないけど。すごく強そう」

「泥棒よけによさそうです」

「悪霊も裸足で逃げ出すわね」

ブラッドとダイヴァはためらいがちに、イローナはばっさりと割とひどいことを言った。

「ほら、みんなに気をつかわせちゃダメだよ、ミリー姉さん。姉さんのカボチャはいつも禍々《まがまが》しいんだよね。性格が出るのかな」

ハリソンの言葉に皆が遠慮がちに笑う。ミュリエルはハリソンのこめかみを両手でグリグリする。

「痛い痛い。でも、悪霊を追いやって、秋の収穫を祝うんだから、ミリー姉さんのカボチャが由緒正しいカボチャだよ。さすが姉さん」

「ま、まあね。ほら、かわいいだけだと悪霊を祓《はら》えないから。ふふっ」

ミュリエルは分かりやすく機嫌を直した。

「できた」

皆の会話に混じらず、一心不乱にカボチャをくり抜いていたアルフレッドが誇らしげにカボチャを見せる。

「か、かわいい〜」

「これ、売れるわ」

「悪霊に連れ去られそうな愛くるしさ」

「やっぱり性格が出るんじゃ」

ハリソンの頬《ほお》をミュリエルがぐいぐい引っ張る。

底の部分にロウソクを置いて、カボチャにはめこみ、持ち運びしやすいようにヒモをかければ完成だ。ミュリエルの強そうなカボチャと、アルフレッドのかわいらしいカボチャを並べて置く。

アルフレッドが嬉《うれ》しそうなので、ミュリエルはやって良かったなと思った。

「カボチャは小麦粉を混ぜて、人型に焼いてもらおうね。石塚に捧げたら、大地の神が喜ぶよ」

ダイヴァがミュリエルの言葉に頷《うなず》き、カボチャの中身を鍋に集めると台所に持って行く。既《すで》にクッキーは小分けにしてあるし、小麦の人型パンも焼き終わっている。でもカボチャの人型が増えれば子どもたちは喜ぶだろう。ダイヴァは料理人たちにカボチャを渡して、ミュリエルの言葉を伝える。

料理人たちは小麦粉を取って、ニコニコと請け負ってくれる。

夜になるとカボチャのランタンに火を灯《とも》し、子どもたちと歌いながら歩く。

『ランタン、ランタン。お日様、お月様、お星様。燃え上がれ、燃え上がれ。私の大事なランタン。ランタン、ランタン、ランタン。お日様、お月様、お星様。暗くなれ、暗くなれ。とてもキレイね、ランタン。ランタン、ランタン、ランタン。お日様、お月様、お星様。消さないで、消さないで。あなたの顔が見えない。ランタン、ランタン、ランタン。お日様、お月様、お星様。明るいね、明るいね。いつでもそばで照らしてね』

「ランタンを持って歩くのは初めてだ」

アルフレッドは楽しそうにミュリエルの手を握ってゆっくり歩く。

「私たちの子どもには色々なことをさせたいな」

ミュリエルはアルフレッドを見て小さな声で優しく言う。

「そうだね……。僕は自分の子ども時代が不幸だったとは思ってないよ。ミリーは心配してくれてるみたいだけど」

「あ、そうなの、ごめん。寂《さび》しかったのかなって勝手に思っちゃった」

ミュリエルは慌《あわ》ててワタワタした。

「僕にとってはあれが普通だったから。父上と母上にはあまり会えなかったけど、兄上がいたし、それにジャックもいたし」

「そっかあ」

「ミリーの家族を見ると、こういう家族もいいなあとは思うけどね。だからといって、自分が不幸だとは思ってないよ。ミリーもそうでしょう?」

「ん?　何が?」

「ミリーは、砂糖はほとんど食べられなかったし、裸足だったよね。でも、それが普通だった。不幸だとは思ってないでしょう?」

「うん、確かに。他に楽しいことがいっぱいあったからね」

「それと同じ。僕も家族の距離は遠かったけど、でも愛情は感じたし、幸せだったよ。心配しないで」

「そっか、そうだよね。なんか、ごめんね……」

「謝らないで。ミリーに心配されると嬉しい」

アルフレッドの笑顔にミュリエルの心配が消えてなくなった。

石塚の近くで焚《た》き火がパチパチと音を立てている。お菓子も人型パンもカボチャパンも用意されている。ガチョウは台所のかまどで焼くと、油の掃除が大変らしいので、焚き火でこんがり焼かれている。


皆で石塚に捧げ、今年の豊作への感謝と、来年の収穫へのお願いをお祈りする。

アルフレッドのことをもっと知りたいな、ミュリエルは焚き火を見ながら思った。

42. ラウル・ラグザル第一王子

Lady throwing stones

アルフレッドとミュリエルの結婚話が、各国に伝わっていく。

「ローテンハウプト王国のアルフレッド王弟が結婚しただと？」

「はあっ？　相手が男爵令嬢？　魔女か？」

「ヴェルニュスを夫妻で治めるだと、なんだそれは」

「相手はどんな女性だ」

「森の娘？　森に住む女性のことか？　エルフ？」

尾ひれはひれをつけまくって、もはや原形をとどめていないウワサがどんどんと。

少しの真実に、好き勝手な憶測がまぶされ、ミュリエルの評判は各国で雪だるま式に膨れ上がっていく。

「魅了魔法を使う、エルフだとか」

「いや、狩猟の女神のような、狩りの名手だそうだ。馬の上に立ち上がり、弓を射るとか」

「生まれてから花の蜜しか口にしていない、たおやかなご令嬢だそうで」

「どのような動物も従属させてしまう、動物使いだそうだ」

「滅亡寸前だったヴェルニュスを、数日で立て直したらしい」

「奇跡ではないか。神の御使《みつか》いとは誠のようだ」

もはや、ミュリエルのかけらも残っていない。


そして、色んな欲望が好き勝手に渦巻いている。

「お近づきになりたい」

「御子《みこ》が生まれたら、縁づかせたい」

「留学は受け入れているのかしら？」

「まずは視察」

「せめてお茶会」


中には、邪《よこしま》な悪だくみを考える大人たちまで。

「強い力を持つ森の娘か。欲しいな」

「私より神に近い存在など不要」

「ローテンハウプト王国を揺るがすには、その娘が邪魔だ」


ラグザル王国では、ダビド王が腕組みをして考え込んでいる。

「ヴェルニュスを立て直した手腕を知りたい。そうだな、ラウルを行かせるか」

ダビドの一声で、第一王子ラウル・ラグザルのヴェルニュス留学が決まった。ミュリエルもアルフレッドもあずかり知らぬところで、勝手に。無茶苦茶だ。

速やかに、離宮からラウルが呼ばれた。

「父上、お久しぶりでございます」

まだ幼さの残る、利発そうな少年王子は、父王をまぶしそうに見上げる。

「ラウル、ローテンハウプト王国のヴェルニュスに行ってこい。そこで、内政について学んでくるのだ」

「はいっ、父上」

ラウルは目を輝かせた。ずっとラグザル王国の離宮に暮らしていた。王都から出るのは初めてだ。初旅行がいきなり外国、しかも重大任務を負っている。すごい。

「ヴェルニュスで内政を学んで、立派な王になります」

「うむ、期待している」

たくさんの護衛に囲まれて、それでもひっそりと、ラウルは王都を出発した。血で血を洗う王位継承争いが常であるラグザル王国。第一王子とはいえ、母は側妃でたいした後ろ盾《だて》のないラウル。目立っていいことは何ひとつないのだ。

王家の豪華な馬車ではなく、商人が使う庶民的な荷馬車の中から、ラウルはこっそりと外の景色を見る。美しく整えられた離宮の庭園とは違う、そのままの、むきだしの自然。ラウルの細い胸がドキドキととどろく。

「冒険の始まりだ」

ラウルは近くに置いていた布カバンから、本を取り出す。厳重に、大切に、汚さないようにしっかりと布で巻いた本。ラウルのお気に入りの、初代ラグザル王の伝記だ。もう何度も繰り返し読んで、すっかり諳《そら》んじている。

「初代ラグザル王も、初めて冒険に出かけるときは、こんな気持ちだったのだろうか」

ラウルはゆっくりと本をめくっていく。そして、しばらくして後悔した。

「う、うえーーー」

「殿下、荷馬車に乗りながら本を読むのはおやめください。酔います」

「す、すまぬ。う、うえぇー」

侍従がラウルの背中を何度もさする。何度も口を水でゆすいでラウルは少し元気を取り戻した。

「皆、すまなかったな」ラウルは屈託なく、護衛たちに声をかける。

王族から気軽に声をかけられることなどない護衛たち。少しとまどったが、もちろん悪い気はしない。王子とはいえ、王位争いから遠い、パッとしない王子と評判だったが。馬車酔いして吐くのはどうかと思うが、性格は悪くなさそうだ。護衛たちのラウルへの評価が少しだけ上向いた。

その後、ラウルは本をカバンにしまい、大人しく景色を見て過ごす。見るもの聞くもの、なにもかも初めてなのだ。ワクワクが止まらない。

畑を耕す農民、かけっこしている子どもたち、きらめく小川、豊かな緑色がまぶしい森の木々、群れで飛ぶ鳥たち。

「領主のミュリエル女辺境伯、婿《むこ》入りした王弟アルフレッド殿下。どのような方たちだろう。突然行って、受け入れてもらえるだろうか」

ラウルは少し不安になった。離宮に閉じこもって、社交も外交もほとんどしたことがない。隠されるように生きてきた。

「初代ラグザル王は、どのように挨拶《あいさつ》されていただろう」

諳んじている伝記の内容を思い出してみる。どんな場面でも臆することなく、堂々とした初代王。

「舐《な》められると、やられる。そう書いてあった。そうだ、ラグザル王国の第一王子が舐められる訳にはいかない。しっかりと、威厳たっぷり」

威風堂々、それでいこう。ラウルは決めた。初代ラグザル王にならうことにしたラウル。


護衛たちとは国境沿いで別れ、侍従とふたり、ひっそりとやってきたヴェルニュス。今後の成長を見越して少し大きめに作られた正装に身を包み、準備万端。

ラウルは初対面のミュリエルに、渾身《こんしん》の挨拶をかました。

「余はラウル・ラグザル、ラグザル王国の第一王子、十二歳じゃ。しばらくここで世話になる。苦しゅうない」


さあ、この若殿をどうする、ミュリエル。

番外編1. ミリーのじいちゃん

Lady throwing stones

ダグラス・ゴンザーラ。ロバートの父で、ミリーの祖父。最愛のメリンダに婿入《むこい》りしてから四十年弱たつ。大体ずっと貧乏だったな。ミリーのおかげで、急に金に困ることがなくなって、浮き足だったりもしたもんだ。

「なあ、メリンダや。新しい投石機買うかい？　ちょっと改良すれば、連投できそうなやつがあるらしい」

「浮かれてんじゃないよ、ダグラス。そんな修理の面倒そうなもの、本当に必要か？」

メリンダにギロリとにらまれ、体が震える。ちょっと怒っている風のメリンダは魅力的だ。ただし、本気で切れてるときは別だけどな。

メリンダに惚《ほ》れたきっかけは、学園の剣術の時間だった。メリンダは裸足で現れた。

「ブカブカの靴では踏ん張れないから」

ひょうひょうと、悪びれず、恥ずかしがることもなく、木剣を持って立っていた。メリンダは金がなかったから、靴も誰かのおさがりで、足に合ってなかったらしい。

メリンダの剣は、めちゃくちゃだった。意表をつき、隙《すき》をつき、そして容赦《ようしゃ》のない突き。なんでもあり、勝てばいいんだろう。そう言ってるみたいだった。

「そなた、なんだその剣は。無茶苦茶ではないか」

ヴィルヘルム王子がせせら笑った。

「それがなにか？　魔獣を屠《ほふ》るための剣だ。生き残るのに、美しさなんていらない」

ひゃー、メリンダ。その人、王子だよ。分かってる？　みんなが遠巻きに見ながら青ざめた。きっと王子って知らないんだよ、誰かこそっと言ってやれよ。ザワザワしながら、様子をうかがっているうちに、話がドンドン進んでいく。

「では、手合わせしてみようではないか」

「いいよ。でも、容赦しないよ」

ふっ　ヴィルヘルム王子は笑って答えない。王国の頂点にいる美形の王子。上質な騎士服、優美な金の長い髪、爪の先まで整えられた美しい手、磨《みが》き上げられた革靴。頭の先から爪先まで、金と人の手のかかりまくった王子様。

かたやメリンダ。長い茶色の髪を無造作に頭の上でひとつ結びにしているが、とても手入れが行き届いているとは言えない感じだ。平民の仕事着のような簡素な服。色んなところにつぎが当たっている。貴族女性とはとても思えない、野性味あふれる姿。

メリンダの意志の強い緑の瞳《ひとみ》が、ヴィルヘルム王子の冷たい碧眼《へきがん》を見つめる。

余裕の態度で、ヴィルヘルムが木剣を打ち込む。メリンダは軽くいなすと、クルッと頭を動かし、長い髪でヴィルヘルムの目を叩《たた》く。

なっ　ヴィルヘルムは目を手で押さえて後ずさった。メリンダはヴィルヘルムの腹に蹴《け》りを入れる。ヴィルヘルムが腹をかばって頭を下げた。メリンダは無造作にヴィルヘルムの金髪をつかむと、顔を殴る。

「そこまでっ」

教師が割って入った。

「メリンダ、それは剣術ではないぞ」

教師がメリンダをヴィルヘルムから引きはがす。メリンダは厳しい目つきで、木剣をヴィルヘルムに突き立てた。

「将来国の頂点に立つのに、そんな教本通りの剣術でやっていけると思っているのか。あんたが負けたら、民全員が奴隷になるんだ。腑《ふ》抜けてる場合か。強くなってくれ、頼むよ」

ヴィルヘルムは黙って、ただメリンダを見つめた。

その日から、メリンダを口説くヴィルヘルムの姿が見られるようになった。俺は焦《あせ》った。王子にメリンダをとられる。必死で情報を集めた。

「え、マジで。ダグラス、メリンダ狙《ねら》ってんの？　ウケる」

「あれを嫁にするって。ダグラス、根性あるな」

「ていうか、ヴィルヘルム王子と争う気？　正気？」

同級生たちには呆《あき》れられたが、本気も本気。だって、あんな美しい戦乙女《いくさおとめ》、他にはいない。踏まれたい、殴られたい。いや、夫になりたい。メリンダのそばで一生過ごしたい。

「とにかく領地が貧しいから。持参金が必要っぽいぜ」

「あと、手に職がある男がいいって」

「よく働く男がいいとか」

「書類仕事が得意なのもありって」

俺は親に泣きついた。

「惚れた女性のところに婿入りしたい。ありったけの持参金をください」

親は呆れたが、必死で金を集めてくれた。俺の領地も、それほど豊かではないからな。俺の領地は、武器や道具を作る職人が多い。それらを他領に売って儲《もう》けている。


俺も、武器を改良するのが好きだ。体力にも自信がある。

俺は、自作の武器を袋に詰め込んで、メリンダに告白した。

「メリンダ。俺を婿にしてください。持参金はできる限り用意する。体は丈夫だし、しっかり働く。書類仕事も覚える。俺は武器を改良するのが得意だ。これが今まで改良した武器」

まっすぐ俺を見るメリンダの緑の光に体がゾクゾクする。

「これ、足弓。飛距離が長くて威力が強い。弓をつがえるのに力がいるのがちょっと難点なんだけど」

メリンダは足弓を手に取り色んな方向から真剣な目で見る。

「普段使いには難しそうだ。それに、高そう」

「そ、そうだね。えーっと、次はこれ。連接棍棒《こんぼう》。小麦を脱穀するときに使う竿《さお》を改良したんだ。大釘《おおくぎ》のついた鉄球を鎖の先につないで、片手で使えるようにしたんだ」

「エゲツないな。これは接近戦で使えそうだ」

メリンダが興味深そうに連接棍棒を持って振っている。

「メリンダは石投げが得意って聞いてさ。色んな投石器も作ってみたんだけど」

「見せて」

メリンダがすっごい食いついた。近くに寄られてドキドキする。

「布とヒモが一般的だから、色んな種類を作ってきたよ。長さによって飛距離が変わる」

「うちの領地にも似たようなのあるけど。これは使いやすそうだ。これ、もらってもいい？」

「もちろんだよ。全部贈り物だよ」

俺は全ての武器をメリンダに捧《ささ》げた。メリンダは引きつった表情で、ありがとうとつぶやいた。

「あと、この花、メリンダに似合うかなと思って」

俺は最後に、野原で摘んできたひまわりの花束《はなたば》を渡した。メリンダはそこで初めて笑顔を見せた。

「か、かわいい」

「は？」

「俺と結婚してください。メリンダ、好きだ」

俺は必死で頭を下げる。

「いいよ」

「えっ？」

メリンダがひまわりに顔を埋《うず》めて、少し照れくさそうな顔をする。

「婿に来てよ。貧乏暮らしになるけど」

「やったあ！」

俺は飛び上がった。それから、結婚の約束をして、メリンダはさっさと領地に帰った。俺は、書類仕事を覚えるために学園に残り、必死で勉強した。卒業してすぐ、メリンダの領地に行ったんだ。

ロバートとギルバート、ふたりの息子に恵まれた。婿入りしてから、毎日メリンダに花を捧げている。冬はさすがに無理だけど、毎日散歩して、花を摘んでメリンダに渡すんだ。

メリンダの笑顔を見たいからね。

番外編2. ミリーのばあちゃん

Lady throwing stones

「やってしまった。これは明日にも処刑かもしれない。どうしよう、隣国にでも逃げるか。いや、そしたら家族を殺されるかもしれない」

メリンダは下宿先の小さな部屋をウロウロしながら考えている。

「短気は損気って、母さんに言われてたのに。またやってしまったーーー」

メリンダはバリバリと髪の毛をかきむしる。

「王家に歯向かうなって父さんに言われたのに。どうしよう」

あろうことか、ヴィルヘルム第一王子をボコッてしまった。ヤバい、ヤバすぎる。


いい服着てんなあー、さすが王子。税金ジャブジャブ。元々はそれぐらいの感情だった。王族だもの、着飾るのも仕事だよねって。

でも、一緒に剣術の授業を受けるうちに、イライラが募っていった。型通り、お手本のような美しい動き。基本はもちろん大事。基礎がなってないと、無茶苦茶になる。でもだからって、ずっとお手本通りでは、強くなれない。柔軟に、色んな戦い方ができないと、生き残れない。

魔獣は、はいせーのって、規則に則《のっと》り攻めてきたりしない。臨機応変、先を読み、敵を読み、動きを読み。先手を打たなければ、自分か民が死ぬ。

「この王子様、人も動物も、間近で死を経験したことないな」

メリンダは思わずポツリとこぼしてしまった。

「辺境は、俺たちが守ってるからな。王都にいりゃ安全だろ。ヒリヒリする緊張感のある環境にいないと、ボヤーッと生ぬるく育ってしまうさ」

隣にいる辺境の出の男子学生が、ポツリと返した。ふたりとも、そこで会話は終わった。不敬罪でつかまったら大変だから。

王都にいれば、安全だろう。たくさんの貴族、近衛《このえ》、騎士たちが、ガッチリ王家を守っている。

一方、辺境の地に生きる者は、魔物との戦いが日常茶飯事。

他国と国境を接する地はもっと大変だ。腑《ふ》抜けたツラをさらしたら、舐《な》められ、下手したら乗っ取られる。

毎日激しい訓練を繰り返し、屈強で獰猛《どうもう》な、鍛え抜かれた戦士が、国境沿いに立つ。威嚇《いかく》し続けないと、何があるか分からない。

血気盛んな若者同士が、ぶつかることもある。下手したら戦争だ。上同士で話をつけ、穏便におさめる。王都には、軽い接触あり、ぐらいの報告だ。

メリンダの領地は、幸い国境沿いではない。国境近くの領地の子どもたちと、学園で話すことがあるので、苦労はよく知っている。

「もちろん守るけどさ。民を守り、領地を守り、国を守る。せめて王族は、守りがいのある人物であってほしい」

それが辺境の地に生きる者たちの本音だ。あれは、守りがいのある人物なのか？　メリンダには、まだ分からない。おキレイで、いつもシュッとしてて、優雅でお高い感じの王子様。

下級貴族や平民を見下している様子はない。でも、視界にも意識にも入ってないって感じはする。その辺の雑草を素通りする目だ。分かってるのか、王子様。民の大半は名もなき草なんだぞ。

メリンダはモヤモヤする。そのモヤモヤが、ついウッカリ……。


「あああぁーーーー」

メリンダが叫んだとき、扉が叩《たた》かれた。

「メリンダ、ヤバいよ。身分の高そうな人が来てる。何したんだ」

慌《あわ》てて扉を開けると、下宿のオヤジが青ざめている。メリンダは急いで一階の玄関に向かった。

げえっ、掃き溜《だ》めに、宝石みたいな王子ー。護衛を連れたヴィルヘルムが、所在なさげに立っている。顔には青アザ。ヴィルヘルムは、メリンダを見て、パアッと笑顔を浮かべた。

「メリンダ。もしかして、剣術のことを気にして、逃げ出しているんじゃないかと心配で。来てしまった」

王子、来てしまうんじゃねー。どこに通せばいいんだ。客室なんてねーぞー。下宿のオヤジとサッと目を合わせ、仕方なく食堂に案内する。

その日から、せっせと口説かれてる。意味が分からない。

「殿下、私は領主になる身です。殿下とは結婚できません」

ずっとそれの一点張りで断ってる。が、ヴィルヘルム、しつこい。

「あー、ダグラスが強行突破してくれてよかった」

ダグラスと結婚の約束を交わし、とっとと領地まで戻ってきて、メリンダはやっとひと安心だ。このままだと、婿《むこ》が決められず、なし崩し的に側妃にされるところだった。だって、王子が口説いてる女なんて、誰も怖くて近づけない。危ないところだった。


貧乏領地での生活。ダグラスはすぐ溶け込んだ。ロバートとギルバートも生まれ、なんて完璧な人生、そう思っていた。

な、なんと、さらに幸せになれるなんて。ロバートが連れて帰ったシャルロッテが、むっちゃくちゃかわいいんですけどーーーー。

実はメリンダ、かわいいものが大好き。王都で見たお人形、買いたかったなーってずっとウジウジしていた。もちろん、お金がないから諦《あきら》めたわけだが。

ところがところが、お人形そっくりの、美しいお嫁さんがー、貧乏領地にー、ひえー。

フワフワの柔らかそうな金色の長い髪。真っ白な肌。青空みたいな目。ほっそり優美でたおやかな姿。上品で優雅な所作。ひゃー。

「お姫さま、来ちゃった」

メリンダのつぶやきに、同じくかわいいものが大好きな女たちが、ゴクリとつばを呑《の》む。皆で手をつないだ。支え合わないと、興奮で叫んでしまうかもしれない。

「初めまして、お義母さま、お義父さま。シャルロッテと申します。突然来てしまって、申し訳ありません。今日からお世話になってもよろしいでしょうか」

「よっ、喜んでー」

メリンダ、うわずって甲高《かんだか》い声で叫んでしまった。ロバートがゴホッと咳払いする。

「だから言っただろう。うちの親は大丈夫だって」

「よかった。厚かましい嫁だって思われないか、ずっと心配しておりましたの」

緊張から解かれたのか、笑顔を見せるシャルロッテ。

「かっ」

かわいい。メリンダはじめ、全ての領民が同じ思いを、腹の中に呑み込んだ。変なヤツらと思われては困る。

「ロバート、よくやった。でも、あんなお姫さまが、うちみたいなところで暮らしていけるかね」

メリンダは隙《すき》を見て、こっそりロバートに尋ねる。

「分からん。いざとなったら、実家に戻ってしまうかもしれない」

「そうだね。そうなっても泣かないように、今から覚悟しておく」

嫁バカなふたり、まだこの幸運がいまいち信じられない。手放しで喜んで、あとで泣くのは辛《つら》い。もしかして、いつの日か、心の隅《すみ》に覚悟を隠して過ごすことにする。

シャルロッテは、意外と強かった。翌日から、靴を脱いで、決意に満ちた表情で宣言する。

「わたくしだけ、靴を履いているのもおかしいではありませんか」

「うっ、でも。足が痛くなってしまう」

「すぐ慣れます」

裸足のシャルロッテ。石の上で、健気《けなげ》に微笑《ほほえ》む姫。

メリンダ、マジ泣きである。さっと部屋に駆け込んで、衣装棚に隠れて泣いた。

「私が不甲斐《ふがい》ないせいで。お姫さまの足の裏が傷だらけに」

追いかけてきたロバートが衣装棚をガラッと開けて、コンコンと説得する。

「母さん、泣くなよ。シャルロッテはここに溶け込もうと必死なんだから。笑って受け止めてあげて」


しばらくして、シャルロッテがみごもった。メリンダと領民は神に祈りを捧《ささ》げた。

「父なる太陽、母なる大地。我ら大地の子。シャルロッテが母子ともに無事に、元気な赤子を産みますように。シャルロッテがずっと、ゴンザーラ領にいてくれますように」

姫が、姫そっくりの赤ちゃんを産んだ。

「かわいいーーー」

領民が雄叫《おたけ》びをあげる。もう、隠さなくても大丈夫。シャルロッテは、姫は、ここに骨を埋《うず》めるつもりらしい。やっと捨てられる恐怖から解き放たれたメリンダと領民たち。思う存分、愛を注《そそ》ぐ。

そして、第二子のミュリエルである。皆からの愛を受け、自己肯定感の強い、たくましい少女に育った。王都に行って、王弟をつかまえ、サイフリッド商会とつながり、ゴンザーラ領に富と靴をもたらした。

領民は、いつでも靴を履けるようになった。木登りするとき、靴が邪魔になるので、履いていない者も多いが。とにかく、履けないのと、履かないのでは大違い。

メリンダは嬉《うれ》しそうに、靴を履いたシャルロッテに言う。

「シャルロッテ、長い間、苦労させて悪かったね」

「あら、そんなこと。毎日楽しくて」

うちの嫁がかわいすぎる問題。メリンダはもだえながら、ロバートに報告する。

嫁バカふたり。ゴンザーラ領は平和である。

番外編3　マリーナの奮闘

ミリーが生まれてから、私はしばらく不安定だったらしい。母にそっくりな私は、父に溺愛《できあい》され、領民からは蝶よ花よと育てられた。

ミリーが生まれたとき、領地はお祭り騒ぎになったんだって。待望の森の娘だったから。皆の関心がミリーに集中し、母は赤子のミリーにつきっきり。私はいじけ、随分《ずいぶん》と泣いたそう。もちろん、覚えてはいないけれど。

でも、しばらくして落ち着いたそうだ。父と母がなるべく私といてくれるようにしてくれ、徐々に私がミリーをお人形のようにして遊び始めたと聞く。

五歳頃《ごろ》からうっすら記憶があるけれど。そのときは、私はミリーも弟たちも大好きだった。もちろんケンカはたくさんしたけど。たいがいは、食べ物が原因だったような。

繁殖期の雄鹿のように頭を突き合わせ、朝のオンドリのようにけたたましくわめき、子犬のように絡まり合って転がっていく弟妹たち。

仲裁役はいつも私。最初は優しく諭《さと》しても、聞きやしないので、最後は叫ぶことになる。

「もう、いい加減にしなさーい」

そうすると、ピタリと止まる。私、怒ると涙目になるんだけど。あの子たちは、私の涙に弱いみたい。

「ねーたん、なかないで」

カタコトの下の弟に、ヒシッとしがみつかれたわ。

「ハリーのせいで、マリーねえさんないちゃった。ハリーのバカバカ」

「ちがう、ミリーねえさんのせい」

くだらない言い合いがまた始まる。

「もう、やめてよー」

それでやっと終わる。みなが必死で私の機嫌を取ってくる。

「ねーたん、おはなとってきてあげる」

「えほんよんだげる」

「木イチゴの甘いの見つけたよ」

「宝物のセミの抜け殻あげる」

「じゃあ、僕はヘビの抜け殻」

「いや、いいから。さあ、ジャガイモ茹《ゆ》でてあげる。みんなで食べましょう」

そう言うと、安心して私にまとわりついてくる。単純な子たちだ。

かわいいけれど、とてもやかましい弟妹たち。あの子たちと離れ、王都の学園に行くことになったときは、正直嬉《うれ》しかった。ひと足早く大人になったみたい。都会で、靴を履いて、オシャレな女の子とお友だちになって。素敵な男子と知り合って。

夢いっぱい、ちょっぴり不安に震えながら王都に行った。

王都は、田舎《いなか》から来た貧乏な小娘には、厳しい場所だった。学園で必死に話しかけても、冷たくあしらわれる。上から下までさっと見られて、友だちになる価値なし、そんな視線を向けられる。

泣きたい気持ちを我慢して、じっとみんなを観察した。

「何が違うのかしら」

顔だけなら、負けてるとは思えない。自分で言うのもなんだけど、母にそっくりな私は、組の中でもかわいい部類だ。

「靴だわ」

やっと分かった。みんな、ピカピカで最先端の靴を履いている。私の靴は、使い込まれた編み上げ靴。こんなの、誰も履いてない。

「靴、買いに行こう」

母から、好きなものを買いなさいって、お小遣いをもらってる。大切に取っておくつもりだったけど。友だちが欲しい。

授業のあとに、街で色んな靴屋をじっくり見る。陳列窓に飾られている靴の値段から、入れそうな店を探す。

以前うっかり、フラフラ素敵なお店に入ったら、店員にチラッと見られて「いらっしゃいませ、ありがとうございましたー」と言われたのだ。お前はお呼びじゃない、そう言われた気がして、すぐ出てきてしまった。

王都の店員、魔獣より恐ろしい。

陳列窓をのぞいていると、後ろから声をかけられた。

「靴を探してるの？　安くていい靴屋知ってるけど」

振り返ると、気の良さそうな男子が立っていた。

「あ、ごめん。急に話しかけて驚かせたかな。トニー。トニー・ホランド。君、ゴンザーラ領のマリーナさんでしょう？　隣の領地だから、気になってたんだ」

トニーは、よくギルバート叔父さんが仕入れにいく隣の領地の出身だった。

「田舎から来るとさ、王都って怖いだろう。冷たい人ばっかりに感じるし。でも、いい人もいるから。入りやすい靴屋だってある」

トニーに連れられて、感じのいい靴屋に行った。見下されることなく、予算内でかわいい靴も買えた。

「靴を買いに行く靴がない。服を買いに行く服がない。そんな感じじゃない？　気後れするよね。大丈夫、田舎出身の学生同士で、情報交換すればいいんだ」

一学年上のトニーは、少しずつ知り合いを紹介してくれた。色んなお店も紹介してくれた。

「刺繍《ししゅう》がうまいんだったら、内職すればいい」

そう言って、お小遣い稼ぎの方法も教えてくれた。ハンカチやシャツに刺繍し、服屋に買ってもらう。おかげで、母からもらった小遣いに手をつけなくて済むようになった。

「どうしてこんなによくしてくれるの？」

気になって聞いてみたら、トニーは急に真《ま》っ赤《か》になった。

「そりゃあ、下心があるからだよ。マリーナ、かわいいもん」

私は顔が熱くなり、うつむいてしまう。

「あのさ、税金を主に勉強してるんだよね。ゴンザーラ領、税金に詳しい人を探してるでしょう？　つまりー、えー、婿《むこ》入りするから、結婚してください」

トニーが手を握って、まっすぐ見つめてくる。

「はい、お願いします」

私は嬉しくて、すぐ受け入れた。


「でかした！」

「マリー姉さん、はやわざすぎー」

「すっごい、狩人《かりうど》。さすがマリー姉さん」

「マリー姉さんの良さを見抜くなんて、トニー兄さんはやり手だね」

トニーを領地に連れて帰ったら、家族から褒《ほ》め称えられた。気のいいトニーは、すぐ領地に溶けこんだ。王都は素敵だけど、領地は気楽で落ち着く。私はトニーと幸せに暮らしている。

ミリーが王都に行く年になったとき、私は貯《た》めていたお金をミリーに渡した。

「誰か優しいオシャレなお友だちを作るのよ。で、一緒に靴を買いに行ってもらって。ひとりで高そうな店に入ったらダメよ。オシャレな店員は、魔獣より怖いんだからね」

私はミリーに、「いらっしゃいませ、ありがとうございました」の話をした。

「えーやだー。石投げちゃいそう」

「人に石は投げちゃダメだからね」

「分かってるってー」

心配していたけれど、イローナさんという、とても頼もしい友だちを得たミリー。その上、王弟殿下までつかまえた。

さすが、私の自慢の妹。常に予想を超えてくるわ。

番外編4. ミリー、初めての単独狩り

Lady throwing stones

ミュリエルは十二歳のとき、単独の狩りを許された。リンゴを片手で潰《つぶ》せるようになったからだ。一人前の狩人《かりうど》として認められた瞬間だった。

とはいえ、それはあくまでも建前で、単独の狩りは普通はしない。だって、危ないではないか。突然、熊が出たら？　ひとりでは、たちまち熊の餌《えさ》になってしまう。熊は、ひとりでは狩れない。もし、鹿の群れが出たら？　二頭倒せても、一頭しか持って帰れないと、命を無駄にする。色々な状況を考えると、やっぱり狩りは複数で行うべきなのだ。

ミュリエルは、でも、ひとりで狩りをしてみたいなと思った。

「怖いし、ドキドキするけど。でも、せっかくだもん」

父と母に相談してみたミュリエル。

「いいぞ。生きて帰れ。ちゃんと計画して、色んな人に相談するんだぞ」

「心配だわ。でも、待ってるから、必ず戻るのですよ」

とても真剣に答えてくれた。心配を押し隠したような父母の顔に、ミュリエルはより真面目《まじめ》に考える。

「どこに行こうか。あまり遠くに行くのは危ないし」

山はダメ。迷って戻れなくなるかもしれない。山は方向感覚が狂うことがある。見晴らしもきかない。何より、熊がいる。

「やっぱり森だよね」

幼い頃《ころ》から慣れ親しんだ森だ。奥に行かなければ、安全だ。人がよく来るところに、大きな獣は近寄らない。

「キジとかウサギなら、ひとりで狩れるし、持って帰るのも簡単」

さっと行って小物を狩って、血抜きだけ済ませて帰ってこよう。それなら、ひとりでも大丈夫。ばあちゃんや姉さんにも相談し、持ち物を準備する。

「短剣はちゃんと研いで行くんだよ」

刃がなまくらでは、獲物に苦痛を与えてしまう。いざというとき、戦えない。ミュリエルは、丁寧《ていねい》に短剣の手入れをする。いつでも取り出せるように、両腰に二本、短剣を差す。

「なんでも、予備がないとダメよ」

マリーナ姉さんが心配でたまらない、そんな表情で言う。ミュリエルは、もう一本の短剣を太もものベルトに差した。石は森で拾えばいい。持ち歩くと、重くて動きが鈍くなるもの。

三本の短剣で、うまく動けるか練習する。飛んだり走ったり転がったり。

「引き際《ぎわ》を間違えてはいけないよ。無理は絶対ダメだよ」

「怖いな、危ないなって感じたら、すぐ引き返すね」

ミュリエルはじいちゃんに約束した。

大げさに送り出されるのは照れくさいので、父母にだけこっそり言い、ミュリエルはある夏の日の早朝、こっそり城壁を出た。門を開けるのはイヤなので、城壁から綱を伝って降りる。

もちろん、城壁の見張りの人たちには見つかるが。皆、騒がずそっと見守ってくれる。

頭の中で、色々計画を練ったけど、考えるのと本当にやるのでは大違い。ミュリエルは城壁を出てすぐに、そのことを思い知った。

いつもは、のんびりと大人たちについて歩くだけで森に着く。周りをそれほど気にすることもないし、ダラダラ歩いているだけだった。鼻歌まじりの散歩気分。

ひとりだと、本当にひとりって感じ。空は高く、朝日はまだ弱々しく、空気は冷たい。ほんの少しの物音に、体が反応する。小鳥の羽音、風で揺れる草。それらにイチイチ、ビクッとするのだ。

ミュリエルは足元に落ちていた石を拾った。ギュッと握りしめると、少し落ち着く。立ち止まり、跪《ひざまず》き、手を地面につける。温かい土の感触。踏み潰された草が起きあがろうとするムズムズ。髪を揺らす優しい風。手の中にある心強い石。

「よしっ」ミュリエルは小さく言うと、目を開けて、耳を澄まし、立ち上がった。

静かに歩き出す。もう大丈夫、石は握ったままでいよう。いざというとき、石を探すところから始めるのもバカみたいだし。予備の石も、腰に下げた革袋に入れておく。

「予備は大事。引き際を間違えない」

まだ、引き際ではない。それは大丈夫、まだ怖くないもん。森につながる、踏み固められた細道を進む。森は、少しずつ草原から森になる。木が増え、差し込む光が少なくなり、空気が濃くなる。朝露に濡れた葉っぱが、青い匂《にお》いを出している。

落ちている木の枝に気をつけて。踏むと痛いし、パキッと音が出る。木の根っこに引っかからないよう、用心深くまたぐ。顔にかかる枝はそうっとはらう。道がどんどんなくなり、森になる。もう、ここは獣の世界。

うん、ちょっと怖いな。奥に行くのは、今日は無理。ミュリエルは引き際を見極めた。無理して奥に行く必要はない。ここで待てばいい。

まだ森の入り口だけど、さっさと決める。石を拾って革袋に詰めると、スルスルと木の上に登って落ち着いた。

ひとりで狩りって退屈かなと思っていたけど。気が張りつめているので、退屈どころではなかった。足が痺《しび》れないように、たまに体を動かしながら、木と一体になる。気配を消さなくても、木とひとつになれば、動物には気づかれない。

ウサギが来たな。見なくても、ミュリエルには分かった。身を起こし、手の中の石の感触を確かめ、革袋の口をゆるめる。

カサッピョーンと藪《やぶ》の中から飛び出たウサギに、石を投げる。ひとつ、ふたつ。投げた瞬間に、仕留めたと分かった。

バサッガサガサッ　飛び上がったキジにも、冷静に石を投げる。ひとつ、外した。ふたつ、みっつ。よしっ。

ふーっと長く息を吐《つ》いて、木を降りかけたとき、ドドドドッという音がした。

ミュリエルは必死でまた木を登る。木の上から見おろすと、中型のイノシシが通り過ぎて行った。

「ダメだ。全然ダメ。ウサギは分かったけど、キジもイノシシも気づかなかった」

やっぱり、落ち着いていたつもりでも、相当浮き足だっていたのだろう。ミュリエルは木の上で何度も深呼吸し、目をつぶって耳を澄ます。もう、本当に大丈夫。そう確信が持ててから、ミュリエルは木を降りる。ウサギとキジをつかむと、小走りで森を抜ける。

「血抜きはあと」

ミュリエルは音を立てないようにしながら、それでもできるだけ速く走った。森を抜け、草原に戻ると、家族が待っていた。

「ばあちゃん、じいちゃん、マリー姉さん」

それに、まだ小さい弟たちまで。ばあちゃんとじいちゃんは、気まずそうに笑った。

「ほら、いい天気だから。ピクニックだ」

敷布の上に、リンゴや茹《ゆ》でたトウモロコシが転がってるけど。誰も食べてない。

ミュリエルは微妙な顔をしながら、ウサギとキジを高く掲げた。

「ミリー、よくやった」

「ねえちゃ、すごい」

みんなに抱きしめられ、ミュリエルはやっと体の力を抜く。

「血抜きはできなかったんだ」

「戻ってから抜けばええ。初めてひとりで行って、ふたつも狩るとは。たいしたもんだ」

ばあちゃんがミュリエルの頭をグリグリ撫《な》でる。敷布をたたみ、カゴに食べ物を詰めると、みんなで城壁まで戻る。城壁の上には、たくさんの人が上がっている。

「無事に戻ってきたー」

「ウサギとキジー」

城壁の人たちが叫び、すぐに門が開く。門の向こう側には、父と母が立っている。

ミュリエルは駆けて父と母のそばまでいくと、ふたりに獲物を渡した。

「父さん、母さん。私が初めてひとりで狩った獲物だよ。受け取ってください」

「ありがとう。よくやった。さすがだ、ミリー」

「お帰りなさい。無事に戻ってくれてよかった。本当にありがとうね」

父がキジを、母がウサギを受け取り、ギュウギュウとミュリエルを抱きしめる。

「イノシシは仕留められなかったの」

ミュリエルが残念そうに言うと、父がミュリエルの頭に大きな手を乗せる。

「最初から大物を狙《ねら》わなくていい。少しずつだ。無事に生きて帰ることが一番大事なんだ。よくやった」

「ミリーが元気で戻ることが、一番の親孝行なのよ。それは分かっていてね」

ミュリエルはへヘッと笑う。でも、次はきっと。イノシシを両親に捧《ささ》げよう。

順調に狩人として成長したミュリエル。王都で王子を気絶させ、王弟を射止めた。上出来である。

番外編5.　パッパの子育て

Lady throwing stones

愛するミランダを妻にできたパッパ。四人の子宝に恵まれた。何事も抜かりなく準備を整えるパッパは、出産に際しても万全の態勢を築き上げる。

まずは優秀な助産師を雇い、毎日ミランダを診《み》てもらう。それも、妊娠初期から。

「普通は臨月間近から何度か診るぐらいなのですけど」

助産師は、まさか妊娠初期から妊婦を診ることになるとは思ってもいなかったようだ。

「本当は女医さんにお願いしたかったのですけどね。平民にそこまで対応してくれる女医はいなくて。金ならいくらでも出すというのに」

やはり、爵位を買っておくべきだっただろうか、パッパはブツブツ言う。

「ですから、あなただけが頼りなのです。確かに我が家はただの平民ですが、幸い商会が儲《もう》かっています」

金なら出す、暗にそう言われて、助産師は引き受けた。お金は必要だ。

お金の無駄遣いではないか、そう思いながらミランダを毎日診察する助産師だが、すぐにその効果に気づいた。

「すごく、勉強になります」

数々の出産に立ち会い、自身も三度の出産を経てはいたが、ここまで緻密に妊婦の経過観察をしたことはなかった。

体調や体系の変化、胴囲や胸囲がどう増えていくのか。妊婦が精神的に落ち込むときはどうすればいいのか。つわりのときは、何なら食べられるのか。もちろん、人によって様々なのだろうけれど。ひとりの女性をつきっきり診ることで、他の妊婦への助言ができるようになるのでは。

やる気に満ちあふれた助産師は、パッパの許可を得た上で、知識をまとめて妊婦への啓蒙活動を進めていった。

「ひとりでも多くの妊婦さんが楽になるといいですね。どんどん知識を広めてください」

パッパはもちろん、止める気などさらさらない。情報は出せば出すほど、戻ってくるものだからだ。パッパの読み通り、助産師が惜しみなく知識を広めると、新たな情報がさらに集まってくる。

「いいこと教えてくれてありがとう。そういえば、うちの村では、つわりがひどいとき、この薬草煎《せん》じて飲むんだわ」

「むくみがひどいときは、足湯がいいよ」

「吐き気がひどいときは、足や腕をマッサージすると効くよ」

パッパは喜んだ。ミランダ、よく吐くのだ。パッパはいつもタライを差し出すのだが、間に合わずぶっかけられたことも。

出産方法についての情報も寄せられた。

「私、天井《てんじょう》の梁《はり》に綱かけて、それにつかまって立ったまま産んだんです。すごく楽でした」

「どこぞの王族は、お湯に塩入れて、その中で産むらしいです。昔、町に来た吟遊詩人に聞きました」

ミランダは綱をつかんで立って産むのが合ったようで、四人とも立って産んだ。

四人の出産に立ち会った助産師は、伝説の助産師として引く手あまたとなった。


無事に生まれてからが、本番だ。子育ては待ったなし。育児とは命を育てること。幸い、ミランダは母乳がよく出るので、乳母ではなく、育児経験の豊富な女性に住み込みで働いてもらうことにした。

「ミランダさんは、母乳あげるとき以外は寝ていてください」

平民なら、産んで一週間ぐらいで畑に出るが、ミランダは裕福な商家の奥様。手厚く労《いた》わられる。

パッパも張り切って育児をする。

「なるほど、オムツはこうやって替えるのですね。……ひえぇぇぇ」

オシッコをぴゃーっとひっかけられるパッパ。

「ほうほう、お乳を飲んだあとは、縦抱っこして背中をトントン。げっぷを出してあげる。……は、はわあぁぁぁ」

ゲボーッとお乳を吐き戻されるパッパ。

「ははあ、離乳食はひとさじずつ。……うげぇぇぇぇ」

笑顔で離乳食をブーッとかけられるパッパ。

「パッパが帰ってきましたよー。さあ、抱っこ抱っこ。……ガフッ」

裏拳《うらけん》で目を殴られるパッパ。

「育児とは、かくも過酷《かこく》なものでありましたか」

パッパ、満身創痍《そうい》である。


「パッパ」

「はあーい。パッパですよ～」

どれだけひどい目にあっても、デレデレ子煩悩《ぼんのう》なパッパ。すっかり大人になった子どもたちを見て、たまにはチラリと嫌味を言ってしまう。

「たいていのひどいことは、ジャスティンにやられた。おかげで、私の育児能力は飛躍的に伸びたわけだが」

「そんな昔のことを今さら言われてもね」

長男のジャスティンは取り合わない。

「デイヴィッドが無邪気に笑いまくるおかげで、何人の女性をクビにしなければならなかったことか」

「そんな、どうしようもないことを言われてもね」

次男のデイヴィッドは、肩をすくめて聞き流す。

「ドミニクは食いしん坊で。マッシュルームを噛《か》まずに丸呑《まるの》みして、その夜、原形のままのマッシュルームを大量に吐いた。あれは大変だった」

「よく噛んで食べなさいって、言えばよかったじゃない」

親には手厳しいドミニクである。

「イローナは、何をしても愛らしくて。パッパはいつも胸を締めつけられる思いだった」

「知らんがな」

塩対応のイローナ。

ひどい目にあいながらも、手塩にかけて育てた子どもたち。そっけなくされても、パッパの愛はちっともゆるがないのだ。それが親というものだ。

あとがき

無事に2巻を発売することができました。皆様のおかげです、ありがとうございます。

プロットもろくに練らず、毎日書いては「小説家になろう」に投稿するという無謀なことをしておりました。七転八倒、毎日床をゴロゴロ転がり、うなりながら書いており。あまりに苦しくて、「そろそろ完結させてもいいですか？」と担当編集者さんに弱音を吐きました。「いいですよー。いったん区切って、書けるようになったら再開してもいいんじゃないですか」とふわっと返してくださって。

「あ、やめてもいいんだ」って急に力が抜けて、また続きを書けるようになりました。泣きを入れたときは、アルがミリーにプロポーズしたところで完結させようかなと思っていました。四十話目ぐらいですね。その後、紆余曲折《うよきょくせつ》しながら、最終的には三百話以上、なろうに投稿しています。あのとき諦《あきら》めなくてよかったなと。

そんな感じで担当編集者の中溝諒さんには、大変お世話になっております。煮詰まっても「気楽にどんどん書こう。中溝さんがいい感じに改稿指示くれるし」と書き続けることができました。中溝さん、いつもありがとうございます！

編集長、中溝さんの給料アップをお願いします！　ベースアップ、ベースアップ！

そして、なろうでいつも感想やリクエストをくださる皆様、心よりお礼申し上げます。ネタがなくて、あらゆる童話をつまみ食いし始めて、どこに向かってるんですか、と途方に暮れたと思うのですが。温かく見守ってくださり、大感謝。

村上ゆいち様、今回も素晴らしいイラストをありがとうございます。村上さんのイラストを見るたび、「あー生きててよかったー」と思います。私のゆるーいイメージ案に、ビッシイッと完璧なイラストをいただけて。毎回嬉《うれ》し泣きをしております。

そして最後に、いつも支えてくれる家族、友人、元同僚の皆さん、心の底からありがとう!

みねバイヤーン

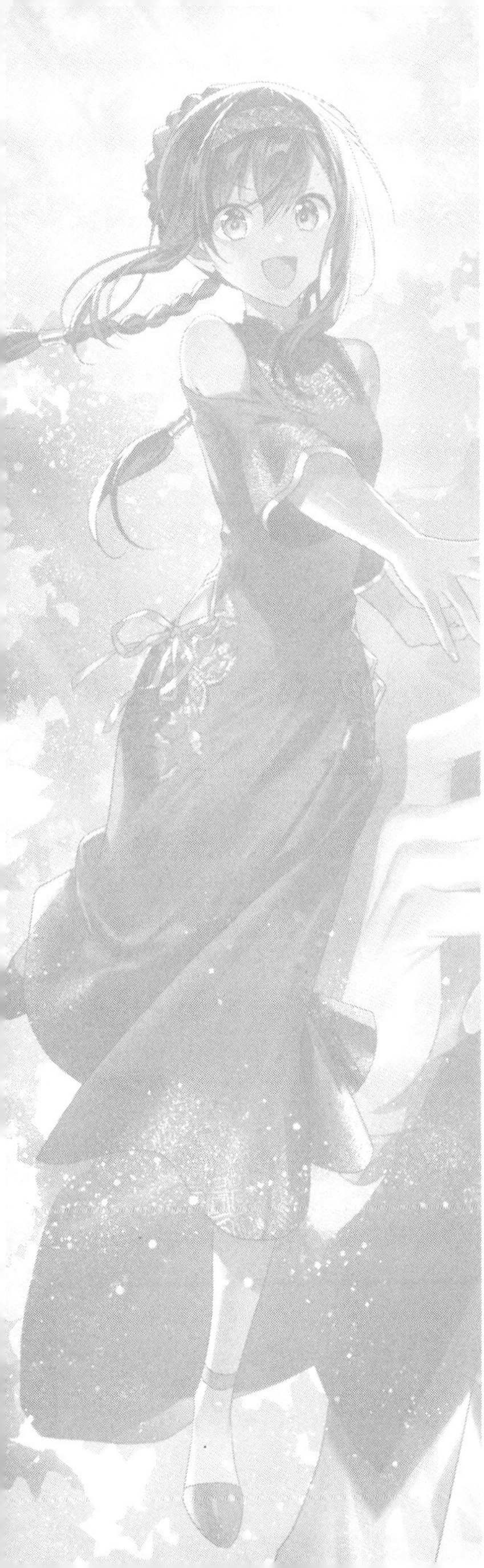

GAノベル

石投げ令嬢 2
～婚約破棄してる王子を気絶させたら、王弟殿下が婿入りすることになった～

2023年11月30日　初版第一刷発行

著者　みねバイヤーン
発行人　小川 淳
発行所　SBクリエイティブ株式会社
〒106-0032　東京都港区六本木2-4-5
03-5549-1201　03-5549-1167（編集）

装丁　AFTERGLOW
印刷・製本　中央精版印刷株式会社

定価はカバーに表示してあります。

ISBN978-4-8156-1936-7
Printed in Japan

ファンレター、作品のご感想をお待ちしております。

〒106-0032　東京都港区六本木 2-4-5
SBクリエイティブ株式会社
GA文庫編集部 気付

「みねバイヤーン先生」係
「村上ゆいち先生」係

本書に関するご意見・ご感想は
下のQRコードよりお寄せください。
※アクセスの際に発生する通信費等はご負担ください。

https://ga.sbcr.jp/

試読版は
こちら!